CARTAS de AMOR de Paris

Nicolas Barreau

CARTAS de AMOR de Paris

Tradução
Ana Rodrigues

1ª edição
Rio de Janeiro-RJ / São Paulo-SP, 2024

VERUS
EDITORA

Título original
Die Liebesbriefe von Montmartre

ISBN: 978-65-5924-327-3

Verus Editora Ltda.
Rua Argentina, 171, São Cristóvão, Rio de Janeiro/RJ, 20921-380
www.veruseditora.com.br

CIP-BRASIL. CATALOGAÇÃO NA FONTE
SINDICATO NACIONAL DOS EDITORES DE LIVROS, RJ

B252c

Barreau, Nicolas
Cartas de amor de Paris / Nicolas Barreau ; tradução Ana Rodrigues. - 1 ed. - Rio de Janeiro : Verus, 2024.

Tradução de: Love Letters from Montmartre
ISBN 978-65-5924-327-3

1. Romance alemão. I. Rodrigues, Ana. II. Título.

24-92729 CDD: 833
CDU: 82-31(430)

Gabriela Faray Ferreira Lopes - Bibliotecária - CRB-7/6643

Revisado conforme o novo acordo ortográfico.

Seja um leitor preferencial Record.
Cadastre-se no site www.record.com.br e receba informações sobre nossos lançamentos e nossas promoções.

Atendimento e venda direta ao leitor:
sac@record.com.br

À minha mãe, que me apresentou ao túmulo de Heinrich Heine,
no lindo Cemitério de Montmartre

Vamos, meu amor,
seja meu de novo,
como certa vez em maio

Prólogo

Montmartre — aquela famosa colina no extremo norte de Paris, onde os turistas se aglomeram em torno dos pintores de rua na Place du Tertre assistindo-os criar obras de arte de qualidade duvidosa, onde casais passeiam de mãos dadas pelas ruas cheias de vida na primavera antes de se sentarem um pouco ofegantes nos degraus da Sacré-Coeur para contemplar impressionados a cidade cintilando com um último brilho rosado suave antes do anoitecer —, Montmartre é o lar de um cemitério. Um cemitério muito antigo, com caminhos de terra e longas trilhas arborizadas que serpenteiam sob tílias e bordos. Os caminhos até têm nomes e números, o que faz com que pareça uma cidade de verdade. Uma cidade muito silenciosa. Algumas pessoas ali são famosas. É possível encontrar sepulturas ornamentadas com monumentos artísticos e figuras angelicais em amplas vestes de pedra, os braços graciosamente estendidos, os olhos fixos no céu.

Um homem de cabelos escuros entra no cemitério, segurando a mão de um menino. Ele para diante de um túmulo que apenas algumas pessoas conhecem. Ninguém famoso descansa ali. Nenhuma personalidade das artes cênicas, da música ou da pintura. Ali também não está a Dama das Camélias. Apenas alguém que foi profundamente amado.

No entanto, o anjo na placa de bronze afixada à lápide de mármore é um dos mais belos do lugar. O rosto feminino — confiante, talvez até sereno — tem os olhos fixos na distância, os longos cabelos ondulados emoldurando-o como se um vento às suas costas os jogasse para a frente. O homem fica parado enquanto a criança corre pelas sepulturas, perseguindo asas coloridas.

— Olha, *papa*, que borboleta linda! — grita a criança. — Não é maravilhosa?

O homem assente em um movimento quase imperceptível. Já não vê beleza em mais nada, e deixou de acreditar em maravilhas há muito tempo. Ele não tem como saber que bem ali, de todos os lugares, algo maravilhoso vai acontecer, algo que realmente vai chegar perto de uma maravilha. Naquele momento, o homem se sente apenas a pessoa mais infeliz do mundo.

Ele conheceu a esposa naquele mesmo cemitério — o Cemitério de Montmartre — cinco anos antes, diante do túmulo de Heinrich Heine. Era um dia ensolarado de maio, e o início de algo que já se anunciara como irremediável havia alguns meses.

O homem lança um último olhar para o anjo de bronze com feições tão familiares. Ele escreve cartas secretas, mas não está preparado para o que vai acontecer — na verdade, está tão despreparado quanto qualquer um poderia estar para a chegada da felicidade ou do amor. No entanto, tanto a felicidade quanto o amor estão sempre presentes. Como escritor, ele deveria saber disso.

O nome do homem é Julien Azoulay.

E, por acaso, eu sou Julien Azoulay.

1

O mundo sem você

Eu tinha acabado de sentar diante da minha escrivaninha para cumprir a promessa que havia feito e finalmente — finalmente — escrever para Hélène, quando a campainha tocou. Decidi ignorar. Desenrosquei a tampa da minha caneta-tinteiro e ajustei a folha de papel em branco à minha frente.

"Querida Hélène." Fiquei olhando um tanto desamparado para as duas palavras que pareciam tão perdidas ali quanto eu vinha me sentindo ao longo do último ano.

Como escrever para uma pessoa que a gente ama mais que tudo, porém que não existe mais? Naquela época eu já desconfiava de que era loucura fazer uma promessa dessas, mas Hélène insistiu e, como em todas as outras vezes que a minha esposa colocava alguma coisa na cabeça, era difícil contra-argumentar. No fim, ela sempre conseguia o que queria. Hélène era muito persistente. A única coisa que não conseguiu derrotar foi a própria morte — que acabou sendo mais persistente que ela.

A campainha tocou de novo, mas os meus pensamentos já estavam longe. Sorri com amargura, pois ainda podia ver seu rosto pálido e seus olhos verdes, que pareciam maiores no rosto cada dia mais encovado.

— Depois que eu morrer, quero que você me escreva trinta e três cartas — havia dito Hélène, os olhos cravados nos meus. — Uma para cada ano da minha vida. Me prometa que vai escrever, Julien.

— Mas do que adianta? — eu tinha respondido. — Isso não vai trazer você de volta.

Àquela altura, eu só sabia sentir medo e angústia. Passava dia e noite sentado ao lado da cama de Hélène, agarrado à sua mão, sem vontade ou sem condições de imaginar uma vida sem ela.

— Por que escrever cartas se nunca vou receber uma resposta? De que adiantaria? — continuei baixinho.

Hélène reagiu como se não tivesse ouvido a minha objeção.

— Escreva pra mim, só isso. Descreva o mundo sem mim. Escreva sobre você e o Arthur.

Ela sorriu. Meus olhos ficaram marejados.

— Vai servir para alguma coisa, pode confiar. Tenho certeza de que, no fim das contas, você vai ter uma resposta. E, onde quer que eu esteja, vou ler as suas cartas e cuidar de vocês dois.

Balancei a cabeça e comecei a chorar.

— Não posso fazer isso, Hélène. Não vou conseguir!

Eu não estava me referindo às trinta e três cartas, mas a tudo. A toda a minha vida sem ela. Sem Hélène.

Ela me fitou com um olhar gentil, e a pena que vi cintilar em seus olhos partiu meu coração.

— Coitado do meu amor — disse ela, e pude sentir o esforço que precisou fazer para apertar a minha mão em um gesto encorajador. — Você tem que ser forte, para poder cuidar do Arthur. Ele precisa muito de você.

Então, Hélène repetiu o que já havia dito um sem-número de vezes nas últimas semanas desde o diagnóstico devastador. Ao contrário de mim, admitir aquilo parecia lhe dar forças para enfrentar o fim com serenidade.

— Todos temos que morrer, Julien. É completamente normal e faz parte da vida. Acabei chegando a esse momento um pouco mais cedo que o esperado. Não estou nada feliz com isso, pode acreditar, mas é assim que as coisas são. — Ela deu de ombros, impotente. — Venha cá me dar um beijo.

Afastei um cacho acobreado da testa de Hélène e a beijei suavemente na boca. A minha esposa havia ficado muito frágil naqueles meses finais de uma vida curta demais. Toda vez que eu a abraçava com cuidado, tinha medo de quebrar alguma coisa, mesmo que quase tudo já estivesse destruído. Apenas a sua coragem permanecia intacta, e era muito maior do que a minha.

— Prometa — ordenou ela mais uma vez, e percebi um pequeno brilho em seus olhos. — Aposto que, quando você tiver escrito a última carta, sua vida terá mudado para melhor.

— Lamento, mas acho que você vai perder essa aposta.

— Eu te garanto que não. — Seu rosto se iluminou com um sorriso astuto, e suas pálpebras tremularam. — E, quando isso acontecer, quero que você me dê um buquê de rosas gigante... o maior de todo o Cemitério de Montmartre.

Hélène era assim. Mesmo nos momentos mais difíceis, conseguia nos fazer sorrir. Chorei e ri ao mesmo tempo, enquanto ela me estendia a mão frágil. Eu a apertei e dei a minha palavra a ela.

A palavra de um escritor. De qualquer forma, Hélène nunca especificou quando eu deveria escrever essas cartas para ela. Assim, outubro se transformou em novembro, que deslizou para dezembro. Meses repletos de tristeza se sucederam. As estações podiam até mudar de plumagem, mas para mim continuava tudo igual. O sol havia despencado do céu e eu vivia em um poço escuro como breu e vazio de palavras. Naquele meio-tempo, havíamos chegado a março e eu ainda não tinha escrito nenhuma carta. Nem uma única.

Não que eu não tivesse tentado. Queria manter a minha promessa. Afinal, aquele tinha sido o último desejo de Hélène. A minha cesta de lixo estava transbordando de folhas amassadas, cheias de frases que eu não conseguia terminar. Frases como:

Minha tão amada Hélène, desde que você se foi, não houve…

Meu bem, estou tão cansado de tanto sofrimento. Eu me pego me perguntando cada vez mais se a vida é mesmo…

Meu bem, ontem encontrei o globo de neve de Veneza. Estava enfiado no fundo da sua mesinha de cabeceira, e não pude deixar de pensar em como nós dois…

Minha pessoa mais querida no mundo todo, sinto saudade de você todos os dias, todas as horas, todos os minutos. Você tem ideia…

Hélène, meu bem, ontem o Arthur disse que não gosta de ter um *papa* tão triste e que você está se divertindo com os anjos…

Hélène, mayday, mayday! Este é um pedido de socorro de um homem que está se afogando. Volta, eu não consigo…

Meu anjo, sonhei com você ontem à noite e fiquei desnorteado quando não te encontrei ao meu lado pela manhã…

Meu amor, de quem eu sinto tanta saudade, por favor, não ache que esqueci a minha promessa, mas eu…

Eu simplesmente não tinha conseguido pôr no papel nada além desse balbuciar desamparado. Ficava só sentado ali, dominado pelo desespero, sentindo as palavras escaparem de mim. Eu não tinha escrito nada — o que não é exatamente uma coisa boa de um escritor admitir — e essa também era a razão por que naquele momento havia uma tempestade se formando na porta de casa.

Com um suspiro, pousei a caneta de volta na mesa, levantei e fui até a janela. Do lado de fora, na Rue Jacob, estava um cavalheiro baixinho e elegantemente protegido por uma capa de chuva azul-marinho. Era óbvio que ele não tinha intenção de tirar o dedo da minha campainha tão cedo, e meus medos se tornaram realidade.

O homem levantou os olhos para o céu chuvoso de primavera, para as nuvens que se moviam com o vento forte. Recuei rapidamente.

Era Jean-Pierre Favre, meu editor.

Até onde consigo me lembrar, vivo em um mundo de belas palavras. Comecei trabalhando como jornalista, depois como roteirista. Um dia, acabei escrevendo o meu primeiro livro, uma comédia romântica que caiu no gosto dos leitores e surpreendeu a todos ao se tornar um best-seller. As pessoas sempre dizem que Paris é a cidade do amor, mas isso não se aplica necessariamente ao que interessa os editores parisienses. Naquela época, eu recebia uma negativa atrás da outra — isso quando recebia uma resposta. Mas então, um belo dia, uma pequena editora localizada na Rue de Seine fez contato comigo. Enquanto seus colegas editores se concentravam em ficção literária e intelectual, Jean-Pierre Favre, o editor da Éditions Garamond, ficou fascinado com meu romancezinho divertido, cheio de todo tipo de confusões tragicômicas.

— Tenho sessenta e três anos e, a essa altura, não tem muita coisa que me faça rir — explicou ele em nosso primeiro encontro no Café de Flore. — Monsieur Azoulay, seu livro me fez rir, e isso é mais do que se pode dizer sobre a maioria dos livros hoje em dia. Conforme envelhecemos, rimos cada vez menos, acredite em mim. — Favre então deixou escapar um suspiro profundo e afundou no banco de couro diante da janela do segundo andar, onde havíamos encontrado uma mesa tranquila. Ele ergueu as mãos em falso desespero. — Muitas vezes me pergunto para onde foram os autores capazes de escrever comédias realmente boas... Livros com emoção e inteligência. Mas não! Todos querem escrever sobre desesperança, decadência, grandes dramas... dramas, dramas, dramas. — Ele bateu com a palma da mão na testa, onde seu cabelo grisalho começava a rarear, as mechas elegantemente penteadas para trás. — Depressão urbana, babás assassinas, visões do horror, terrorismo... — Favre limpou algumas migalhas de pão da mesa. — Tudo tem seu lugar, mas... — Ele se inclinou para a frente e me encarou com os olhos claros. — Quero te dizer uma coisa, rapaz. Escrever uma boa comédia é muito mais difícil do que as pessoas imaginam. A capacidade de evocar algo maravilhosamente leve, mas sem banalidades, algo que nos deixe com a sensação de que a vida vale a pena apesar de tudo... isso é arte de verdade! Eu, pelo menos, estou velho demais para histórias que, depois que terminamos de ler, achamos que o melhor a fazer é subir no arranha-céu mais próximo e pular dele para acabar com tudo. — Favre abriu três sachês de açúcar, virou-os no suco de laranja espremido na hora e fez um pequeno redemoinho com a colher. Então, mudou de assunto. — Ou filmes! Nem me faça começar a falar sobre isso!

Ele fez uma pausa de efeito enquanto eu esperava ansiosamente pelo que viria a seguir. Afinal, já sabia que Favre era um conversador brilhante.

— Nada a não ser *tristesse* e convoluções ambiciosas. Hoje, todo mundo quer ser uma coisa em particular: único. Mas eu quero rir, faz sentido? Quero algo que faça o meu coração bater mais forte. — Favre levou uma das mãos ao colete azul-celeste que vestia por baixo do paletó e tomou um grande gole do suco. Um sorriso juvenil iluminou o seu rosto. — Você viu aquele filme sobre o açougueiro japonês que se apaixona pelo porco dele? O que termina com os dois cometendo um suicídio duplo com a técnica haraquiri? Pelo amor de Deus, quem inventa coisas assim? — Ele balançou a cabeça. — As pessoas perderam a noção. Sinto muita falta de cineastas como Billy Wilder e Peter Bogdanovich. Esses tinham a cabeça no lugar. — Favre estalou a língua para enfatizar o que dizia. — Acredite em mim, monsieur

Azoulay, a vida não é um mar de rosas, e é por isso que precisamos de mais livros como o seu. — Ele encerrou o discurso inflamado e estendeu a caneta-tinteiro Montblanc para que eu assinasse o contrato. — Eu acredito no senhor.

Aquilo tinha sido seis anos antes. Meu romance havia se tornado um best-seller, e a Garamond me ofereceu um contrato de três livros, o que me garantiu segurança financeira para os anos seguintes, além da liberdade luxuosa de poder me dedicar à escrita em tempo integral. Conheci Hélène, a ruiva que adorava a poesia de Heinrich Heine e cantava músicas de Sacha Distel no chuveiro. Ela se tornou professora, engravidou e se casou comigo. Nós nos tornamos pais de um menino que, como Hélène sempre insistia em dizer, tinha a sorte de ter herdado meu cabelo loiro-escuro e não os cachos flamejantes dela.

A vida era brilhante como um dia de verão, e tudo em que colocávamos as mãos parecia fazer sucesso. Até que a fatalidade nos pegou de surpresa.

— Menstruação na hora errada — comentou Hélène certa manhã ao sair do banheiro. — Não se preocupe, não é nada.

Mas era. Uma coisa atroz. Eu era autor de comédias românticas que vendiam espantosamente bem. Era assim que ganhava a vida. Então, de uma hora para a outra, vi meu vocabulário cheio de palavras profundamente perturbadoras. *Câncer colorretal*, *marcadores tumorais*, *cisplatina*, *metástase*, *bomba de morfina*, *assistência a doentes terminais*.

Aprendi por experiência própria que a vida não é um mar de rosas, apesar da forma corajosa como Hélène encarou a situação e do prognóstico, a princípio, otimista. Depois de um ano, parecia que a doença tinha sido derrotada. Era verão, e levamos Arthur para uma viagem à costa da Bretanha. A vida parecia mais preciosa do que nunca — um presente. Tínhamos nos desviado mais uma vez da bala.

Mas então Hélène reclamou de dores nas costas.

— Aos poucos, estou virando uma velha — brincou ela enquanto amarrava a saída de praia de cores fortes ao redor do corpo.

Mas o câncer já havia se espalhado por toda parte, se agarrando ao corpo dela como minúsculos caranguejos e se recusando a ser despejado. Tudo acabou em meados de outubro. O câncer continuou se espalhando e Hélène foi ficando cada vez mais frágil. A minha sempre alegre e otimista Hélène, que adorava rir. Todos os sonhos que tivemos morreram com ela.

Fiquei para trás, com nosso filho pequeno, o coração pesado, uma promessa ainda não cumprida e uma conta bancária que minguava aos poucos. Era março e eu não escrevia sequer uma linha havia mais de um ano. Até aquele momento, meu novo romance se reduzia a cinquenta páginas, e agora o meu editor estava parado diante da minha porta, querendo saber sobre o andamento do livro.

A campainha parou de tocar.

Monsieur Favre era um verdadeiro cavalheiro. Ele havia sido extremamente compreensivo e não me pressionara no ano anterior. Tinha me dado tempo para me recompor, me recuperar, me encontrar, como as pessoas gostam de dizer. Favre não havia mencionado o romance nem uma vez — apesar de, a princípio, ter planejado que fosse lançado no ano em que estávamos, antes de adiá-lo silenciosamente para a primavera seguinte.

Ele tinha tentado fazer contato pela primeira vez havia duas semanas. O período de tolerância tinha obviamente terminado. Perguntas hesitantes tinham sido deixadas na minha secretária eletrônica, que ficava ligada dia e noite. Uma carta compassiva que terminava com uma pergunta. O número dele aparecendo repetidas vezes no meu celular.

Eu estava me fingindo de morto… e de certa forma estava morto mesmo. A minha criatividade havia se extinguido. A minha astúcia, se transformado em cinismo. Eu atravessava os dias com esforço e me via em uma perda permanente de palavras. O que poderia dizer, afinal? Que nunca mais colocaria no papel nada que as pessoas quisessem ler? Que não tinha mais palavras dentro de mim — um homem muito triste que deveria escrever comédias alegres? A ironia do destino. Deus era um piadista sádico e eu estava irremediavelmente perdido.

— Drama, drama, drama — murmurei com um sorriso amargo espiando outra vez pela janela.

Monsieur Favre havia desaparecido, então respirei com mais facilidade. Ele obviamente tinha desistido.

Acendi um cigarro e chequei o relógio. Faltavam três horas para eu pegar o Arthur na creche. O meu filho era a única razão de eu ainda estar entre os vivos. A única razão de eu ainda me levantar pela manhã, me vestir, ir ao mercado comprar comida. A única razão de eu ainda falar.

O meu menininho nunca desistia. Havia herdado aquilo da mãe. Arthur entrelaçava os dedinhos nos meus e me arrastava para admirar sua mais recente obra com Lego. À noite, se enfiava na minha cama e se aconchegava a mim, confiante. Ele me envolvia em conversas, fazia milhares de perguntas e planos. Arthur dizia coisas como: "Quero ir ao zoológico ver as girafas", ou "*Papa*, a sua barba está arranhando", ou "Você prometeu que ia ler pra mim", ou ainda "A *maman* está mais leve do que o ar agora?"

Apaguei o cigarro e voltei a me sentar diante da escrivaninha. Estava fumando demais, bebendo demais. Vinha sobrevivendo à base de antiácidos. Peguei outro cigarro de um maço com a foto do pulmão de um fumante. Ah, pelo amor de Deus! Era assim que eu ia acabar, mas antes de chegar àquele ponto ao menos terminaria a carta — a primeira de trinta e três, que me parecia tão inútil quanto um bócio. Cartas para uma morta. Passei os dedos pelo cabelo.

— Ah, Hélène, por quê? — sussurrei enquanto encarava a foto dela no porta-retratos sobre o desk pad de couro verde-escuro em cima da mesa.

Eu me sobressaltei quando a campainha do apartamento voltou a tocar. Assustado, puxei a correntinha da luminária verde antiquada, apagando a luz que estava acesa em vão desde o início da manhã. Quem poderia ser? Um instante depois, alguém começou a bater na porta.

— Azoulay? Azoulay, abra. Sei que você está aí!

Sim, eu estava ali, na prisão que escolhi naquele quarto andar. Não consegui evitar de lembrar de alguns anos antes, da época em que Hélène e eu nos encontramos com o corretor de imóveis nos cômodos vazios desse apartamento antigo, que na verdade só pudemos pagar por causa dos meus primeiros royalties. O corretor o tinha chamado de apartamento dos sonhos: ensolarado, a apenas alguns passos do Boulevard Saint-Germain, mas ainda silencioso.

— Só que não tem elevador — tinha protestado Hélène. — Quando ficarmos velhos, vamos estar bufando e arquejando sempre que chegarmos aqui em cima.

Rimos daquilo. "Quando ficarmos velhos" tinha soado tão distante na época. Que estranho... nós imaginamos as coisas, e então elas acontecem de forma completamente diferente.

Em todo caso, Jean-Pierre Favre havia conseguido entrar no prédio e vencer os lances de escada com agilidade.

Ele provavelmente havia tocado a campainha do vizinho. Esperava que não tivesse sido a de Cathérine Balland, que ficava com a chave do nosso apartamento para o caso de uma emergência.

Cathérine fora a melhor amiga da minha esposa. Ela morava sozinha com sua gata, Zazie, um andar abaixo de nós, e tentou me dar o máximo de apoio possível. Até cinco dias antes da morte de Hélène, Cathérine se agarrou à esperança de que tudo poderia acabar bem. Ela tomava conta do Arthur de vez em quando, e passava horas jogando Uno com ele, um jogo de cartas cujo apelo eu jamais compreendi. Cathérine era mesmo fantástica, mas ela também sentia saudade demais de Hélène para conseguir me oferecer algum consolo. Na verdade, acontecia o inverso — às vezes, eu não conseguia suportar o "Ah, Julien..." dela, ou seus olhos de Julie Delpy, muito tristes e expressivos.

Até aquele momento, eu tinha conseguido não me desmanchar em lágrimas na frente de Cathérine. Graças a Deus.

— Azoulay? Azoulay, não seja bobo. Acabei de ver você na janela. Abra a porta! Sou eu, Jean-Pierre Favre. Seu editor, lembra de mim? Não me deixe parado aqui como um idiota. Eu só quero conversar. Abra! — Mais batidas.

Continuei sentado na minha cadeira, sem mover um músculo. Como um homem pequeno, com mãos tão bem cuidadas, podia ter tanta resistência e força?

— Você não pode ficar enfurnado aí para sempre — bradou ele do outro lado da porta.

É claro que posso, pensei, rebelde.

Fui até o corredor na ponta dos pés, esperando ouvir os passos de Favre desaparecerem na escada de madeira. Mas não ouvi nada. Talvez nós dois estivéssemos ali — eu dentro, ele fora — prendendo a respiração e nos esforçando para ouvir alguma coisa.

Então, ouvi um barulho, o som de alguém arrancando uma página de caderno. Instantes depois, uma folha de papel branca deslizou por baixo da porta.

Azoulay? Você está bem? Por favor, ao menos me diga que está tudo bem. Não precisa me deixar entrar, mas não vou sair daqui até que me dê algum sinal de vida. Estou preocupado com você.

Ele obviamente havia presumido que eu estava em pé em cima de uma cadeira com uma corda ao redor do pescoço, como o triste herói de *Pão e tulipas*, um de seus filmes favoritos.

Sorri mesmo contra vontade e voltei silenciosamente para a minha escrivaninha.

Está tudo bem, escrevi cuidadosamente na folha antes de empurrá-la de volta por baixo da porta.

Por que não me deixa entrar?

Pensei por um momento.

Não posso.

Recebi uma resposta imediata.

O que quer dizer com isso? Você está pelado? Ou bêbado? Está recebendo a visita de uma dama?

Cobri a boca, cerrei os lábios e balancei a cabeça. "A visita de uma dama" — só mesmo Favre para usar uma frase tão antiquada.

Não, não tem nenhuma dama me visitando. Estou escrevendo.

Enfiei a folha por baixo da porta e esperei.

Fico tão feliz em ouvir isso, Azoulay! Que bom que está escrevendo de novo. Vai ajudar você a se distrair, pode acreditar em mim. Não vou mais te incomodar. Escreva, meu amigo! Me dê notícias. Falo com você em breve!

Sim. Em breve! Vou entrar em contato, escrevi de volta.

Jean-Pierre Favre hesitou por um momento, sem saber direito como agir, mas então ouvi seus passos na escada. Corri para a janela e o vi sair do prédio, com a gola do casaco levantada. Ele seguiu, então, a passos curtos e rápidos pela Rue Jacob em direção ao Boulevard Saint-Germain.

Eu me sentei mais uma vez diante da escrivaninha e comecei a escrever.

Minha querida Hélène,

Você teria gostado do funeral. Dizendo assim, parece que foi ontem, e para mim foi, embora já tenham se passado seis meses. O tempo parou desde aquele dia dourado de outubro — tão inadequado para um funeral e tão adequado para você, sempre radiante. Espero que veja que finalmente estou escrevendo para você. A primeira de trinta e três cartas inúteis. Não, me perdoa. Não quero ser cínico. Você queria que eu fizesse isso, e nós combinamos que eu faria. Vou cumprir essa última promessa. Você tinha algo em mente, tenho certeza, embora eu não tenha a menor ideia do que seja.

Tudo perdeu o sentido desde que você partiu.

Mas estou tentando, de verdade. Você disse que leria as minhas cartas onde quer que estivesse. Quero muito acreditar que as minhas palavras vão de alguma forma chegar até você.

É quase primavera, Hélène. Mas a primavera sem você não é realmente primavera. As nuvens estão se movendo em blocos. Chove, então o sol logo volta a aparecer. Esse ano não vamos poder passear pelo Jardin du Luxembourg, de mãos dadas com o Arthur e balançando-o no ar dizendo: "um, dois, três e já!"

Acho que não sou muito bom em ser pai solo. O Arthur reclama muito que eu nunca rio. Essa noite assistimos juntos a um filme antigo da Disney, *Robin Hood*. Você sabe, aquele com as raposas. Já vimos esse filme cinco vezes só esse mês. Quando chegamos à cena em que Robin Hood e seus homens usam uma corda e roldanas para roubar os sacos de ouro de John, o príncipe malvado, enquanto ele ronca na cama, Arthur de repente anunciou: "*Papa*, você tem que rir. Isso foi muito engraçado!" Eu tentei sorrir e fingir que era mesmo.

Ah, Hélène! Passo o tempo todo fingindo. Finjo que assisto TV, finjo que leio, finjo que escrevo, que falo ao telefone, que faço compras, que saio para caminhar, que escuto. Eu finjo viver.

A vida está tão difícil... Estou tentando, você precisa acreditar em mim. Estou tentando ser forte do jeito que você me disse para ser, tentando continuar a viver sem você.

Mas sem você o mundo é tão solitário, Hélène. Sem você eu me sinto perdido. Parece que não consigo fazer mais nada direito. De qualquer forma, você teria gostado da cerimônia. Todo mundo disse que foi um belo funeral. Sei que isso é uma incoerência, mas ainda assim... Planejei tudo do jeito que você queria. Pelo menos disso eu posso me orgulhar.

Encontrei um lugar lindo no Cemitério de Montmartre, bem ao lado de um velho castanheiro. O túmulo de Heinrich Heine também não está muito longe. Você teria gostado. Disse a todos que compareceram ao funeral para vestirem qualquer coisa menos preto, como você pediu. Naquela manhã de outubro — poucos dias depois do seu aniversário de trinta e três anos — tudo teria sido perfeito, se não estivéssemos nos despedindo de você para sempre. O sol brilhava e as folhas cintilavam em tons de amarelo e vermelho. Tudo estava tranquilo, quase alegre. Uma longa procissão de convidados com roupas de cores vivas seguia atrás do seu caixão coberto de flores, quase como se estivessem indo para alguma festa. Pensei comigo mesmo como algo tão elegante também podia ser tão triste. E, sim, podia.

Todos compareceram. Seu pai, seu irmão e suas tias e primos da Borgonha. A minha mãe e a irmã dela, Carole, que até levaram o velho Paul, o marido sempre confuso, que ficava perguntando a cada poucos minutos "Quem morreu?" e, assim que dizíamos a ele, esquecia de novo. Todos os nossos amigos estavam lá. Até a sua amiga de infância, Annie, de Honfleur, chegou correndo ao cemitério depois que a cerimônia na capela já havia terminado e estávamos reunidos em volta do túmulo. Annie se atrasou tanto porque um pobre coitado se jogou na frente do trem em que ela estava — e ela ainda teve sorte de conseguir encontrar um taxista disposto a levá-la a uma velocidade vertiginosa pelo último trecho da viagem, até Paris. O buquê de rosas e lírios que Annie carregava chegou em frangalhos, mas ela conseguiu, aquela alma leal.

Muitos dos seus colegas de trabalho estavam lá, assim como os alunos da sua turma. O diretor disse algumas palavras na capela, e o padre também fez sua parte com alguma emoção. O coral da escola cantou a Ave Maria. Para minha surpresa, achei a apresentação comovente. Cathérine fez um elogio fúnebre maravilhoso, que emocionou todo mundo. Ela estava muito calma e controlada, e fiquei realmente admirado. Mais tarde, Cathérine confessou ter tomado um sedativo. Não consegui fazer nada — tenho certeza de que isso não é nenhuma surpresa —, mas coloquei uma foto sua na capela, em tamanho grande — aquela em que você está de pé naquele vasto campo de lavanda, os braços cruzados enquanto ri tão exuberante para a câmera. Foi na nossa primeira viagem juntos para a Provence, lembra? Você parece tão feliz. É uma das minhas fotos favoritas, mesmo que você sempre reclame que o sol te faz apertar os olhos.

Escolhi uma música para você, e ela foi tocada enquanto estávamos ao redor do túmulo. "Tu est le soleil de ma vie", nossa versão francesa do sucesso do Stevie Wonder. Porque é isso que você sempre foi para mim, meu amor, o raio de sol da minha vida.

Não consegui consolar o Arthur quando baixaram o caixão. Ele se agarrou a mim e depois à *mamie*. Foi horrível para todos nós vermos você desaparecer, para sempre e irremediavelmente, naquele buraco profundo. O Alexandre ficou ao meu lado, como uma rocha na arrebentação, e apertou o meu braço.

— Acredite em mim, esse é o pior momento — disse ele. — Não vai ficar pior que isso.

Aquilo me lembrou das palavras de Philippe Claudel, que uma vez escreveu que uma hora todos acabamos em um cortejo fúnebre.

Fiquei ali, paralisado, e vi todas as flores e coroas com as últimas homenagens a você. Vi meu filho soluçando, dizendo que não tinha mais mãe, e isso foi a última coisa que vi, porque as lágrimas me cegaram. As coisas melhoraram quando chegamos ao restaurante, depois. Os convidados começaram a conversar uns com os outros, encheram seus pratos e até riram. Todos estavam aliviados por estarem do outro lado, e aquilo gerou uma intimidade, uma jovialidade temporárias. Acabei até conversando com várias pessoas e comendo alguma coisa porque fiquei subitamente faminto. O Arthur passava de uma pessoa para outra, explicando que você havia pegado todas as suas malas e se mudado para o céu, onde seria bonita novamente. E que você ia ficar feliz por ver a sua *maman* de novo. (Mas eu não estava tão certo disso, porque sei como a sua mãe era difícil. Só espero que vocês não acabem discutindo aí no céu, onde dizem que deve reinar grande paz e sossego.)

De qualquer forma, o Arthur acha que de algum jeito você conseguiu abandonar magicamente o caixão e agora está flutuando acima das nuvens. Ele está convencido de que você está bem porque agora é um anjo e pode comer clafoutis aux cerises no céu todos os dias. Você adorava esse doce, não é?

Não faz muito tempo, preparei espaguete para o Arthur, com o molho preferido dele (um pouco de ketchup misturado com creme de leite e tudo aquecido em uma panela — ainda consigo dar conta disso), e enquanto eu preparava a comida o Arthur de repente falou que você tinha dito a ele que ia fazer uma viagem muito, muito longa e que não conseguiria receber ligações de onde estava porque o sinal era muito ruim.

— Mas não precisa se preocupar, *papa* — acrescentou ele. — A gente vai se ver lá um dia e, até lá, a *maman* vai nos visitar nos nossos sonhos. Ela disse que vai. Eu sempre vejo ela quando sonho — me garantiu o Arthur, embora eu não tenha certeza se ele não inventou tudo isso só para me ajudar a me sentir melhor. — A *maman* parece um anjo e agora tem cabelo comprido.

Ontem, ele também queria saber se você tinha asas e se podia mesmo ver TUDO do céu. Acho que ele comeu um pouco de chocolate escondido depois de escovar os dentes e ficou meio ansioso.

Queria lidar com a sua morte tão bem quanto o Arthur, Hélène. De vez em quando ele fica triste e sente falta da *maman* dele, mas sem dúvida aceitou muito mais rápido do que eu que você não existe mais aqui embaixo. Ele sempre me pergunta o que a *maman* diria sobre as coisas — e eu também gostaria de saber. Tenho tantas perguntas e nenhuma resposta, meu amor. Onde você está agora?

Sinto muita, muita, muita saudade de você!

Pus apenas um ponto de exclamação, mas deveria ter posto mil.

Eu me tornei humilde na minha dor. Ficaria satisfeito se pudesse só pegar você emprestada "lá de cima" uma tarde por mês, para que pudéssemos passar algumas horas juntos. Não seria maravilhoso se algo assim fosse possível?

Em vez disso, estou finalmente escrevendo para você. Enfim...

Fico feliz que a *mamie* more tão perto que possa tomar conta do Arthur. Ela me ajuda muito. E também sente a sua falta. Ela gostou de você desde o começo, desde a primeira vez em que te levei em casa para conhecê-la. Lembra? A *mamie* é o extremo oposto da sogra malvada. E, como toda boa avó, idolatra o Arthur. Ele consegue o que quer dela com aquela tagarelice sem fim, e a avó não consegue resistir a nenhum dos pedidos dele. Chego a ficar com ciúmes — não me lembro dela ser tão paciente e gentil comigo... Quando fizer mais calor, os dois querem ir de carro até Honfleur e ficar lá por duas semanas, na praia. Vai fazer bem ao Arthur não ter que ficar vendo a minha cara triste o tempo todo.

O Favre apareceu na minha porta hoje de manhã. Ele também foi ao funeral com a esposa, Matilde, que parece ser uma pessoa muito simpática e bondosa. É claro que o Favre quer saber como está indo o meu novo romance. Não tenho ideia se algum dia vou terminar. Você me diria que preciso me recompor, mas ainda preciso de um tempo. O tempo dá, o tempo tira. O tempo cura todas as feridas. Esse é o ditado mais estúpido que já ouvi.

Só espero que você esteja melhor, meu anjo! A propósito, pode ficar feliz: encomendei uma lápide de mármore para você. É decorada com uma placa de bronze com a cabeça de um anjo. Alexandre, o nosso superesteta, conhecia um canteiro que trabalha com um escultor. Foi ele quem desenhou o relevo, se baseando em uma foto sua. Até o Arthur reconheceu você na mesma hora quando visitamos o seu túmulo esses dias. Ficou um primor. Contei a ele que eu e você nos conhecemos nesse cemitério, no túmulo do Heinrich Heine. Expliquei que sem o poeta talvez ele nunca tivesse nascido. Isso fez o nosso filho rir com vontade.

Vou até o Cemitério de Montmartre amanhã para entregar a minha primeira carta a você. Sinto muito por ter demorado tanto. Agora que a maldição foi quebrada, a próxima chegará muito mais rápido. E você vai ficar surpresa, porque pensei em uma coisa muito especial para a nossa correspondência unilateral.

Até lá, então, minha amada Hélène. Até minha próxima carta — até que você possa ser minha de novo, como certa vez em maio.

Julien

2

Todos precisam de um lugar para ir

O céu primaveril estava de brincadeira comigo. Quando saí da estação de metrô Abbesses na manhã seguinte, começou a chover, fazendo com que as meninas que tentavam tirar fotos em frente à placa "Métropolitain" da belle époque se espalhassem como confete. Elas gritavam e riam, e correram para um dos cafés próximos que estão sempre cheios àquela hora do dia.

Eu me protegi sob a entrada de uma das casas até a chuva parar e eu poder continuar o meu caminho para o Cemitério de Montmartre. Ergui a mão distraidamente para checar se a carta ainda estava enfiada no bolso interno da minha jaqueta de couro marrom.

Estranhamente, naquele dia eu me sentia melhor do que vinha me sentindo. Saber que finalmente tinha escrito para Hélène me dava uma sensação boa, mesmo que não tivesse feito nada melhorar. Teria a escrita algum efeito catártico? Fosse o que fosse, não acordei por volta das quatro da manhã, como se tornara regra nos últimos meses. Com o tempo, eu havia passado a detestar aquelas primeiras horas do dia, quando os pensamentos apertavam o meu peito como espíritos malignos e a escuridão corroía a minha alma.

— O que você vai fazer hoje, *papa*? — perguntou Arthur no café da manhã, me olhando com interesse por cima da sua caneca de chocolate quente, as mãos ao redor dela. Ele nunca me pergunta isso. Talvez as crianças tenham mesmo "faro para as coisas", como a minha mãe gosta de dizer.

Vi a boca manchada de chocolate dele e sorri.

— Hoje eu vou visitar a sua *maman* — falei.

— Ah, posso ir também?

— Não, hoje não, Arthur. Você tem que ir para a creche.

— Por favorzinho!

— Não, meu amor, da próxima vez você vai!

Naquele dia, eu tinha uma missão que não podia ser interrompida.

Depois que deixei o Arthur na creche — sob os olhares de pena das professoras, já que eu era o infeliz que havia perdido a esposa prematuramente, o que me garantiu passe livre para me atrasar ao buscar o Arthur à tarde —, peguei a linha doze, que me levou até Montmartre pelo metrô. Como eu morava em Saint-Germain, o cemitério no extremo norte de Paris não ficava exatamente a um pulo da minha casa. A distância talvez fosse uma coisa boa, caso contrário eu talvez tivesse simplesmente me mudado para o cemitério. Do jeito que eram as coisas, cada viagem bamboleante pelos túneis escuros do metrô virava uma curta jornada no fim da qual eu emergia em um mundo diferente, um mundo verde e silencioso.

Ali — entre as estátuas castigadas pelo tempo, as lápides afundadas cobertas pela pátina do esquecimento e as flores recentes que cintilavam em cores vivas mesmo enquanto murchavam, até que sua cor desbotasse por completo — o tempo parecia suspenso, como se a terra tivesse parado.

Diminuí automaticamente o passo assim que passei pelos portões do cemitério e segui pelos caminhos desolados, as poças d'água refletindo as nuvens acima. Segui por algum tempo pela Avenue Hector Berlioz e acenei para o jardineiro do cemitério que passou por mim com o ancinho na mão antes de virar à direita na Avenue de Montebello. Então, peguei uma das trilhas menores, à procura do grande castanheiro. As flores logo começariam a espalhar seu delicioso aroma. Apalpei instintivamente o bolso da jaqueta, onde ainda estava aninhada a castanha que eu havia pegado no dia do enterro. Passei os dedos ao redor do fruto, tão reconfortante e suave na minha mão, como se fosse uma âncora.

Olhei para a direita, na direção do túmulo de Heinrich Heine. Estava ali, atrás dos arbustos verdes e das lápides que pareciam se fundir a distância. Eu não conseguia mais me lembrar do que havia me levado àquele cemitério tantos anos atrás. Quase nunca ia ao 18º arrondissement, um daqueles bairros que atraem tantos turistas — graças à Sacré-Coeur, às vistas panorâmicas de Paris e às charmosas e sinuosas vielas de Montmartre. Provavelmente foi o meu melhor amigo, Alexandre, que insistiu que pelo menos uma vez na vida todo mundo precisava caminhar pelo Cemitério de Montmartre, nem que fosse apenas para visitar o túmulo de Marie Duplessis, a inspiração para Marguerite Gautier, mais conhecida como a Dama das Camélias, personagem imortalizada por Alexandre Dumas. Naquele dia de maio em particular, que parecia ter sido uma eternidade antes, eu passeava por esse cemitério encantador, vagando, perdido em pensamentos entre os anjos e as lápides em ruínas, que com suas colunas e seus telhados pontiagudos lembravam casinhas, em busca da sepultura da *Dame aux Camélias*. Mas nunca cheguei lá, porque outra coisa chamou a minha atenção: uma cabeça coberta por cachos acobreados que brilhavam ao sol e pareciam flutuar sobre as lápides como uma nuvem crepuscular. Aqueles cachos pertenciam a uma jovem de vestido verde, parada respeitosamente diante do busto de Heinrich Heine, lendo os versos gravados na laje de mármore presa ao chão. A jovem estava com uma pasta pressionada junto ao peito e a cabeça inclinada para o lado. Eu me apaixonei na mesma hora por sua boca vermelha suave e pelo nariz arrebitado e sardento. Fui me aproximando em silêncio, inclinei um pouco a cabeça e li baixinho as palavras escritas certa vez pelo poeta alemão, que encontrou ali o seu último lugar de descanso. O poema era assim:

Onde, para quem está cansado de viajar,
será meu último lugar de descanso?
Sob palmeiras no sul?
Sob tílias perto do Reno?

Serei eu, em algum lugar no deserto,
enterrado por mãos estrangeiras?
Ou descansarei na costa
de um mar na areia?

Ainda assim, estarei cercado
pelo céu de Deus tanto lá quanto aqui;
e, como lâmpadas fúnebres,
as estrelas flutuarão acima de mim à noite.

Ela se virou para mim e me examinou com curiosidade. Era alta, quase tanto quanto eu.

— Lindo, não? — perguntou enfim a jovem.

Assenti. Mas a verdade era que a minha leitura provavelmente deixava muito a desejar, por melhor que fosse o meu alemão.

— Você também gosta do Henri Heine? — Ela pronunciou o nome do poeta com sotaque francês e de uma forma tão terna como se ele fosse um parente: *onri'äne*.

— Muito — menti. Eu não tinha lido quase nada dele até aquele momento.

— Eu amo Henri Heine — declarou ela com fervor. — Um dos últimos poetas românticos. — E sorriu. — No momento, estou escrevendo a minha dissertação de mestrado. É sobre ele e a ironia romântica.

— Ah, que interessante!

— O coitado não teve uma vida fácil. Estava doente e não tinha pátria, pode-se dizer. Isso basta para tornar alguém irônico. Afinal, precisamos encontrar uma forma de nos salvar, certo? Ainda assim, ele escreveu poemas tão maravilhosos...

Ela ficou olhando com uma expressão pensativa para o busto do poeta, cujo rosto expressava certa misantropia.

— Estou feliz por ele estar aqui, e não sob tílias alemãs, onde de qualquer modo ninguém o entendia. Ao menos aqui ele está junto de Matilde. Era seu desejo expresso ser enterrado aqui, no Cemitério de Montmartre. Sabia?

Balancei a cabeça.

— Não, mas posso entender o motivo. Esse lugar é mesmo acolhedor.

— Sim — concordou a jovem, distraída. — Eu também quero ser enterrada aqui quando morrer. Amo esse cemitério.

Um pássaro cantou em algum lugar, e a luz passou por entre as árvores, pintando ondulações ao longo da trilha onde estávamos parados lado a lado.

— Você não deveria pensar na morte em um dia tão bonito como hoje — falei, e decidi arriscar uma sugestão. — Quer tomar um café comigo? Eu adoraria saber mais sobre o seu amigo Heine e a ironia romântica.

— Hummm. E posso apostar que também quer saber um pouco sobre mim, não é? — respondeu a jovem, e me lançou um olhar travesso. Ela não tinha demorado muito para entender o meu objetivo.

Eu sorri, meio culpado.

— Principalmente sobre você.

E foi assim que conheci Hélène. Em um cemitério. Mais tarde, gostávamos de contar aquele encontro como uma história bem-humorada, mas naquele dia de maio em particular, sentados ao sol na frente de um café, esticando as pernas e flertando de brincadeira, eu jamais teria acreditado que apenas alguns anos depois eu a visitaria no mesmo cemitério.

Quando cheguei ao túmulo de Hélène, meus pés estavam molhados. Perdido nas lembranças, eu tinha enfiado o pé em uma poça onde algumas guimbas de cigarro se desintegravam.

Havia um novo buquê de miosótis diante da lápide pálida e estreita com o relevo de bronze da cabeça do anjo de perfil, o que tinha as feições de Hélène. Quem poderia ter deixado aquelas flores?

Olhei ao redor, mas não vi ninguém. Eu me inclinei para tirar algumas folhas de castanheiro que haviam caído sobre a hera verde que cobria a sepultura, então me levantei e deixei o olhar vagar com tristeza pelo bloco de mármore simples em que o nome de Hélène e as datas de nascimento e morte estavam gravados em letras douradas sem serifa. Abaixo havia três linhas que sempre me lembrariam do nosso primeiro encontro:

Vamos, meu amor,
seja meu de novo,
como certa vez em maio.

Um dia, teríamos um ao outro de novo. Não sou um homem devoto, mas não havia nada que eu desejasse mais do que aquilo. Talvez um dia dançássemos juntos como nuvens brancas, ou talvez ficássemos entrelaçados em um abraço eterno como as raízes de duas árvores. Quem poderia saber?

— Hélène — sussurrei. — Você está bem?

Passei os dedos gentilmente pelo rosto do anjo, e senti a garganta apertada. Engoli em seco.

— Bom, eu mantive minha promessa. Veja só.

Tirei a carta do bolso da jaqueta e olhei ao redor mais uma vez antes de me ajoelhar para tatear em busca de um certo ponto na parte de baixo da lápide. Quando apertei o botão, ele acionou um mecanismo que abriu um compartimento embutido na pedra, invisível ao observador casual. A cavidade ali dentro era grande o bastante para as trinta e três cartas que seriam guardadas por toda a eternidade. A tampa de pedra se abriu. Enfiei rapidamente o envelope e fechei.

Ninguém — a não ser o meu lindo anjo, perdido em devaneios e olhando sempre ao longe, e o pedreiro que atendeu ao meu pedido e que eu nunca mais encontraria — jamais saberia do pequeno compartimento que eu havia pedido para fazerem ali a fim de guardar as minhas cartas para Hélène. Eu tinha muito orgulho dessa ideia, que me permitia colocar a minha correspondência em uma caixa de correio secreta e deixá-la em um lugar tão íntimo.

Todos precisam de um lugar para ir quando querem visitar uma pessoa morta, pensei. Esse desejo pode explicar por que ainda temos cemitérios. É claro que podemos acender uma vela ao lado de uma foto da pessoa, mas isso não é um lugar real. Não é o lugar onde a pessoa amada está dormindo.

Um farfalhar baixo me assustou e, quando me virei e olhei ao redor do cemitério, vi um gato laranja sair de trás de uma lápide em ruínas perseguindo uma folha que o vento havia arrancado da árvore. Ri de alívio. Não havia contado a ninguém sobre o último e incomum desejo de Hélène. Nem mesmo Alexandre sabia das cartas.

Alguns minutos depois, fui em direção ao portão do cemitério. Estava olhando para o chão enquanto caminhava, e quase trombei com uma mulher que descia correndo um dos caminhos sinuosos que levavam ao portão. Era Cathérine.

— Cathérine! O que está fazendo aqui? — perguntei.

— A mesma coisa que você, eu acho — respondeu ela timidamente. — Eu estava no túmulo.

— É, bom… eu também — admiti sem jeito.

Estávamos os dois constrangidos por algum motivo e parecíamos não ter mais ideia do que dizer. Encontrar alguém em um cemitério não era exatamente a mesma coisa que encontrar essa pessoa em um café ou no corredor de um prédio — talvez as pessoas prefiram ficar sozinhas quando estão tristes.

— A lápide ficou bonita — disse Cathérine por fim. — Linda mesmo. Principalmente o anjo.

Assenti.

— É. — E só para ter mais alguma coisa a dizer, perguntei: — Foi você quem deixou as miosótis?

Foi a vez de Cathérine assentir.

— Tinha algumas flores lá, mas estavam todas murchas. Eu joguei fora. Espero que você não se incomode. A chuva… — Ela encolheu os ombros com ar contrito.

— Claro que não, foi ótimo. — Sorri.

Eu não queria dar a impressão de que tinha controle absoluto sobre o que acontecia no túmulo de Hélène. Afinal, qualquer um poderia visitar o túmulo que quisesse. Os mortos em Montmartre não podiam impedir que estranhos parassem diante dos seu túmulo para deixar flores ou tirar fotos. Além do mais, Cathérine era amiga de Hélène.

— Você veio de metrô? Vamos voltar juntos? Ou a gente poderia ir a algum lugar para tomar uma xícara de café, o que acha? Não vou dar aula hoje de manhã. — Cathérine colocou uma mecha de cabelo atrás da orelha e encontrou os meus olhos com aquela expressão triste.

— Vai ser um prazer fazer isso em outro momento. Tenho um compromisso daqui a pouco. Com o Alexandre — me apressei a responder, e dessa vez não era mentira.

— Tudo bem… — disse ela, então pareceu hesitar. — Você… hum… está bem?

— Mais ou menos — respondi sem me alongar.

— Você sabe que pode deixar o Arthur comigo sempre que quiser. Ele gosta de brincar com a Zazie. — Cathérine tentou sorrir. — Poderíamos jantar juntos algum dia. Posso preparar alguma coisa gostosa pra gente. Sei que você passou por um momento difícil, Julien. Nós todos… — Seus olhos assombrados cintilavam, e tive medo de que ela começasse a chorar de repente.

— Eu sei. Obrigado, Cathérine. Agora realmente preciso ir. Se cuida...

Fiz um gesto vago com a mão na direção dela, que poderia significar qualquer coisa, e escapei. Não foi muito educado da minha parte, mas deixei Cathérine parada ali. Pude sentir seus olhos me acompanhando com uma expressão desapontada, enquanto eu sumia nas ruas movimentadas que cercavam a Place des Abbesses.

3

Nenhum homem deveria ficar sozinho por muito tempo

— Meu velho, você parece acabado — comentou Alexandre. — Comeu alguma coisa ultimamente ou só está fumando?

Balancei a cabeça.

— Obrigado pelo apoio, Alexandre. É disso que gosto em você.

Arrisquei uma olhada rápida no velho espelho veneziano pendurado à esquerda da porta da loja. Eu parecia mesmo bastante abatido. Meu cabelo cheio e ligeiramente ondulado estava um pouco comprido demais e minhas olheiras pareciam manchas sob os meus olhos.

— Pode ser difícil de acreditar, mas hoje está sendo um dos meus melhores dias — eu disse com um suspiro, tentando arrumar um pouco o cabelo.

Recentemente, eu havia começado a dividir os meus dias entre bons, melhores e ruins, embora ainda não tivesse havido um bom.

— É mesmo? Não parece.

Alexandre segurou um anel de sinete de ouro rosé contra a luz e assentiu, satisfeito. Então o guardou em uma bolsinha de veludo azul-escuro, antes de me olhar criticamente.

— Me fala uma coisa... Você usa alguma outra roupa que não essa blusa cinza de gola alta?

— O que você tem contra o meu suéter... é de caxemira!

— É, mas você fez alguma promessa ou coisa parecida? Vai usar esse suéter até as trombetas de Jericó tocarem? — Ele ergueu as sobrancelhas e sorriu. — Toda vez que vejo você, está com essa blusa.

— Bobagem. Além do mais, você não me vê o tempo todo.

Eu estava na loja do Alexandre, na Rue de Grenelle, e já me sentia melhor, como acontecia toda vez que estava com ele. Alexandre era a única pessoa do meu círculo de amizades que me tratava de um jeito totalmente "normal". Ele nunca levava em conta a "minha situação" e, embora a sua aparente falta de compaixão às vezes me incomodasse, eu sempre soube que o mau humor do meu amigo era mais para se exibir.

Alexandre Bondy era uma das pessoas mais gentis que eu conhecia, uma alma artística com ideias malucas e habilidades manuais delicadas. Era o meu amigo mais próximo e, se necessário, teria dado seu braço direito por mim. Quando éramos mais jovens, costumávamos esquiar juntos todo inverno em Verbier ou em Val d'Isère, e nos divertíamos muito. Sempre fingimos ser irmãos, mesmo que não tivéssemos nada parecido, ele com o cabelo preto e olhos escuros, eu com o meu cabelo loiro-escuro e olhos azuis. Chamávamos um ao outro de Jules e Jim. Eu, claro, era Jules e ele Jim, para combinar com a aparência dos personagens. Mas, felizmente, nunca nos apaixonamos pela mesma mulher, como os heróis do filme. No meu aniversário de trinta anos, Alexandre me deu um relógio com "Jules" gravado por ele mesmo na parte de trás.

Alexandre era ourives, um dos mais criativos e caros de Paris. Sua lojinha se chamava L'Espace des Rêveurs, o espaço dos sonhadores. Eu não conhecia uma única mulher que não tivesse se apaixonado instantaneamente por suas requintadas joias artesanais. Algumas de suas peças eram enfeitadas com pedras preciosas minúsculas nas cores pálidas da primavera, enquanto outras eram cravejadas com pérolas negras e reluzentes dos mares do sul, que a julgar pelo preço provavelmente eram bem raras. Pingentes redondos ou angulares em ouro fosco martelado ou prata, gravados com citações de Rilke ou Prévert. Corações de fada pontiagudos e cintilantes de quartzo rosa, ágata ou água-marinha em bases douradas em formato de cruz, com um rubi do tamanho de uma cabeça de alfinete na interseção. Ninguém que eu conhecia era mais obcecado por detalhes que o Alexandre. A cada três meses ele mandava pintar sua loja de uma cor diferente — cinza-escuro, verde-tília, bordô… — e, ao longo das paredes, havia azulejos quadrados de cerâmica feitos à mão em branco leitoso. No meio de cada azulejo, Alexandre escrevia com caneta preta fina coisas como *poeira de flores*, ou *chagrin d'amour*, ou *reino*, ou *Toi et moi* (*você e eu*) em sua letra cursiva.

Qualquer um capaz de criar e produzir objetos tão encantadores tinha que ser extremamente sensível, e acredito que não havia ninguém naquela época que soubesse tanto quanto ele sobre o que se passava no meu coração e na minha mente. Alexandre era um amigo de verdade, mas detestava lugares-comuns e me poupava de frases bem-intencionadas como "O tempo cura todas as feridas" e "Vai melhorar".

Esse era o problema naquele exato momento. Nada estava melhorando. Eu não conseguia encontrar consolo em nada, pelo menos não ainda.

— Estou vindo do cemitério — falei.

— Ótimo, então deve estar com fome. O ar fresco sempre deixa a gente com fome.

Alexandre guardou com todo cuidado a bolsinha de veludo no gigantesco cofre cinza-escuro que se erguia junto à parede dos fundos da loja. Então, fechou a pesada porta de aço e digitou a senha.

Assenti e fiquei surpreso ao me dar conta de que estava mesmo com fome. O croissant que tinha mergulhado descuidadamente no meu café naquela manhã não durara muito.

— Deixa só eu guardar algumas coisas, então podemos ir. A Gabrielle deve chegar a qualquer minuto.

Ele desapareceu na sala dos fundos da loja, e eu podia ouvi-lo fazendo barulho com as suas ferramentas. Ao contrário de mim, Alexandre era extremamente exigente. Tudo tem que estar sempre no seu devido lugar. A desordem lhe causa uma dor quase física. Fui até a porta, acendi um cigarro e procurei pela Gabrielle.

Gabrielle Godard era uma criatura esguia e pálida, de cabelos escuros que estavam sempre presos — assim como sempre se vestia com roupas pretas ou brancas e fazia todos os recibos à mão, com tinta azul-escuro, em papel artesanal espesso. Ela era a rainha secreta da L'Espace des Rêveurs — usava as joias que Alexandre criava com uma graça inimitável, e fazia vendas sem ser balconista. Ela era a musa de Alexandre e, eu suspeitava, a rainha secreta do coração do meu amigo. Eu não poderia afirmar aquilo com certeza, mas os dois combinavam perfeitamente, se levássemos em conta as excentricidades e o senso de estilo de ambos.

Gabrielle estava demorando, por isso apaguei o cigarro e voltei para dentro. Andei pelas vitrines iluminadas que se alinhavam nas paredes naquele momento pintadas de azul-celeste, admirando as peças expostas ali. Um anel em particular chamou a minha atenção. Parecia feito de ouro fiado. Fios de ouro muito finos se entrelaçavam uns aos outros até formarem um pesado anel, digno de uma rainha medieval. Eu nunca tinha visto nada parecido. Obviamente era um modelo novo.

— Então, gostou do meu anel trançado? — perguntou Alexandre, orgulhoso, ajeitando os óculos pretos. — É a minha mais nova criação. Naturalmente, também pode ser encomendado com diamantes ou rubis trabalhados.

— Uma obra-prima — eu disse, impressionado. — Parece que foi fiado pela própria e adorável filha do moleiro. — Suspirei. — É uma pena que eu não precise mais de algo assim.

— É, uma pena — concordou Alexandre sem rodeios. — Pelo menos você está economizando muito dinheiro. Essa peça te custaria um pouco mais que o ouro da adorável filha do moleiro.

— Já é algum consolo.

— É o que estou dizendo. Venha, vamos comer! Não quero esperar mais.

Quando já estávamos quase saindo da loja, Gabrielle veio em nossa direção com suas roupas pretas emplumadas. Depois de nos cumprimentar discretamente, ela passou por nós na porta e assumiu a sua posição. Pouco depois estávamos sentados no bar lotado do *traîteur* favorito de Alexandre, na Rue de Bourgogne, comendo frango com chicória ao molho de vinho tinto. Alexandre não precisou de muito para me convencer a dividir uma garrafa de merlot com ele. Conversamos sobre assuntos aleatórios, não apenas sobre Hélène, e à medida que o calor do vinho se espalhava por todo o meu corpo a vida pareceu voltar brevemente ao "normal". Ouvi as histórias de Alexandre, e volta e meia pegava um pedaço de baguete fresca para passar preguiçosamente pelo molho apimentado.

A comida era simples e boa.

Alexandre limpou a boca com o guardanapo.

— E, então, como está indo a escrita?

— Não está — respondi com sinceridade.

Ele suspirou, desaprovando, e balançou a cabeça algumas vezes.

— Você precisa começar a voltar para o eixo, Julien.

— Não consigo. Estou infeliz demais. — Esvaziei a minha taça e senti uma onda de autopiedade tomar conta de mim.

— Não comece a chorar agora — ordenou Alexandre, embora me olhasse com preocupação. — A maior parte dos grandes escritores chegou ao seu melhor momento quando atingiu o fundo do poço. Pense só... Fitzgerald, Yeats... Baudelaire. Às vezes, um grande desespero pode catalisar um impulso insanamente criativo.

— Isso não está acontecendo comigo. Meu editor espera de mim um romance superengraçado, uma comédia. — Olhei para a minha taça de vinho, que àquela altura estava lamentavelmente vazia.

— E daí? Todos os bons palhaços são criaturas muito tristes.

— Pode ser, mas não sou atração de nenhum circo, onde alguém pode sem querer despejar um balde d'água inteiro sobre a cabeça ou escorregar em uma casca de banana. O que eu faço exige um pouco mais.

— Quer dizer, o que você *não* está fazendo. — Alexandre chamou com um gesto o enorme garçom atrás do balcão e pediu dois expressos. — E agora?

— Não faço ideia. Talvez eu devesse só desistir de escrever.

— E como ganharia a vida?

— Fazendo alguma coisa que precisasse apenas de um vocabulário limitado — respondi, sarcástico. — Eu poderia começar a vender sorvete. Vou comprar uma sorveteira e um carrinho, então... Baunilha, chocolate, morango...

— É uma ideia maravilhosa. O triste sorveteiro do Boulevard Saint-Germain. Já consigo até ver. As pessoas vão correr até seu carrinho só para ver sua expressão melancólica.

Com as mãos enormes, o gigante pôs nossas pequenas xícaras de porcelana grossa no balcão e pousou com força um açucareiro ao lado delas.

— O que eu faço? Estou sem inspiração nenhuma.

— Quer a minha opinião? — Alexandre pôs um pouco de açúcar no café.

— Não, não quero.

— O que te falta é uma mulher.

— Isso é verdade. Sinto falta da Hélène.

— Mas a Hélène está morta.

— É, eu também percebi isso.

— Agora você está bravo. — Ele passou o braço ao redor dos meus ombros em um gesto conciliador, mas me desvencilhei.

— Chega, Alexandre. Você é insensível.

— Não, não sou. Sou apenas seu amigo. E estou te dizendo que você precisa de uma mulher. Nenhum homem deve ficar sozinho por muito tempo. Não é bom para nós.

— Eu não pedi por isso, tá certo? Eu era bem feliz.

— Exatamente. Você *era* feliz. E agora obviamente não é mais. E não tem problema nenhum admitir isso.

Afundei a cabeça nas mãos.

— Estou admitindo. E agora?

— Agora... o agora é sempre o momento certo porque é o único momento que temos.

— Você deveria se ouvir. Está falando como um padre — respondi mal-humorado.

— Só estou querendo dizer que precisa se juntar novamente à raça humana. Você tem trinta e cinco anos e passou os últimos seis meses vivendo como um eremita... Julien! — Ele me sacudiu gentilmente, e tirei a cabeça das mãos. — Vou lançar a minha coleção de primavera no sábado depois da Páscoa e quero você lá. Quem sabe você não reencontre a sua inspiração? Um pouco de companhia humana vai te fazer bem, meu camarada.

Ele virou o expresso de um só gole e, subitamente, sorriu para mim.

— Você sabia que viúvos jovens e infelizes têm uma cotação bem alta com as mulheres?

— Eu não me importo.

— O mesmo vale para viúvos velhos e infelizes, mas só se forem muito ricos. Talvez você devesse escrever mais alguns best-sellers e guardar a ideia do sorvete para uma próxima vida.

— Chega, Alexandre!

— *Bon*, vou parar. Eu tenho mesmo que voltar para a loja. — Olhou de relance para o relógio, que combinava com o que tinha me dado. — Mas tem que prometer que vai ao lançamento da minha nova coleção.

— Eu prometo, embora você esteja me obrigando.

— Não tem importância. Não é sempre que podemos fazer o que queremos.

Alexandre jogou algumas notas em cima do balcão, então saímos e nos despedimos.

Faltavam duas semanas para a Páscoa e a minha mãe planejava levar o Arthur para a praia por duas semanas. Depois que eles fossem, eu poderia ir ao lançamento da coleção do Alexandre sem ter que fazer nenhum malabarismo. A festa talvez ajudasse mesmo a me distrair. De qualquer forma, pelo menos era um compromisso na minha vida monótona e sem alegria, cujos dias eram todos iguais, sempre no mesmo ritmo de dormir, comer, levar o Arthur para a creche e buscá-lo mais tarde.

Eu realmente planejava ir ao lançamento da coleção de primavera. Até anotei a data, 17 de abril, na agenda, embora estivesse preocupado com a possibilidade de não conhecer ninguém lá. Nunca fui bom em jogar conversa fora.

Mas o fato de, no fim, eu não ter ido à festa do Alexandre teve a ver com um assunto diferente, um assunto que me deixaria bastante confuso.

4

O Rei Arthur da Távola Redonda

Meu amor maior, minha querida,

Ontem à noite, o Arthur apareceu de repente na porta do nosso quarto, como um fantasminha. Ele estava chorando desconsolado, carregando o Bruno, o velho ursinho de pelúcia marrom. Acendi a lâmpada de cabeceira e levantei de um pulo, assustado. Meu sono é muito mais leve agora que sou o único na nossa cama. Não durmo mais como uma pedra, como você costumava me provocar sempre que abria as cortinas para deixar o sol entrar.

Eu me agachei ao lado do nosso garotinho e o abracei.

— O que aconteceu, meu bem? Está com dor de barriga?

Arthur balançou a cabeça, sem parar de soluçar. Eu o peguei no colo e levei para a nossa cama, com o ursinho, que ele manteve apertado junto ao peito. Tentei fazer carinho no rostinho molhado dele e o chamei de todos os apelidos carinhosos de que consegui me lembrar, mas o Arthur levou uma eternidade para se acalmar.

— Não, me solta! Era para a *maman* vir. Eu quero que a *maman* venha! — gritou ele de repente, batendo com as perninhas na colcha da cama.

Fiquei só olhando para o nosso menino, sem saber o que fazer. Teria dado qualquer coisa no mundo a ele, mas aquilo eu não podia dar.

— Meu bem, a *maman* está no céu. Você sabe disso — falei baixinho, me sentindo arrasado. — Nós dois vamos ter que nos virar sem ela por algum tempo. Mas temos um ao outro, e isso já é alguma coisa, não é? E no domingo vamos com a *mamie* ao Jardin des Plantes visitar os animais.

Os soluços cessaram por um momento, mas logo recomeçaram.

Continuei falando baixinho com ele, como um padre recitando o sacramento. Por entre lágrimas e soluços, o Arthur finalmente me contou que tinha tido um "sonho ruim". E foi mesmo um pesadelo, Hélène — acabei me dando conta, envergonhado, de que o nosso Arthur, o nosso menino alegre e animado, que parecia estar encarando bem a situação e que tanto tentava animar o pai triste, não tinha assimilado a morte da mãe tão bem como eu pensava. Pode ser verdade que as crianças se adaptam a novas situações com mais facilidade do que nós, adultos, mas que outra escolha elas têm? Já ouvi o Arthur falar sobre você com os amigos da creche com muita naturalidade, sobre coisas que nós, adultos, nunca nem verbalizamos. Isso sempre me lembra daquele filme antigo do René Clément — *Jogos proibidos* — a que assistimos juntos no pequeno cinema de Montmartre. Você gostou tanto da trilha sonora que depois comprou um CD daquele violonista espanhol, Narciso Yepes, e ficou ouvindo sem parar. Ainda me lembro de como o filme mexeu com a gente. Continuamos sentados lá com os créditos passando na tela, de mãos dadas, em silêncio. Acho que fomos os últimos a sair do cinema. A pequena Paulette e seu amigo Michel — que lidavam com a guerra do seu jeito infantil, encarando de forma lúdica a morte e o horror que os cercavam e criando o mundo deles com uma ordem e um significado próprios. Lembra de como eles roubaram todas as cruzes do cemitério e até mesmo da igreja a fim de fazer as sepulturas do cemitério secreto deles para o cachorro da Paulette que havia morrido, e para todos os outros animais mortos? Sempre achei as crianças criaturas incríveis, o modo como são capazes de mergulhar na fantasia, e a simplicidade e a clareza com que veem as coisas. A forma como vivem e como conseguem dar um jeito de fazer as coisas funcionarem da melhor maneira para eles. Quando perdemos isso — a nossa fé na própria vida?

O sonho do Arthur também se passou em um cemitério. Ainda sinto um arrepio quando lembro. Ele me contou que estava sozinho no Cemitério de Montmartre. A princípio, nós dois caminhávamos juntos pela trilha, mas aí ele se distraiu por um momento e de repente eu desapareci. Então ele começou a procurar o seu túmulo, na esperança de me encontrar lá. No sonho, o Arthur vagou pelo cemitério por horas e se perdeu, tropeçando por trilhas e becos, chorando e chamando por mim. Até que ele finalmente encontrou o seu túmulo. Havia um homem com uma jaqueta de couro parado em frente à lápide adornada com a cabeça do anjo, e o Arthur ficou muito aliviado.

— *Papa! Papa!* — chamou ele.

Mas, quando o homem se virou, era um estranho.

— Quem você está procurando? — perguntou gentilmente o estranho no sonho.

— Estou procurando o meu *papa*!

— Qual é o nome do seu *papa*?

— Julien. Julien Azoulay.

— Julien Azoulay? — perguntou o estranho, antes de apontar para a lápide. — Sim, ele está aqui. Morreu há muito tempo.

E, de repente, na lápide não estava apenas o seu nome, mas também o meu, assim como o da *mamie* e até o da Cathérine e da gata dela, a Zazie. E de repente o Arthur descobriu que estavam todos mortos. Ele estava sozinho no mundo.

— Mas eu só tenho quatro anos — falou o Arthur, soluçando e me encarando com os olhos arregalados, em pânico. — Eu só tenho quatro anos! — Ergueu a mão, muito triste, e me mostrou quatro dedos. — Não posso ficar sozinho.

O meu coração torceu no peito.

— Arthur, meu bem, foi só um sonho. Um sonho ruim, nada disso é verdade. Você não está sozinho. Eu ainda estou aqui. Estou sempre aqui, acredite em mim. Nunca vou deixar você, então não precisa se preocupar.

Eu o peguei no colo e fiquei embalando-o para a frente e para trás, suavemente, falando baixinho até aos poucos ele parar de chorar.

Aquele pesadelo me deixou arrasado, Hélène, e os medos do Arthur e seu desespero infantil mexeram demais comigo. Consolei o nosso filho o melhor que pude. Eu me senti culpado e jurei ter mais cuidado com o Arthur dali em diante. Vou ler livros para ele, assistir a filmes com ele. Vou levá-lo ao Tuileries para comer waffles e colocar barquinhos brancos para navegar pelo grande lago. Vou levá-lo ao campo e fazer caminhadas com ele ao longo de riachos sinuosos. No verão, vamos fazer piqueniques no Bosque de Boulogne, e estender nossas mantas debaixo de alguma árvore frondosa, para olharmos o céu. Vou até levá-lo àquela terrível Disneylândia de que ele fala o tempo todo, para comemorar o aniversário de cinco anos dele. Vou deixar que convide alguns amigos, e vamos descer a montanha-russa do Velho Oeste e depois comer montanhas de batatas fritas e algodão-doce. Vou tentar me concentrar menos em mim e ser um pai mais dedicado. Sim, vou até tentar escrever, mesmo que seja apenas uma página por dia.

— *Papa*, posso dormir com você hoje? — perguntou o Arthur depois de um tempo.

— Claro, meu filho, a cama é bem grande.

— Você pode deixar a luz acesa também?

— Sem problema.

Minutos depois, o Arthur já estava dormindo. Ele agarrou a minha mão com força, enquanto do outro lado abraçava o Bruno. Você sabia, Hélène, que na época do seu enterro ele me perguntou se deveria dar o Bruno para você levar na viagem?

— Aí a *maman* não vai ficar tão sozinha — falou ele, e abraçou seu urso olhando hesitante para mim.

Teria sido um enorme sacrifício.

— É uma ótima ideia, Arthur — concordei. — Mas acho que a *maman* não gosta tanto assim de ursinhos de pelúcia. É melhor o Bruno ficar com você.

Arthur assentiu, aliviado.

— Você tá certo — disse ele, então parou um instante para pensar. — E se eu der para ela o cavaleiro vermelho e a minha espada de madeira?

E foi assim que o cavaleiro favorito do nosso filho e a espada que ele passou tanto tempo escolhendo na Si Tu Veux, aquela loja de brinquedos mágica na Galerie Vivienne, acabaram indo parar no seu caixão, meu bem. Não faço ideia se por acaso tem algum uso para eles onde você está. O Arthur disse que uma espada é sempre útil.

Deitado ao lado dele ontem à noite — tudo aconteceu por volta das três da manhã —, fiquei um longo tempo observando o rostinho terno, de cílios escuros, do nosso filho, sob a luz da luminária de cabeceira. Ele ainda é tão pequeno, um filhotinho de passarinho, e jurei proteger seu espírito delicado com todas as minhas forças. Queria muito poder poupá-lo de todas as coisas ruins do mundo.

Fiquei olhando para aquela criança adormecida, por quem eu daria a minha vida, e pensando que logo, logo ele vai crescer. O Arthur vai pregar peças com os amigos, vai tirar cinco em matemática (isso é, se tiver herdado os meus genes), vai ouvir música em um volume ensurdecedor no quarto dele (do qual eu serei banido), vai ao seu primeiro show com amigos. Vai ficar fora a noite toda até o sol surgir como uma faixa rosada no céu, vai se apaixonar pela primeira vez, vai afogar as mágoas e as lágrimas do seu relacionamento rasgando em mil pedaços a foto do objeto da sua paixão. Vai cometer erros e corrigir esses erros. Vai ficar triste, mas também loucamente feliz, e eu vou ficar ao lado desse menino maravilhoso o máximo que puder. Vou ajudá-lo e acompanhar o seu crescimento, até vê-lo se tornar a melhor versão possível de si mesmo.

E, um dia, será ele que vai apoiar o pai.

Dei um beijo em Arthur e, por um breve instante, me vi tomado pela noção de como é fino o gelo em que pisamos quando entregamos nosso coração a um ser vivo.

Somos todos tão frágeis… Todo dia. Toda hora.

Eu me lembro de quando eu e você estávamos conversando a respeito de nomes para ele. Naquela época, o nosso filho era só uma forma difusa na ultrassonografia que você segurava.

— Arthur… não é um nome imponente demais para uma criatura tão pequena? — perguntei. Arthur me fazia pensar nos cavaleiros da Távola Redonda. — Por que não Yves ou Gilles ou Laurent, simplesmente?

Você riu.

— Mas, Julien, ele não vai ser pequeno para sempre. Vai crescer para fazer jus ao nome, você vai ver. Eu gosto de Arthur, é um nome antigo com uma bela sonoridade.

E, assim, ficamos com Arthur. Arthur Azoulay. O que será do nosso pequeno cavaleiro da Távola Redonda? Teremos que ver. É uma pena que você não esteja mais aqui para ver o seu filhinho crescer e fazer jus ao nome. Nós achávamos que ia ser diferente, não é? Mas talvez — talvez — você ainda possa assistir a tudo com seus lindos olhos que se fecharam para sempre.

Espero que sim. Vou cuidar bem dele, prometo.

O mundo voltou à ordem normal essa manhã. O Arthur estava bem animado e tomou com gosto o café da manhã. Foi como se aquele pesadelo nunca tivesse acontecido. As crianças esquecem tão rápido… Ainda assim, ele disse que gostaria de dormir "na cama da *maman*" o tempo todo agora. Falou que, desse jeito, eu não vou ficar tão sozinho e, além do mais, a nossa cama é muito mais confortável, explicou. A essa altura, já estava na hora de sairmos, e o Arthur foi saltitando pela rua com as suas galochas de borracha azul com bolinhas brancas. Ele já tinha se lembrado de que hoje era a excursão da creche ao teatro de marionetes no Parc des Buttes-Chaumont. Você sabe como o nosso filho ama teatro de marionetes.

Por outro lado, eu me sentia completamente exausto depois de dormir menos de três horas. Mas posso tirar uma soneca mais tarde. Para minha sorte, não tenho nenhum compromisso importante no resto do dia. Só a *mamie* que me convidou para almoçar. Na verdade, ela insistiu que eu fosse. A irmã briguenta dela, Carole, também vai estar no almoço, com o marido, o que sofre de demência. Ou seja, vou ser eu mesmo um fantoche num teatro. As cenas entre os três são realmente absurdas e sempre muito divertidas.

Pronto! Uma boa refeição e uma curta caminhada pela Rue de Varenne vão me fazer bem.

Às vezes acho que seria mais fácil se eu tivesse um emprego das nove às cinco, se fosse a algum escritório pela manhã e voltasse para casa à tarde. Os dias passariam mais rápido assim, já que eu me veria forçado a fazer alguma coisa. Do jeito que as coisas são, preciso administrar meu próprio tempo, o que nem sempre é fácil. É bom que eu tenha que levar o Arthur para a creche todo dia de manhã. Nem sei dizer que horas eu acordaria se não tivesse que fazer isso.

Muitas vezes lembro com saudade de como costumávamos tomar a nossa primeira xícara de café juntos na cama, antes de você acordar o Arthur e sair para a creche. Eu achava normal quando você se juntava a mim na cama com nossas duas xícaras grandes de café na mão. Mas hoje sinto falta daqueles quinze minutos tranquilos antes de o dia começar e a vida recomeçar. E isso não é tudo de que sinto falta.

Desde que você se foi, Hélène, o comecinho da manhã passou a ser a minha hora favorita do dia — os poucos e preciosos segundos antes de eu estar totalmente desperto.

Pressiono o rosto no travesseiro e fico escutando, semiacordado, os sons que chegam da rua. Um carro passando. Um pássaro cantando. Uma porta batendo. O riso de uma criança. Só por um momento, está tudo certo no meu mundo.

Estendo a mão para pegar a sua, murmuro "Hélène" e abro os olhos.

Então a realidade me devasta novamente.

Você se foi e nada é como deveria ser.

Sinto saudades de você, *mon amour.* Será que um dia vou parar de sentir?

Vou te amar e sentir saudades suas até você ser minha de novo, como certa vez em maio.

Do meu coração para o seu,

Julien

5

Confit de canard

Meus pais tiveram um casamento feliz. A minha mãe, Clémence, sem dúvida era a garota mais bonita da pacata cidade de Plan d'Orgon, no sul da França. Ela cresceu em um hotel do campo, cercada por galinhas e campinas, e por hóspedes que passavam as férias ali ou simplesmente paravam para pernoitar a caminho das cidades e dos vilarejos da Provence aninhados entre os campos de lavanda. Les Baux-de-Provence, com sua fortaleza desafiadora; a pitoresca Roussillon cintilando ao sol poente em seu círculo de falésias ocre e avermelhadas; Arles, com sua famosa arena e suas feiras animadas de agricultores, onde encontramos alcachofras-vermelhas, azeitonas-pretas e novelos de cores vivas; ou Fontaine-de-Vaucluse, onde um passeio ao longo da margem do rio garantia vistas fascinantes das profundezas azul-turquesa da água que descia da montanha.

Se o meu pai não tivesse reservado um quarto naquele hotel e se encantado com os olhos da jovem de vestido florido em cores claras que parecia pairar pelo salão do café da manhã como uma criatura luminosa, servindo café, croissants, manteiga com sal, queijo de cabra, patê de campagne provençale e mel de lavanda para os hóspedes, Clémence jamais teria deixado a sua cidade natal e acabaria administrando o hotel dos pais. Mas ela acabou se mudando para Paris com

Philippe Azoulay, um ambicioso diplomata quinze anos mais velho que ela. Nos primeiros anos de casamento, ela viajou muito com ele, até Philippe assumir um cargo no Ministério das Relações Exteriores no Quai d'Orsay. Eles se mudaram para um apartamento na Rue de Varenne e tiveram um filho — eu. Àquela altura, a minha mãe já tinha trinta e quatro anos e meu pai, quase cinquenta. O parto foi difícil, por isso aquele filho, que o casal tanto desejava, foi o único.

Apesar de todos os anos passados na cidade grande, *maman* nunca perdeu suas maneiras. Ela é uma cozinheira apaixonada e talentosa, e o amor pela natureza está firmemente ancorado em seu coração. Embora Paris não tenha campos de lavanda ou prados de flores silvestres salpicados de papoulas e margaridas, ela adora passear pelo Jardin des Tuileries ou pelo Bosque de Boulogne, porque "precisa ver alguma coisa verde". Ela sempre diz que ajuda a acalmar seu ânimo.

Anos atrás, ela ia frequentemente ao campo nos fins de semana para visitar a irmã mais velha, Carole. Desde que Paul, marido de Carole, adoecera e os dois se mudaram para a cidade a fim de ficarem mais próximos de um atendimento médico melhor, as irmãs estavam sempre brigando. Um dos motivos é a demência de Paul — em sua confusão, ele acredita que a minha mãe é a sua verdadeira esposa, o que já levou a todo tipo de especulações e ciúmes por parte de Carole. Além disso, Carole tem ainda mais ciúmes de Clémence porque, apesar de tudo, a minha mãe supostamente teve uma vida mais fácil e está bem estável financeiramente desde a morte do meu pai. Nossa casa de veraneio na Normandia é uma pedra no sapato de Carole há anos.

Quando o meu pai morreu, vários anos atrás, depois de contrair uma infecção pulmonar que o debilitou a ponto de ele não conseguir mais ficar de pé sozinho, a minha mãe herdou o apartamento na Rue de Varenne e a casinha de férias em Honfleur, onde sempre passamos os feriados mais longos.

Os verões eram infinitos — ou ao menos é o que me parece hoje —, e cheiravam a pinheiros e alecrim, e eu amava aquele perfume único que pairava no ar quando passávamos correndo pelos arbustos miúdos e árvores baixas a caminho da praia, a madeira seca e os galhos quebrando silenciosamente sob os nossos pés.

Aquele era o perfume da minha infância, leve e alegre como aqueles verões que não voltariam mais. O Atlântico prateado e cintilante. A sopa de peixe servida à noite no porto. A volta para casa cruzando estradas arborizadas, com o meu pai ao volante conversando baixinho com a minha mãe, eu sentado no banco de trás do nosso velho Renault, a cabeça apoiada na janela, sonolento, e sentindo uma segurança absoluta.

Me lembro como se fosse ontem dos cafés da manhã tardios na varanda cheia de árvores, com sua treliça de madeira coberta de glicínias: *maman* descalça em sua camisola branca de cambraia, protegida por um xale; *papa* sempre vestindo algo absolutamente adequado, com sua camisa listrada de azul, calça de tecido leve e sapatos de couro macio. Acho que nunca lhe teria ocorrido andar pela cidade de bermuda e sandália, a típica roupa de turista que se vê por toda parte hoje em dia. Ele simplesmente não teria achado elegante o bastante. O meu pai também jamais teria tomado café da manhã na cama, embora às vezes levasse uma xícara fumegante de *café crème* para a esposa — que, por sua vez, achava que não havia nada mais delicioso do que tomar a primeira xícara de café do dia antes de sair da cama.

Pode-se dizer que, em muitos aspectos, os meus pais eram bem diferentes um do outro. Ainda assim, eles se amavam profundamente. O segredo do casamento deles estava na grande dose de tolerância, no senso de humor cheio de vida e uma maravilhosa generosidade de coração. Eu gostaria que, como Filemon e Baucis, os dois pudessem ter deixado esse mundo juntos, já bem idosos, e se tornado árvores entrelaçadas, presas em um abraço eterno. Infelizmente, a vida está sempre mudando as histórias.

No dia em que o meu pai não conseguiu mais se levantar para se vestir e se sentar à mesa, ele morreu.

Era um homem bom de verdade.

Quando entrei no apartamento da Rue de Varenne naquele dia, o cheiro de carne assada logo me alcançou, vindo da cozinha.

— Hummm, que cheiro delicioso — comentei.

— Preparei *confit de canard*. Sei que você adora — explicou *maman* com um sorriso, e me abraçou com força. — Entra, entra!

Não conheço uma única pessoa que cumprimente os outros com tanta alegria quanto a minha mãe. Ela ri e seu rosto fica radiante enquanto dá um passo para deixar o outro entrar, o que o faz se sentir incrivelmente bem-vindo.

Maman desamarrou o avental, deixou-o de forma descuidada sobre uma cadeira e me conduziu ao salão, onde o fogo já ardia na lareira e a mesa redonda estava posta para quatro pessoas.

— Sente-se, Julien. A Carole e o Paul vão demorar um pouco para chegar.

Nos sentamos no sofá de veludo verde que ficava encaixado na saliência da janela que dava para a rua, e ela colocou um copo de espumante crémant na minha mão, antes de me estender um prato cheio de torradas cobertas por uma generosa camada de patê.

— Você emagreceu mais. — Ela me olhou com preocupação.

— Ah, *maman*, você sempre diz isso. Se fosse verdade, a essa altura já não haveria mais nada de mim — respondi, na defensiva. — Estou comendo normal.

Ela sorriu com indulgência.

— Como está o Arthur? — perguntou ela. — Está animado com a nossa viagem para Honfleur?

— Com certeza! — Tomei um gole do crémant, que desceu fácil pela minha língua, fresco e cheio de bolinhas. — Ele não para de falar sobre a viagem que vai fazer ao mar. O Arthur nunca esteve na casa.

— E você? Quer passar alguns dias lá? Um pouco de ar fresco te faria bem.

Balancei a cabeça.

— Não, vou tentar escrever um pouco. Preciso continuar aquele bendito livro.

Dei de ombros e sorri, contrito. A minha mãe assentiu, e foi discreta o bastante para não tentar arrancar mais informações.

— Mas você ainda vai ao Jardin des Plantes no domingo, não é? — pressionou ela.

— Claro.

— Como está preenchendo seus dias agora?

— Ah... eu... bom, com as coisas de sempre — respondi vagamente. — O Arthur, as coisas da casa. A Louise passou por lá ontem para fazer a faxina, eu fui ao cemitério e depois almocei com o Alexandre. Ele me convidou para o lançamento da coleção de primavera da loja.

Quando fui pegar a taça de vinho, percebi que a minha mão tremia. Eu realmente precisava me concentrar em voltar a ficar bem.

— A sua mão está tremendo — declarou *maman*.

— Pois é. Não dormi muito ontem à noite. O Arthur teve um pesadelo... Mas ele já estava melhor hoje de manhã — me apressei a acrescentar.

— E você? Como está? Está conseguindo seguir com a vida?

Ela me encarou, e eu sabia que não adiantava esconder a verdade dela. Podemos fingir o quanto quisermos para outras pessoas, mas não para a nossa própria mãe.

— Ah, *maman*... — murmurei.

— Ah, meu filho. — Ela apertou a minha mão. — As coisas vão melhorar. Logo. Você ainda é muito jovem, e um dia vai conseguir rir de novo. Não pode passar a vida inteira triste.

— Humm.

— Você sabe como eu gostava da Hélène, mas, quando te vejo tão triste, fico com vontade de acelerar o tempo até que você se veja de novo em uma vida que te faça feliz. Então penso que, em algum lugar, tem uma mulher que pode amar o meu Julien.

Ela sorriu. Eu sabia que tinha boas intenções.

— Podemos falar de outra coisa, *maman*?

— É claro. Na próxima semana, vou até a Oxfam doar algumas coisas antigas. O que você acha de fazermos uma limpeza nos armários de vocês? — Ela disse *armários de vocês*, mas na verdade se referia às coisas de Hélène.

— Posso cuidar disso sozinho. — Não havia a menor possibilidade de eu deixar alguém se aproximar do armário de Hélène.

— Mas sozinho você vai acabar não fazendo isso, Julien.

— Por que eu deveria dar as coisas dela? Não estão incomodando ninguém.

— Julien. — Ela me olhou com severidade. — Eu também perdi o meu marido e fiquei muito infeliz depois disso, você se lembra. Mas posso te prometer que acumular lembranças não nos traz nada de bom. As lembranças nos deixam sentimentais demais, e se estamos sensíveis além da conta não conseguimos seguir em frente. Acabamos vivendo no passado. Seria melhor para você se aquelas roupas desaparecessem do armário e fossem úteis em outro lugar. Você não quer transformar o seu apartamento em um mausoléu, como fez aquele maluco do monsieur Benoît, não é?

Suspirei e, no fundo, sabia que ela estava certa.

A esposa de monsieur Benoît havia morrido em um acidente quando eu ainda estava na escola. Ela tinha tentado atravessar o Boulevard Raspail sem tomar o cuidado de olhar para os dois lados — como todos os bons parisienses, ela não se dignaria a atravessar em um semáforo ou em uma passagem de pedestres. Assim, madame Benoît simplesmente atravessou a rua, confiando que todos pisariam no freio a tempo, mas um carro a acabou atingindo.

Jean, filho de monsieur Benoît, era meu colega de turma. Depois da escola, às vezes íamos para a casa dele, porque sabíamos que lá não seríamos incomodados — já que o pai dele sempre chegava tarde do trabalho. Ainda me lembro de como me irritava o fato de que não se podia tocar ou mexer em nada no quarto dos pais dele, que ficava no primeiro andar e dava para o pequeno jardim onde fumamos escondidos os nossos primeiros cigarros. Mais do que tudo, a penteadeira espelhada da mãe dele era sagrada. Tudo ali ainda estava como no dia do acidente: as escovas e os pentes de madame Benoît, os brincos, o colar de pérolas, o frasco de cristal contendo o perfume pesado e caro que ela usava (L'Heure Bleu), e dois ingressos de teatro que nunca seriam usados. O livro que ela estava lendo na época em que morreu continuava esperando na mesa de cabeceira, enquanto seus chinelos permaneciam aguardando do lado dela da cama, e o roupão de seda pendurado em um gancho prateado atrás da porta. E a porta de ripas claras do armário provavelmente escondia todas as roupas da morta.

Nada mudou por anos, por insistência de monsieur Benoît. Eu me lembrava muito bem de como tinha achado aquilo assustador na época, e de ter comentado com a minha mãe sobre aquela casa fantasma, e a minha certeza de que um dia a tristeza de monsieur Benoît o deixaria louco.

Eu estava realmente a caminho de me tornar um viúvo profissional como aquele velho e estranho guardião do mausoléu de quem todos zombavam e tinham pena?

— Está certo — aceitei. — Vamos resolver logo isso.

A campainha interrompeu a nossa conversa. *Maman* foi até o corredor e abriu a porta. O apartamento ficou barulhento no instante em que Carole e o marido entraram. A voz ensurdecedora da minha tia seria capaz de acordar os mortos. Não consegui conter um sorriso ao ouvi-la no corredor, reclamando do tempo caprichoso e do mau humor dos taxistas parisienses.

Pouco depois, estávamos sentados à mesa, saboreando o delicioso *confit de canard* que *maman* serviu com molho de mirtilos e um vinho leve da Borgonha para acompanhar.

Até o velho Paul parecia estar gostando. Ele usava um suéter de lã azul-escuro e se debruçou sobre o prato, cortando desajeitadamente a carne tenra e marmorizada que desaparecia em sua boca, mordida após mordida. Antes de se aposentar, o meu tio foi professor de filosofia e gostava de ensinar citações de Descartes, Pascal e Derrida a nós e aos três filhos. Carole, por outro lado, era mais prática por natureza — ela trabalhava em um escritório de contabilidade e administrava o dinheiro dos dois. Era uma pena que aquele homem inteligente, capaz de interpretar praticamente qualquer texto filosófico e cujo lema eram as três famosas palavras de Descartes — *cogito ergo sum*: penso, logo existo —, viesse nos últimos anos sofrendo com a demência.

Era preciso reconhecer uma coisa em Carole: ela estava sempre ao lado do marido cada vez mais confuso. Graças ao apoio enérgico de uma enfermeira de Guadalupe de olhos grandes, escuros e gentis, os dois puderam continuar morando na região da Bastille, onde muitos anos antes haviam conseguido um apartamento grande cujo preço era relativamente razoável, antes que os aluguéis aumentassem tanto. O único problema era que Carole sempre tinha sido muito ciumenta quando o assunto era seu belo marido. E não estava gostando nada da óbvia paixão de Paul pela linda enfermeira com quem ele ria e flertava o tempo todo.

No entanto, ainda mais chocante era que, em seu esquecimento progressivo, Paul tinha começado a acreditar que a minha mãe era a sua verdadeira esposa. Aquilo já vinha acontecendo havia algum tempo, para grande irritação e desconfiança da minha tia. Paul sempre teve uma queda pela cunhada Clémence, e recentemente tinham acontecido várias discussões em que Carole acabava acusando a irmã de ter tido um caso com Paul. *Maman* sempre negava com veemência, dizendo que Carole também estava perdendo a cabeça. Os telefonemas entre as duas geralmente terminavam com uma delas desligando irritada. *Maman* então me ligava para reclamar da irmã briguenta, que costumava encerrar a conversa com uma fala mal-humorada sobre a vida sem alegria que levava, e que culminava em uma acusação de como a vida da minha mãe era boa em comparação com a dela.

Os desgostos do mundo talvez não sejam causados pelo fato de que as pessoas, como certa vez apontou com perspicácia Blaise Pascal, não sabem ficar sentadas em silêncio em seu canto, mas sim pela tendência que elas têm de se compararem umas com as outras. E a tia Carole era a melhor prova disso.

— A Carole está em pé de guerra de novo hoje — dizia a minha mãe. Seguido por: — Não vou permitir que ela me trate assim. Afinal, tenho setenta anos. *C'est fini!* — Ou: — A minha irmã cria confusão desde criança. Ela sempre se sentiu injustiçada. — E, finalmente, em tom mais ameno: — Mas ela também pode ser um amor.

E a minha mãe estava certa em relação àquilo. A tia Carole podia ser *muito legal*. Em seus dias bons, ela conseguia mostrar um ótimo senso de humor e contar histórias engraçadas do passado, como a vez que saiu para dançar com o marido até de madrugada e dançou tão solta que acabou se livrando dos sapatos.

Tia Carole conhecia todas as antigas histórias da família e, quando falava do passado, seus olhos brilhavam. Ela havia se mudado para Paris antes da minha mãe e, naqueles primeiros meses, tinha ajudado bastante a irmã mais nova.

Maman nunca se esqueceu daquilo. E uma ou duas semanas depois — quando os temperamentos se acalmavam — as duas voltavam a conversar, totalmente cientes de que ainda eram irmãs, como sempre. Como sabia que, na idade em que estava, Carole não estava em condições de mudar seus hábitos, e que a vida com Paul era bastante desafiadora, *maman* os convidava para comer. E aquele era um desses dias.

Naquele meio-tempo, já havíamos chegado à sobremesa, uma *tarte au citron* que parecia uma pintura.

— Não foi você que preparou essa torta, Clémence, foi? — quis saber Carole.

— É claro que foi — respondeu a minha mãe, irritada.

— É mesmo? — Carole examinou o merengue por cima do creme de limão e o cutucou com o garfinho de sobremesa. — Parece tão perfeito. Achei que você tivesse comprado na Ladurée.

— Por que você acha que eu compro tudo na Ladurée? — Seu tom era cortante.

Eu estava prestes a intervir quando Carole colocou o assunto de lado com um gesto de mão.

— Não importa. Está maravilhosa de qualquer maneira. — Ela se virou para Paul, sentado ao seu lado, e gritou no ouvido dele: — Você também gosta, não é, *chéri*?

Paul ergueu os olhos do prato e pensou um instante antes de responder.

— D-delicioso — disse ele, abrindo um sorriso para *maman*. — A minha esposa é uma boa cozinheira, sempre foi.

Ele enfiou satisfeito a última garfada na boca, e mastigou distraidamente, sem perceber a expressão de Carole cada vez mais tempestuosa.

— *Chéri*, o que você está dizendo? — foi a resposta rápida dela. — Clémence não é sua esposa. *Eu* sou sua esposa. Eu, Carole!

Ele balançou a cabeça e caçou algumas migalhas de torta no prato.

— N-não — declarou ele com firmeza. — Você é a irmã.

Carole ergueu as sobrancelhas, enquanto *maman* ria e intervinha rapidamente:

— Você está confuso, Paul. Eu era casada com Philippe. Você e a Carole são um casal.

Os olhos de Paul examinaram a mesa em busca de ajuda e pararam em mim.

— Julien! — exclamou ele, e eu assenti.

— É verdade, tio Paul. Você é marido da Carole, não da Clémence.

Carole e Clémence assentiram enfaticamente.

Toda aquela contestação pareceu instigar o velho. Ele jogou o garfo no chão, então olhou desconfiado para as duas irmãs e disse:

— Vocês duas parecem uma dupla de girafas burras.

Às vezes, a tragédia tem um lado cômico. Todos nos entreolhamos, tentando não rir.

— Quero dormir — declarou Paul tentando se levantar da cadeira.

Carole deu uma palmadinha tranquilizadora em seu braço.

— Ele pode se deitar no quarto de hóspedes — disse *maman*, mas Paul não quis saber da ideia.

— Não, eu quero ir para o quarto, o *nosso* quarto — disse ele teimosamente.

— Que tal você se deitar aqui no sofá, Paul? — sugeriu *maman*. — Assim ainda vai estar perto de nós.

— Tá certo — assentiu ele.

Carole levou o marido até um sofá forrado com um delicado tecido florido que ficava encostado na parede, não muito longe da mesa. Ele soltou um gemido, se acomodou e exigiu uma manta, imediatamente providenciada. Então, Paul fechou os olhos, satisfeito.

— Às vezes o Paul é muito difícil — comentou Carole ao se juntar a nós na mesa. — Ele ficou tão imprevisível.

Ela continuou a falar, e nos contou uma história de alguns dias antes. Naquela tarde, uma vizinha havia aparecido na casa deles. Era a hora da soneca de Paul, e Carole e a vizinha estavam conversando na sala de estar, tomando café, quando a porta se abriu de repente. E lá estava Paul, com um grande sorriso usando nada além da cueca. Ele ficou olhando com curiosidade para a vizinha de Carole, e obviamente quis ser apresentado àquela linda mulher de cabelos escuros de quem naquele momento não conseguia se lembrar.

Carole tentou manter a compostura e disse em um tom simpático:

— Veja só, Paul, temos companhia. Você não gostaria de vestir uma calça?

Ao ouvir aquilo, Paul abaixou os olhos para o próprio corpo e comentou em tom irônico que *já* estava de calça.

— Eu tento levar tudo na esportiva — concluiu Carole, se servindo de outra fatia de torta de limão. — A minha tia nunca tinha sido muito compassiva no que se referia a doenças. — O que mais eu poderia fazer? Na maior parte das vezes, Paul fica bem tranquilo, e ainda temos alguns momentos deliciosos juntos, por mais difícil que seja de acreditar. Esses são os momentos em que ainda consigo ver um pouco do velho Paul. — Ela balançou a cabeça. — Mas alguns dias são terríveis. Não sei... talvez uma parte do Paul saiba que tem alguma coisa errada com a mente dele. Só sei que, de repente, ele fica insuportável. Uns dias atrás, ele me disse que tudo seria destruído "lá dentro" e que deveríamos fechar tudo com tábuas e pregos.

Ela suspirou e *maman* serviu o café em uma bandeja de prata. Enquanto tomávamos nosso *petit café* nas frágeis xícaras Limoges, a conversa se voltou para assuntos mais banais.

Tia Carole tinha levado um dos meus doces preferidos — *calissons d'Aix*, um doce da Provence —, e de repente tirou da sua bolsa grande uma lata da iguaria de amêndoas cobertas com glacê real, cortada em formato de losango.

— *Tiens!* Eu quase esqueci! Trouxe uma coisinha para você. Para dar força e tirar um pouco dessa tristeza dos seus olhos — anunciou ela, sem cerimônia.

— Ah, que bom! Muito obrigado — respondi, surpreso com tanta consideração.

Lembrei da história que tia Carole me contava sobre os *calissons*, supostamente inventados pelo chef do duque de Anjou — a noiva do duque tinha olhos tão tristes que ele quis fazê-la sorrir com esses doces.

No entanto, quando a conversa se voltou para a viagem que *maman* faria a Honfleur na Páscoa com Arthur, tia Carole deixou escapar um suspiro profundo, e todos os pensamentos sobre o que o destino nos reservava foram relegados a segundo plano.

— Você tem sorte, Clémence — declarou ela. — Sempre pode escapar um pouco. Eu já não posso mais fazer isso.

— Ah, para com isso. Eu também não fico saindo da cidade o tempo todo — retrucou *maman*. — Mas você pode vir comigo,

Carole. Por que não deixa Paul em uma instituição de cuidados de curto prazo por uma semana? Ele ficaria bem, e uma mudança de ares faria maravilhas a você.

— Ah, não sei. — Carole balançou a cabeça. — Não gosto da ideia de colocá-lo em uma clínica.

— Foi o que pensei! Em uma casa, onde eles espancam os pacientes — disse subitamente uma voz trêmula vindo do sofá, e todos nos viramos surpresos para o meu tio.

— Que bobagem, Paul! — exclamou Carole. — Achei que você estivesse dormindo.

— Como vou dormir com toda essa falação? — reclamou Paul, jogando a manta de lado. — Vamos, está na hora. Quero ir para casa agora mesmo.

Clémence e Carole trocaram um olhar silencioso e reviraram os olhos.

— Fique mais um pouco, tio Paul. Vocês acabaram de chegar — interrompi, e me sentei na ponta do sofá. — Quer um café?

— Sim... C-café! — Paul assentiu, então uma centelha de memória faiscou em seus olhos cinzentos. — Como está o pequeno Arthur?

— O Arthur está bem. Ele vai para a praia com a *mamie* em breve, e está ansioso.

— Para a praia. Que delícia — murmurou Paul e se recostou no assento. Então, franziu a testa e me encarou fixamente enquanto perguntava em voz alta: — Onde está a Hélène? Por que a Hélène não está aqui?

Um silêncio desconfortável se abateu sobre a sala.

— Paul — falou Carole, por fim. — A Hélène morreu.

A franqueza sem rodeios daquelas palavras me atingiu como uma pedra.

— O quê? Ela também morreu? — murmurou Paul, erguendo as sobrancelhas. Ele então balançou a cabeça, constrangido. — Por que ninguém me contou? Ninguém me conta nada! — Ele olhou para nós com uma expressão acusadora.

— Mas nós fomos ao enterro da Hélène. Você não se lembra? — tentou Carole mais uma vez.

— Não. Eu não fui a enterro nenhum — declarou Paul em uma voz estridente.

— Foi sim, em outubro.

— Outubro, novembro, dezembro — recitou Paul, tendo claramente atingido o seu limite mental.

— Acho melhor irmos. Ele está piorando um pouco — comentou Carole em voz baixa. — Poderia chamar um táxi para nós, Clémence?

Maman assentiu, preocupada, e insistiu para que Carole levasse o restante da torta de limão. Quando a porta se fechou atrás dos dois, eu e a minha mãe trocamos um olhar.

— Bem — comentou *maman*. — Todos temos os nossos fardos. — Ela parou por um momento. — Pelo menos a Hélène não sofreu durante muito tempo — acrescentou, por fim, em um tom pensativo.

Assenti, mas aquilo não me confortou.

6

Limpando os armários

Minha querida, por quem vivo triste de saudade,

"Pelo menos a Hélène não sofreu por muito tempo." Foi isso que *maman* me disse alguns dias atrás quando fui almoçar no apartamento dela. A Carole também estava lá, com o Paul. O pobre Paul está em uma condição bastante lamentável. Ele perguntou por que você não estava lá para o almoço. Paul só está piorando, e isso pode se estender por anos e anos.

Tudo aconteceu muito rápido com você, mas o fim ainda foi uma surpresa, mesmo que estivéssemos esperando. Não, você não sofreu por muito tempo. A morfina foi boa em garantir isso. Ela te colocou em coma e os médicos prometeram que você não sentiria dor. Mas jamais saberei o que se passava na sua cabeça no final, quais foram os seus últimos pensamentos. Não houve últimas palavras da sua parte, como se vê nos filmes quando as pessoas morrem.

Fiquei sentado ao lado da sua cama na ala de cuidados terminais, segurando a sua mão. Seus olhos estavam fechados e você dormia, talvez estivesse sonhando. O sol da tarde brilhava através das cortinas; pássaros cantavam do lado de fora da janela.

Em um certo momento, dei um beijo na sua testa e sussurrei:

— Hélène, meu bem, vou tomar um café. Já volto.

Você mexeu ligeiramente a cabeça e deixou escapar um murmúrio inaudível, que poderia significar qualquer coisa. Então — ou será que foi imaginação minha? — apertou suavemente a minha mão.

Aquele foi o seu adeus? As palavras que eu não consegui entender teriam sido "Se cuida", ou "Dá um beijo no Arthur por mim"?

Quero acreditar que sim.

Quando voltei, você já tinha partido, meu anjo, e seu corpo frágil era apenas uma forma vazia sob a colcha branca. Seu rosto estava pálido e imóvel, e os cachos ruivos eram o único toque de cor. Apesar de todo o veneno que injetaram em você, seus cachos permaneceram com você até o fim.

E, antes que eu me desse conta de que tudo estava finalmente acabado, antes que a dor me atravessasse com a fúria de uma bola de demolição e me paralisasse por dias e semanas, por um breve momento pensei que você finalmente tinha descansado.

Pensei que aquele momento, que pairava ameaçadoramente sobre a nossa cabeça por semanas, finalmente tinha se realizado.

Havíamos dito tudo o que tínhamos para dizer um ao outro, Hélène. Conversamos sobre tudo o que precisava ser conversado e declaramos o nosso amor um pelo outro tantas vezes que guardo uma boa sensação disso. E essa sensação ilumina os meus dias como uma única vela.

Três dias antes de morrer, você abriu os seus olhos, verdes. Uma névoa leitosa já os cobria.

— Meu amor, vamos, seja meu de novo, como certa vez em maio... — você sussurrou, me encarando subitamente com uma expressão de anseio desesperado. — Você ainda se lembra, Julien? Em maio... em maio...

— Ah, Hélène, é claro que ainda me lembro — falei. — Como eu poderia esquecer aquele dia tão lindo em Montmartre?

Você sorriu, suspirou baixinho e suas pálpebras tremularam antes de se fecharem novamente. Como eu poderia saber que aquele brevíssimo interlúdio seria a nossa última conversa? Que aquelas seriam as últimas palavras que eu ouviria de você?

Nunca consegui descobrir se essa frase é de um dos seus amados poemas. Não encontrei o verso em lugar nenhum. Mas agora está gravado em sua lápide e, sempre que o vejo, sou dominado pela certeza de que voltaremos a nos encontrar algum dia. Mas o tempo vai se estender tanto para mim, meu amor!

Maman veio aqui ontem, exatamente como havia ameaçado. Não tive como fazê-la mudar de ideia. Ela queria limpar os armários comigo. Os seus armários, Hélène! Foi estranho ver todas as suas roupas, todos os seus casacos e suéteres desaparecerem dentro das sacolas grandes que a *maman* trouxe. Todos os seus cachecóis e xales coloridos.

Segurei cada peça nas mãos e tive que deixá-las ir. Tantas pequenas despedidas!

Agora que acabou, estou muito feliz por ter feito essa "limpeza do armário" com a *maman*. É mais fácil com alguém ao lado, quando não estamos sozinhos com todas as lembranças. Tanta coisa do passado se esgueirou para fora do armário. Eu via as suas roupas e não conseguia deixar de lembrar dos momentos em que você usou peças específicas. De repente, vi momentos aleatórios diante de mim, capturados como imagens congeladas, coisas nas quais eu não pensava havia anos.

Por fim, os armários ficaram vazios, mas por mais horrível que tenha sido houve mesmo algo de libertador nisso tudo.

A propósito… esvaziando o seu armário e as gavetas da cômoda, reparamos em quantas roupas vermelhas você tinha, Hélène. Como você era arrojada! Não conheço nenhuma outra ruiva que goste tanto de vermelho quanto você gostava. Ah, meu amor! Às vezes estou aqui sentado escrevendo, e parte de mim quase espera que a porta se abra. E ali estaria você, com seu vestido vermelho de bolinhas brancas, rindo de mim.

Guardei suas roupas mais bonitas e vou entregá-las à tia Carole para que dê à Camille, a filha mais nova dela. Camille é tão esguia e alta quanto você, e sei que vai adorar.

Dei as suas bolsas para Cathérine, assim como o anel de prata cravejado com água-marinha, aquele que você comprou no mercado de pulgas na Porte de Clignancourt. Ela havia me perguntado algumas semanas atrás se não poderia ficar com uma lembrança sua, algo seu que pudesse guardar como recordação. Cathérine ficou muito feliz com o que lhe dei e não tira o anel do dedo. Também disse que era uma honra ficar com as suas bolsas e me deu um abraço apertado e inesperado.

Confesso que me sinto um pouco desconfortável perto da Cathérine. Ela é muito emotiva e sensível, e não lido bem com isso. Na maior parte das vezes ela só me deprime, mas não quero ser injusto. Também não deve ser fácil perder uma amiga próxima. Vocês duas faziam tanta coisa juntas. Lembra de todas aquelas noites de verão em que dizia que ia "dar um pulinho" na casa dela? As vozes de vocês duas, rindo e conversando, chegavam até mim a noite toda da varanda.

Independentemente do que eu possa sentir, o Arthur gosta de ficar com a Cathérine. Ela realmente tem a paciência de uma santa. Os dois passam horas jogando cartas, ou Cathérine lê histórias para ele daquele livro grosso de contos de fadas dela, em que as pessoas sempre acabam vivendo felizes para sempre. Bela ideia, não?

Os dois fizeram crepes juntos no último sábado, e tive que descer até o apartamento da Cathérine para provar tudo. Foi uma tarde gostosa. O rosto do Arthur estava muito vermelho, e ele estava animado porque, com a ajuda da Cathérine, tinha conseguido virar um crepe no ar. Arthur estava feliz como pinto no lixo.

Cathérine contou algumas ótimas histórias sobre você, algumas que eu não conhecia, e rimos muito.

Você realmente saiu uma noite vagando com ela pelo 10º arrondissement meio bêbada, procurando seu carro, que acabou não conseguindo encontrar porque a polícia o havia apreendido horas antes? Nunca soube disso. Que outros segredos você guardou de mim?

Na verdade, eu gosto da Cathérine, mas o fato de ela ter sido tão sua amiga deixa as coisas difíceis para mim. Ela era sua amiga, não minha. Consigo ver como está se esforçando para se manter próxima do Arthur e de mim, e desconfio que queira estabelecer a mesma familiaridade que existia entre vocês duas. Mas a verdade é que as tentativas dela me deixam desconfortável. Às vezes acho que você pediu a ela para cuidar de nós. Mesmo você não estando mais aqui, *chérie*, acho que ainda consigo sentir sua influência em todos os lugares para onde olho.

Por exemplo, encontrei um envelope em uma das suas bolsas que estava enfiada no fundo do seu armário — estou feliz por ter resolvido dar uma olhada nelas antes de entregá-las à Cathérine. A maior parte não tinha nada de interessante dentro — dois ingressos de cinema do Studio 28 já usados, o recibo de um restaurante, um pente, algumas moedas, um chiclete, um conjunto de fotos tiradas naquelas cabines de você e do Arthur fazendo palhaçadas. E de repente, na bolsa que você usava à noite, encontrei um envelope lilás com o meu nome.

Não reconheci de imediato, e meu coração latejava nos ouvidos enquanto eu pegava o bilhete manuscrito e o desdobrava. Encontrei um poema de Heine, alguns versos curtos e palavras doces. Então finalmente me lembrei de ter visto aquele mesmo envelope na minha mesa depois da primeira vez que você veio à minha casa. Antes daquele dia, nós nem tínhamos nos beijado, mas uma coisa levou a outra. E aquele poeminha esperançoso me inspirou a dançar de alegria pela sala. Ele me deixou tão feliz na época quanto me deixa triste agora. Ainda assim… me deu tanto prazer receber aquele sinal seu.

"O regresso"

Viajamos a noite toda
No vagão escuro do correio;
Nossos corações se tocaram,
Nós brincamos e rimos.

Mas quando amanheceu,
Minha querida, como ficamos surpresos!
Entre nós, sentado, o Amor,
O passageiro cego.

Eu me pergunto como a carta acabou indo parar na sua bolsa. Talvez você a estivesse guardando para mim — para um dia como esse, quando eu fosse limpar os armários.

Um beijo cheio de ternura, amor da minha vida, e a minha gratidão por aqueles dias tranquilos e maravilhosos que agora estão a anos-luz de distância. No entanto, agora eles parecem muito próximos. Ah, ter você de novo... como certa vez em maio!

Julien

7

A mulher na árvore

Aquela foi a tarde em que conheci Sophie.

Era a quinta-feira antes da Páscoa e o Arthur tinha apenas meio período de aula na creche. Ele insistiu em ir comigo ao cemitério, porque iria com a *mamie* para a praia no dia seguinte.

Comemos por volta do meio-dia e depois arrumamos a malinha de viagem dele, por isso só chegamos ao cemitério depois das quatro. O Arthur carregava todo orgulhoso uma rosa que compramos juntos, e um arranjo de Páscoa da Au Nom de la Rose, uma pequena floricultura na Rue Lepic que chamou a minha atenção quando passei pela Rue des Abbesses.

Ele estava muito animado com a viagem e cantarolava baixinho. Meu coração, por outro lado, ficava mais pesado e meu ânimo mais abatido à medida que nos aproximávamos do túmulo de Hélène.

Uma brisa suave fazia as folhas do velho castanheiro farfalharem suavemente e os raios de sol tremulavam ao longo do caminho. Arthur pôs a rosa dele na lápide e eu comecei a limpar o túmulo. Pedi que ele jogasse o buquê de margaridas murchas na pilha de compostagem que ficava perto, um recipiente retangular onde já havia outras flores e coroas moribundas.

De qualquer forma, Hélène não poderia reclamar que o seu túmulo não era visitado com frequência. Toda vez me deparava com flores recentes ou um buquê.

Enquanto Arthur se afastava, tirei rapidamente a carta do bolso, abri nosso compartimento secreto e a depositei junto aos outros envelopes. Eu havia escrito "para Hélène" naquele envelope, assim como o número 3 com um círculo em volta, para que pudesse contar quantas cartas já havia escrito. Ainda não havia muitas. Embora escrevê-las estivesse se mostrando inesperadamente reconfortante, eu continuava longe da reviravolta favorável na vida que Hélène havia previsto. Me sentia completamente sozinho no mundo — não só quando passava as noites sentado no meu apartamento, me sentindo perdido, mas também quando caminhava pelas ruas de Saint-Germain, que tinham recentemente ganhado ares de primavera. Nos dias de sol, as pessoas se sentavam nos cafés ao ar livre, rindo e conversando, muito alegres para quem as via de fora. A vida parecia estar começando de novo, mas eu ainda me debatia com a injustiça do destino. Para Jean Giraudoux, quando uma pessoa se vai, de repente nos sentimos como se estivéssemos cercados por figurantes, e não há nada que se possa fazer para mudar isso.

Fiquei alguns minutos parado ao lado do túmulo, continuando uma conversa silenciosa com o meu lindo anjo, enquanto o Arthur perseguia uma borboleta colorida.

— Olha, *papa*, não é bonita? — chamou ele, mas não prestei atenção.

Para meu constrangimento, devo admitir que não estava prestando absolutamente nenhuma atenção no meu filho e pouco depois, quando me virei já pronto para ir embora, ele não estava à vista.

— Arthur? — Desci correndo a trilha estreita e curta, procurando por toda parte o casaco azul dele. — Arthur?

Olhei entre os arbustos, passei por alguns túmulos e decidi checar perto da caixa de compostagem na esperança de encontrá-lo lá. Foi tudo em vão; para onde quer que eu olhasse, só via o cemitério vazio.

Não pude deixar de lembrar do sonho do Arthur, onde ele se perdia de mim ali, e o medo apertou o meu coração.

O cemitério era grande, e o Arthur era só um garotinho.

— Isso não pode estar acontecendo — murmurei correndo de um lado para o outro entre os túmulos. — Arthur — gritei de novo, e mais uma vez, ainda mais alto: — Arthur!

Estaria ele escondido em algum lugar, me pregando uma peça? Quem sabe logo pulasse de trás de uma lápide com uma risadinha.

— Arthur, isso não tem graça. Onde você está?

Percebi que a minha voz começava a soar histérica. Tentei ser sistemático em relação às trilhas que percorria, checando os dois lados, mas o menininho de casaco azul não estava em lugar nenhum.

Uma nuvem cobriu o sol por um instante e, de repente, o cemitério assumiu a aparência de um reino sombrio e assustador no qual as figuras de pedra poderiam ganhar vida a qualquer momento. Acelerei o passo, passando por estátuas cujos olhos cegos pareciam estar me observando e pelos mortos que descansavam ali por toda a eternidade, desesperado para encontrar meu filho, de quem tinha me perdido por causa da minha própria e flagrante negligência.

Então eu o vi.

Arthur estava parado não tão longe ao pé de uma grande tília. Ele tinha a cabeça inclinada para trás e parecia estar falando com a árvore.

O que estava fazendo ali? Fiz uma pausa, confuso, então me aproximei, aliviado por finalmente tê-lo encontrado. Foi quando de repente ouvi uma risada ressonante que parecia flutuar da própria árvore.

Cheguei mais perto, examinando os galhos acima, e ouvi o Arthur dizer:

— Mas o anjo da *maman* é o mais bonito daqui.

Uma risada animada ecoou pelos galhos.

Com quem ele estava falando? Era uma mulher lá em cima?

— Arthur! O que você está fazendo aqui? Não pode desaparecer assim. Você me deixou muito assustado — repreendi, segurando seu ombro com delicadeza.

Ele se virou com um sorriso.

— Essa é a Sophie, *papa*! — respondeu ele, olhando para cima.

Segui o seu olhar, e foi aí que vi.

Uma jovem, escondida pelos galhos, sentada com uma perna de cada lado do muro. Era delicada como uma fada e vestia um macacão escuro, o cabelo preto enfiado sob um pequeno boné. Eu teria pensado que era um menino se não fosse pelos enormes olhos escuros que me observavam com curiosidade.

— Oi? — falei, e dei um passo na direção dela.

O rosto em formato de coração da jovem se iluminou com um sorriso.

— Oi! — disse ela. — Ele é seu filho?

— É. — Assenti de um jeito ligeiramente reprovador. — Procurei ele por toda parte.

— Sinto muito por isso — retrucou ela. — Eu o vi andando sozinho pelo cemitério, sem rumo, então o chamei aqui e nós começamos a conversar.

Ela mudou de posição no muro.

— O que você está fazendo aí em cima? — perguntei, curioso.

— A Sophie conserta anjos, *papa* — me explicou Arthur. — Eu já disse pra ela que o nosso ainda não precisa de conserto.

Eu ri, sem jeito.

— Isso é verdade — falei. — De qualquer forma, obrigado por cuidar do Arthur. Sabe lá onde ele poderia ter ido parar se não fosse por você... O cemitério não é exatamente pequeno.

— Nem me fala — disse ela. — Eu trabalho aqui.

Ela passou uma das pernas por cima do muro, e ficou balançando as duas pernas acima da minha cabeça, como se estivesse em um balanço.

— Você é escultora ou algo assim? — perguntei. Meu pescoço estava começando a doer de olhar para cima.

— Não exatamente — respondeu ela. — Espera um pouco, vou descer.

Ela desapareceu atrás dos galhos da árvore e desceu por uma escada que estava encostada no muro. Decidiu pular os últimos três degraus e saltou direto para o chão, ágil como um gato.

— Sophie Claudel — se apresentou.

E estendeu a mão, os olhos fixos em mim por baixo do boné escuro — e agora ligeiramente torto, o que combinava com o rosto animado. O aperto de mão de Sophie era surpreendentemente firme para uma pessoa tão pequena.

— Então você é mesmo uma escultora — declarei com um sorriso.

— Ah, não — retrucou ela. — Não sou uma grande artista como a Camille Claudel. Também não sou parente dela, caso essa seja a sua próxima pergunta.

— O que você é então?

— Canteira, restauradora — disse Sophie. — Trabalho com pedra. Restauro estátuas, monumentos funerários, praticamente qualquer coisa feita de pedra. — Ela fez um gesto amplo com as mãos, abrangendo o cemitério. — O Cemitério de Montmartre é um dos nossos maiores clientes. Algumas estátuas precisam urgentemente de nariz, braços, asas novas… — Ela sorriu e apoiou as mãos nos quadris. — Até a pedra se deteriora com o tempo, e o mármore não dura para sempre.

— O que é feito para durar para sempre? — perguntei.

— Não tenho ideia. Belas palavras, talvez? O seu filho me disse que você escreve livros. É verdade que é um autor famoso, monsieur?

De novo aquele olhar curioso. Meu Deus, o que o Arthur tinha dito àquela alegre desconhecida?

— Bom… escrevo mais ficções leves — corrigi. — Não sou exatamente Paul Claudel.

— Então, quem é você?

— Ah, perdão. Meu nome é Julien. Julien Azoulay. Mas não é nenhum espanto se nunca ouviu falar de mim.

— Você é sempre tão modesto?

— E por que deveria me exibir?

— *Papa*, podemos mostrar o nosso anjo pra ela? — perguntou Arthur, obviamente entediado. — Vem, Sophie! — E puxou a mão dela.

— É claro — disse a fadinha bem-humorada, e eu segui na frente.

Alguns minutos depois, mademoiselle Claudel estava passando os dedos pela cabeça de bronze do nosso anjo e assentindo com admiração.

— Lindo trabalho — comentou ela, andando ao redor da lápide para fazer uma avaliação de especialista. — Esse é um mármore de boa qualidade e você vai admirá-lo por muitos anos ainda.

Estávamos os três parados ao redor do túmulo de Hélène, que cintilava ao sol poente. Os olhos de Sophie encontraram a inscrição dourada e com a mão ela arrumou uma mecha de cabelo que havia escapado do boné, claramente sem jeito.

— Sinto muito — disse por fim. — Eu não sabia que... Quer dizer, não faz muito tempo...

— Pois é — me apressei a interromper.

Sophie balançou a cabeça, a expressão triste.

— Foi um acidente?

— Não. A minha esposa teve câncer.

— Ah.

— Foi tudo muito rápido.

Ela não respondeu.

— E esse... poema? — perguntou ela. — *Meu amor, seja meu de novo, como certa vez em maio...* soa quase como...

— Como o quê?

— Um desejo de morte?

— Qual é o problema de querer estar com ela? — perguntei, o tom amargo. — A minha vida está praticamente acabada.

— Não deveria nem *pensar* nisso, monsieur! — A princípio, sua expressão era de choque, mas logo se tornou severa. — Você tem um filho.

— Eu sei.

— Ter piedade de si mesmo não é um bom caminho.

— Eu sei. — Cerrei os lábios, respirei fundo e fechei os olhos por um momento.

Quando voltei a abri-los, um sorriso peculiar iluminava o rosto de Sophie Claudel.

— Preciso pegar as minhas ferramentas. Depois poderíamos ir comer alguma coisa no meu bistrô favorito — declarou ela. — Quero te contar uma coisa, monsieur Azoulay, sobre os vivos e os mortos.

Lembrando daquele momento, acho que, se não fosse pela expressão esperançosa no rostinho de Arthur, eu teria recusado o convite de Sophie, apesar do tom determinado dela. Assim, seguimos a canteira pelo cemitério. Eu não saberia nem começar a descrever o alívio que sentia por não ter acontecido nada com Arthur. E era melhor ainda que ele tivesse feito uma nova amiga. Sophie parava de vez em quando pelo caminho, apontando túmulos aqui e ali, alguns que precisavam de restauro, outros que tinham algo de particularmente belo. Ela explicou algumas peças de gesso e esculturas em relevo e, finalmente, nos levou a uma estátua de bronze do século XIX especialmente impressionante, chamada *La Douleur*. Para chegar nela, tivemos que subir uma escada em caracol que levava à parte superior do cemitério.

A figura em tamanho real mostrava uma jovem triste, com lábios ligeiramente entreabertos e cabelos soltos caindo pelas costas e se misturando com sua roupa que descia até o chão. Ao longo de muitas décadas e mudanças de estações, a figura tinha ganhado uma pátina azul-esverdeado. A mulher estava reclinada contra uma lápide gigante, e seu sofrimento parecia tão real que me peguei paralisado.

— Essa é uma das minhas favoritas — explicou Sophie.

— Quem é? — perguntei. — Alguém famoso?

Ela negou com a cabeça.

— Foi encomendada muito tempo atrás por uma mãe de luto pelo filho.

Retomamos a nossa caminhada e finalmente chegamos a um pequeno galpão perto dos portões, onde ela deixou a bolsa de ferramentas.

Alguns minutos depois, estávamos sentados no L'Artiste, um minúsculo bistrô com fachada de madeira vermelha, a meio-caminho da descida de Montmartre. Escondido na Rue Gabrielle, o bistrô aconchegante era do tamanho de uma sala de estar. As mesas tinham toalhas vermelhas e paredes cobertas por cartazes de cores vibrantes e postais da belle époque. Decorando a parede dos fundos, pendurada acima de um banco de couro surrado, havia uma imagem gigantesca de gatos de óculos escuros, segurando taças de vinho e sentados ao redor de longas mesas em um parque, como em uma pintura de Renoir. Arthur riu alto dela.

Sophie foi cumprimentada na mesma hora por um homem barbudo atrás do balcão do bar, e lhe deu dois beijos no rosto.

Nos acomodamos em uma das mesas de madeira perto da janela. O Arthur parecia encantado por finalmente ter acontecido alguma coisa. Quase nunca saíamos para comer. Ele balançava as pernas e olhava ao redor do bistrô cheio. Na hora de pedir, quis experimentar a lasagne à la Bolognaise, enquanto Sophie pediu uma *cuisse de poulet* e eu, o *boeuf bourguignon* da casa ao molho de vinho tinto.

Sophie gritou alguma coisa para o barbudo atrás do bar e, depois de alguns minutos, ele apareceu com um jarro de água e duas taças de vinho tinto.

— Como está o Gustave? — perguntou o homem, deixando as nossas bebidas na mesa e piscando para Sophie. — Está indo tudo bem?

Ela riu e revirou os olhos.

— Ele está impossível desde que pegou aquele resfriado — respondeu Sophie. — Cuidei bem dele, mas agora está começando a me desafiar e quer mandar em mim.

O homem sorriu.

— Acho que não existe ninguém nesse mundo que consiga te dizer o que fazer — declarou ele antes de se afastar.

Não consegui conter um sorrisinho. Obviamente, Gustave era o namorado da fadinha, mas eu tinha que admitir que também não conseguia imaginar ninguém mandando nela.

Sophie ergueu a taça, os olhos grandes e escuros cintilando.

— À vida! — disse ela. E, como eu não reagi: — Podemos...?!

Brindamos e, por algum motivo, experimentei uma sensação agradável e ao mesmo tempo surreal enquanto ouvia a Sophie explicar ao Arthur como usar um martelo de madeira e como reconstruir o nariz quebrado de uma estátua usando um pino para ajudar a deixá-lo mais forte. Então, ela se voltou para mim. Era uma pessoa interessada e relaxada. Comeu vorazmente e me fez mil perguntas, apontando o garfo na minha direção sempre que queria fazer uma observação específica.

Sem dúvida, aquela foi uma das noites mais estranhas que eu havia tido em muito tempo. E ainda mais estranho foi o fato de eu ter realmente compartilhado os meus sentimentos mais íntimos com aquela desconhecida de sorriso fácil. Nunca teria imaginado que aquilo fosse possível, mas acabei contando a ela sobre Hélène, sobre a solidão que sentia e sobre a dificuldade que estava tendo para me concentrar no meu trabalho.

Ficamos sentados ali, como se estivéssemos suspensos em uma bolha, e foi como se todas as cartas tivessem sido embaralhadas. Às vezes é mais fácil falar sobre certas coisas com um estranho do que com pessoas que conhecemos bem e que sabem tudo de nós — ou pensam que sabem.

De qualquer forma, eu não sabia nada daquela moça de cabelos escuros que restaurava anjos e possivelmente também corações partidos, a não ser que ela tinha um ofício muito fora da curva — do tipo que hoje em dia é preciso aprender em uma escola especializada — e que era mais velha do que eu havia suposto. Achei que fosse uma garota de dezoito anos quando a vi sentada em cima do muro. Na verdade, Sophie tinha vinte e nove.

— E você? — perguntei, enquanto o garçom recolhia os nossos pratos. — Não é muito deprimente trabalhar em um cemitério? Como consegue ser tão alegre, com a profissão que tem? Tudo aquilo… quero dizer, estar perto daquilo o tempo todo… deve ser deprimente depois de um tempo.

Sophie balançou a cabeça.

— Não, é exatamente o oposto. Eu valorizo cada dia em que acordo, talvez porque sei bem como nosso tempo aqui é limitado. Estamos apenas de passagem, monsieur Azoulay. Cada dia pode ser o último, e é por isso — ela cravou os olhos nos meus — que precisa aproveitar ao máximo seu dia. Aproveitar ao máximo *todos* os seus dias.

Afastei a sugestão com um gesto.

— Como diz o velho ditado, *carpe diem*.

Ela assentiu.

— Exatamente. A idade não diminui o valor da frase.

— Não tenho medo do meu último dia na terra.

— Mas deveria, monsieur Azoulay. Um dia você vai ficar velho e grisalho. Seus ossos frágeis vão doer e ler vai se tornar um desafio. Só vai entender aproximadamente metade do que alguém te disser, vai se arrastar pelo seu bairro, curvado e sempre com frio, e se sentir constantemente exausto por toda a vida que viveu. Nesse momento, até onde sei, sim, você pode morrer e se juntar à sua esposa naquela sepultura. Mas não agora.

Ela olhou para Arthur, que estava tomando sorvete de morango e colorindo o jogo americano com uma caneta.

— É muito tempo para esperar — brinquei.

— Na verdade, não é não.

Os olhos de Sophie assumiram a mesma expressão severa de quando estávamos no cemitério. Provavelmente havíamos chegado à hora do sermão sobre os vivos e os mortos que ela tinha prometido.

— Escuta, Julien! Depois de uma coisa tão terrível, faz todo sentido ficar mal por um tempo. Isso é completamente normal. Mas, em algum momento, você precisa parar de chorar pela sua esposa morta. O luto é uma forma de amor que só cria mais infelicidade. Sabia?

Eu a encarei em silêncio.

— É verdade. Você *quer* ser infeliz? — perguntou ela, impaciente.

— Não é como se eu estivesse procurando isso — retorqui.

— Mas pode!

— O que você sabe disso?

De repente, visualizei o rosto amado de Hélène e deixei a faca e o garfo caírem no prato em um gesto de desalento.

— Mais do que você pensa. — Sophie me observava atentamente. — Por exemplo, sei que você estava pensando na sua esposa.

Abaixei a cabeça.

— As coisas são assim, Julien — falou ela, o tom gentil. — Os mortos devem ter sempre um espaço na nossa lembrança, onde possamos visitá-los. Mas é importante deixá-los ali e fechar a porta quando saímos.

Quando nos despedimos, do lado de fora do bistrô, ela me desejou tudo de bom.

— Tenho certeza que vamos nos ver no cemitério. Vou estar lá o verão inteiro. E não se esqueça do que eu disse. — Ela se virou para o Arthur, que estava de mão dada comigo, sonolento. — Se cuida, pequeno. E divirta-se muito com a sua *grand-mère*! *Au revoir!*

Ela desceu a rua com seu macacão escuro e seu tênis macio, e acenou para nós uma última vez antes de entrar em um dos becos estreitos que levavam mais para cima em Montmartre.

— Ela é legal — comentou Arthur com um bocejo. — Quase tão legal quanto a Cathérine.

Sorri.

— Nossa, tem alguém com sono aqui.

— Eu que não sou — protestou ele, a voz cansada.

Segurei a sua mãozinha com mais força e resolvi pegar um táxi de volta para casa. Já era tarde. Olhei para o céu acima de Montmartre, onde a lua pairava desamparada. Era uma meia-lua, e me perguntei se ela sentia tanta falta da sua outra metade quanto eu.

8

Todo tipo de clima

Como em qualquer outro lugar, abril em Paris é uma época instável. E o meu humor mudou com a mesma frequência que o clima nas duas semanas seguintes.

Depois que me despedi do Arthur e da *maman* no trem que os levaria ao litoral do Atlântico naquela sexta-feira, pela primeira vez desde a morte de Hélène me vi sozinho. Quero dizer, *realmente* sozinho. Entrei no apartamento, que me pareceu absurdamente vazio, peguei uns Playmobils do Arthur que estavam espalhados pelo chão da sala e, de repente, não sabia como deveria me sentir: se aliviado por ser deixado em paz para ocupar o meu tempo como desejasse ou abandonado e roubado da última estrutura importante que ainda restava na minha vida. Por um momento, senti uma onda de pânico e pensei em telefonar para *maman* para avisar que tinha decidido ir com eles à praia. Mas então a campainha tocou.

Daquela vez não era o meu editor, para saber sobre o progresso do livro. Era Cathérine, querendo saber se eu gostaria de ir com ela ao Au 35 para comer alguma coisa. Devo confessar que fiquei quase aliviado ao vê-la parada ali no corredor. A minha geladeira estava vazia e eu não estava com a menor vontade de ir ao supermercado. Tanto para surpresa dela quanto minha, aceitei imediatamente o convite e pus minha jaqueta.

O Au 35 é um restaurante vegetariano pequeno localizado convenientemente na Rue Jacob, número 35, a uma curta caminhada do nosso prédio. Eu já tinha ido lá várias vezes. O cardápio era conciso e a comida boa — se a pessoa gostasse de cozinha vegetariana. Cathérine havia deixado de comer carne havia já algum tempo, porque isso apaziguava a sua consciência.

Eu não estava particularmente exigente naquele dia e, enquanto ela comia seus bolinhos de quinoa com gergelim e eu a minha *salade au chèvre chaud*, Cathérine quis saber se as férias do Arthur tinham começado bem.

— Eu também vou viajar depois de amanhã para passar alguns dias com os meus pais em Le Havre — disse ela.

Naquele momento me ocorreu que obviamente todos no prédio iriam viajar na semana depois da Páscoa — exceto talvez madame Grenouille, que morava sozinha em um apartamento de dois cômodos em frente ao de Cathérine. Hélène e eu a chamávamos de "inimiga de crianças", porque ela sempre reclamava que o Arthur não estacionava direito o seu pequeno patinete na área de entrada do andar de baixo. Madame Grenouille sempre fazia questão de nos informar, com os olhos brilhando de desaprovação, que o nosso filho era um menino malcomportado, que cantava nas escadas, fazia barulho demais e quicava a bola com muita frequência.

— *Écoutez!* Eu criei três filhos — bufava ela sempre que Hélène se arriscava a contradizê-la. — E todos são mil vezes mais bem-educados que as crianças de hoje.

Mesmo assim, talvez ela tivesse errado em alguma coisa na educação deles, já que eu nunca vi nenhum dos filhos dela aparecer para visitá-la.

— Você se importaria de dar comida para a Zazie? Mas só se não for incômodo, caso contrário posso pedir a outra pessoa — continuou Cathérine.

Zazie? Ah, a Zazie!

O filme *Zazie no metrô* me vinha à mente sempre que Cathérine mencionava a sua gata preta de patinhas brancas. Arthur era alucinado por ela.

— É claro. Vou ficar por aqui, então não tem problema nenhum — respondi. — Tomarei conta do forte.

Teria sido melhor se eu não tivesse dito aquilo.

— Ah, coitado! Espero que não se sinta muito só — disse Cathérine na mesma hora, voltando a me fitar com seus olhos compassivos. — Agora que o Arthur foi viajar, você está sozinho.

Ela inclinou a cabeça, os lábios franzidos de preocupação, e eu me sentei muito empertigado, em alerta.

— Ah, para falar a verdade, estou muito feliz por ter um pouco de paz e sossego — exclamei para tranquilizá-la. — Preciso escrever.

Eu tinha dito aquilo tantas vezes nas últimas semanas que já estava quase acreditando. As minhas palavras devem ter soado convincentes, porque Cathérine apoiou o queixo na mão e me observou com interesse.

— Sobre o que é o seu novo livro? — perguntou ela.

Fiquei feliz de falar do livro, agora que mais uma vez havíamos deixado de lado os caminhos tortuosos do meu estado de espírito.

Meu novo romance era sobre um editor de uma pequena editora, cujo envolvimento ativo mal conseguia manter o negócio funcionando. Afinal, o mercado editorial não está exatamente em crescimento agora. Além disso, o casamento do meu protagonista está com problemas e à beira do colapso. Mas um dia um raio cai no lugar certo. Graças a uma cadeia de divertidas coincidências, um dos romances da editora dele é confundido com uma séria obra literária com o mesmo título — e inesperadamente nomeado para o Goncourt. O romance se esgota num piscar de olhos e é preciso imprimir uma nova tiragem às pressas, já que se tornou o título mais badalado da temporada. Editoras de todo o mundo fazem lances em leilões de valores absurdos para comprar os direitos estrangeiros. Os jurados do prêmio consideram o livro "de uma simplicidade revigorante" e "construído de forma engenhosa numa prosa coloquial". Uma atriz indiana muito rica quer transformar o romance num filme bollywoodiano tendo ela mesma como estrela. Tudo sai de controle, e os responsáveis pela confusão estão tão constrangidos que se recusam a falar e admitir o erro. No final do livro, o editor, sedentário por natureza, não consegue mais conter a alegria e dança secretamente em seu pequeno jardim ao luar.

Esse também era o título provisório do meu novo romance, pelo menos por enquanto: *O editor que dançou ao luar.*

Cathérine ouviu tudo com atenção.

— Hummm, tudo soa muito bem. Com certeza vai ser um livro *incrível* — declarou ela com um sorriso encorajador.

Retribuí o sorriso, satisfeito, e meus olhos deslizaram com serenidade pela túnica azul-piscina que ela usava com jeans e que combinava muito com a cor dos seus olhos.

— Mas acho o título meio esquisito.

— Bem, é pra ser um romance esquisito no sentido divertido, Cathérine — respondi com ironia. Minha nossa! O título era a melhor parte daquele livro idiota.

Quando o sugeri a Jean-Pierre Favre, ele deu um tapa animado nas pernas.

"Maravilhoso, meu caro Julien", tinha dito ele, "vai ser absolutamente esplêndido! Já vou passar logo essa informação para o capista, para que ele já comece a pensar na capa."

Na época, nós dois achávamos que eu lançaria o livro de forma rápida e tranquila, e ele logo seguiria na esteira do meu primeiro best-seller.

Respirei fundo e notei que os olhos da Cathérine escureceram.

— Imagino que deva ser difícil… estou me referindo a escrever um livro divertido como esse depois de tudo… o que aconteceu — balbuciou ela e parou de falar.

Tenho certeza de que Cathérine não falou aquilo por mal, mas ela também tinha o raro talento de pousar seus delicados dedos em feridas sensíveis.

— Espero que você saiba, Julien, que pode ligar para o meu celular a qualquer hora — continuou ela. — Quer dizer, caso se sinta ansioso ou esteja empacado no livro.

Até parece que eu vou fazer isso, pensei, enquanto pagava a conta.

— É claro — falei, com um sorriso.

Na verdade, escrevi muito durante aquela primeira semana sozinho em casa. Eu me sentava todas as manhãs diante do computador, tomava café puro como um idiota, fumava e digitava uma banalidade qualquer. Quando a noite chegava, eu apagava tudo o que havia escrito.

Outro exemplo de como se manter ocupado e não fazer nenhum progresso.

No entanto, não destruí as minhas cartas para Hélène.

Contei a ela sobre as minhas tentativas malsucedidas de escrever; sobre o Arthur, que estava muito feliz na praia com a *mamie*; sobre a *mamie*, cuja irmã Carole tinha mesmo se juntado a eles em Honfleur por alguns dias, depois que a filha se ofereceu para cuidar do pai doente nesse meio-tempo; sobre a Camille, que adorava usar o vestido vermelho de bolinhas brancas de Hélène e tinha se apaixonado. Escrevi sobre o Alexandre, que estava muito ocupado se preparando para o lançamento da sua coleção de primavera, mas que ainda assim tinha conseguido dar uma passadinha em casa uma noite para se certificar de que eu estava bem. Sobre a Zazie, de quem eu estava cuidando e que rolava feliz no tapete sempre que eu abria a porta do apartamento da Cathérine.

Comecei a escrever para Hélène quase todos os dias — cartas completamente sem filtro, quase como entradas de um diário. Aquilo me fazia bem, e o compartimento secreto na lápide foi lentamente se enchendo de envelopes. Eu me sentia tão perto de Hélène, como se ela ainda estivesse aqui, só que em outro lugar.

E ela realmente estava em outro lugar.

Também escrevi sobre a mulher que o Arthur e eu tínhamos conhecido, e como eu tinha achado que o Arthur estava conversando com a árvore perto da qual ela estava sentada. Eu me pegava inconscientemente procurando por Sophie sempre que ia ao Cemitério de Montmartre.

Não a vi na primeira vez que voltei ao cemitério, mas provavelmente porque era domingo de Páscoa e Sophie tinha coisas melhores para fazer do que consertar anjos e lápides. Por outro lado, havia um buquê de miosótis no túmulo de Hélène, que obviamente havia sido deixado pela Cathérine antes de ela sair de férias. Chovia na vez seguinte, e Sophie não estava por perto. Mas, na minha terceira visita, vi uma figura pequena de macacão e boné a certa distância. Estava sentada no alto de um mausoléu castigado pelo tempo, esfregando a pedra porosa com uma escova de aço. E acenou para mim de lá.

— Ah, o escritor — disse Sophie.

E eu:

— Ah, a restauradora. Você voltou?

— Não trabalho na chuva. — Sophie desceu do telhado da estrutura de pedra e limpou as mãos empoeiradas no macacão. — E você? Já de volta ao cemitério? Achei que queria escrever.

— Estou tentando.

— E como vai o meu amiguinho?

— O Arthur? Muito bem, ainda mais porque está longe de tudo isso. Está correndo pela praia, brincando nas ondas, colecionando conchas. Segundo a minha mãe, está mais feliz do que nunca.

— Uma caminhada na praia é a melhor terapia — afirmou Sophie, e eu ri porque ela sempre parecia ter um lugar-comum na ponta da língua. — Eu gostaria de voltar ao litoral. — Por um momento, seus olhos grandes vagaram sonhadores pelas árvores ondulantes. — Mas tenho muito o que fazer agora, e só podemos trabalhar quando o tempo está bom. Se o sol estiver muito forte, é ruim para alguns materiais, e não se pode usar conservantes quando faz muito frio. — Ela começou a subir de volta para o alto do mausoléu.

— Quem contrata você para fazer todo esse trabalho? — perguntei rapidamente. — A cidade?

— Às vezes a cidade, quando as sepulturas que precisam ser restauradas são velhas e se enquadram nas leis de preservação histórica. Mas muitas vezes sou contratada por clientes particulares...

descendentes de pessoas famosas que estão enterradas aqui. Você ficaria surpreso.

Conversamos por alguns minutos, até que ela finalmente subiu de novo até o alto da cripta familiar, e eu deixei o cemitério e caminhei um pouco por Montmartre. Procurei pelo bistrô onde Sophie havia nos levado, mas não consegui encontrar. Em vez disso, subi a Rue des Saules, o que me levou a passar por videiras verdes — resquícios dos dias em que Montmartre era um vilarejo no alto de uma colina — e pela Maison Rose, a famosa casa rosa que Picasso costumava visitar. Finalmente cheguei ao restaurante Le Consulat, onde anos atrás a Hélène e eu nos sentamos ao sol.

Os dias estavam ficando mais claros e quentes. Até madame Grenouille esqueceu que desprezava o mundo e, quando nos encontramos no corredor em frente ao apartamento de Cathérine, me cumprimentou com bastante gentileza, ao menos para os seus padrões. Ela já sabia que a vizinha estava de férias e que eu tinha ficado responsável pela gata. Eu descia duas vezes por dia para ver a Zazie e, assim que me ouvia, ela miava alto do outro lado da porta e se esfregava animada nas minhas pernas enquanto eu servia a comida da latinha e lhe dava água fresca.

No entanto, os pontos altos daqueles dias monótonos sem dúvida foram as minhas visitas ao cemitério e as conversas com Sophie, que me mantiveram distraído por um tempo. Eu ficava bem quando a minha cabeça estava ocupada, embora uma onda de desespero às vezes ameaçasse me engolir à noite, e a tristeza tomasse conta de mim quando eu menos esperava.

Podia ser um casal rindo na rua, despreocupado e de mãos dadas, ou uma música no rádio — e lá vinha ela de novo, a pontada da dor. Quando soube da morte de um famoso ator de teatro da Comédie Française, meus olhos se encheram de lágrimas. Eu praticamente nunca ia ao teatro, e não o conhecia pessoalmente. No entanto, naqueles dias, só ver um croissant solitário na minha cesta de pão já me deixava no fundo do poço.

O tempo agradável atraiu os turistas ao Cemitério de Montmartre, e aquilo também me incomodou. Em um determinado momento, encontrei uma turma de alunos de inglês aglomerada ao redor do túmulo de Heine. Os garotos e garotas gritavam e tiravam selfie após selfie. Precisei reprimir o impulso de me enfiar no meio deles e gritar: *Calem essa boca! Isto aqui é um cemitério.*

Em outro dia, vi estranhos de braços dados diante da lápide de Hélène, olhando pensativos para o anjo de bronze.

— Que rosto lindo — comentou o homem.

E, antes que eles passassem para a sepultura seguinte, ouvi a mulher dizer:

— E que poema triste. Eu me pergunto qual é a história por trás disso? Ela era tão jovem.

No passado, antes que a morte me afetasse tão profundamente, eu andava pelos cemitérios daquela mesma forma — lendo as inscrições e inventando o que se desenrolara entre as datas que demarcavam uma única vida. Ali descansava uma criança que nunca teve a chance de se apaixonar. Aqui estava um homem que havia seguido a esposa ao túmulo apenas três meses depois da morte dela. Eram histórias que me tocavam no momento e me faziam pensar, mas eu as deixava para trás assim que voltava para o fluxo vivo da vida. Agora me sentia inquieto, como uma história sem começo e sem fim.

Esbarrei com a Sophie mais uma vez, três dias antes da volta do Arthur. Ela guardava as ferramentas para ir embora, mas deve ter percebido que eu estava triste naquela tarde, porque implicou comigo que eu ia demais ao cemitério. Sugeriu que fôssemos tomar um café em algum lugar.

Concordei, agradecido.

— Seja sincero, por que você vem tanto ao cemitério, Julien? — perguntou Sophie, quando já estávamos sentados sob o toldo de um café na Place du Tertre.

Ela cravou os olhos nos meus, e me senti enrubescer. Eu não sabia como contar a Sophie sobre as cartas em que ela mesma era mencionada.

— Você não está indo lá por minha causa, não é? — Ela balançou um dedo para mim, brincalhona.

— Eu gostaria de poder dizer que é esse o motivo... Sempre fico feliz em te ver, Sophie — respondi com sinceridade.

— Não importa. — Seus lábios se curvaram em um sorriso zombeteiro, enquanto ela apontava a colher para mim. — Preciso dizer, Julien, que todas essas visitas ao túmulo da Hélène não estão te fazendo bem. É um tempo perdido que você poderia aproveitar melhor de outro jeito, e não vai trazer a sua esposa de volta.

— É que... preciso ter certeza de que está tudo em ordem — respondi. — Levar flores novas e assim por diante.

— Sim, claro.

Sophie deu um sorrisinho astuto, e senti como se ela estivesse vendo através de mim. Então, com um gesto súbito, ela tirou o boné e sacudiu os longos cabelos virando o rosto para o sol. Olhei espantado para a torrente escura que agora emoldurava seu rosto.

— *Dê flores enquanto ainda pode, já que nas sepulturas elas desabrocham para ninguém* — citou ela.

— De onde você tira todas essas citações inteligentes? — perguntei.

— Da minha avó — explicou ela, atrevida. — Ela era uma mulher sábia... assim como eu.

— Fico feliz por você compartilhar um pouco dessa sabedoria comigo, Sophie.

— Que bom. Sem mim, você estaria perdido.

Queria só ficar sentado ali, distraído com o burburinho das pessoas na praça e com as brincadeiras de Sophie, que me faziam muito bem, mas então o telefone dela tocou.

Ela atendeu, riu e disse:

— Quer que eu leve uma baguete? — E: — É... eu também. Até já!

Então, Sophie se virou para mim e falou:

— Preciso ir!

Eu não estava com a menor vontade de voltar para casa, por isso peguei o metrô para Saint-Germain e caminhei sem rumo pelo bairro. Desci a Rue Bonaparte, olhei alguns livros ilustrados na Assouline e pensei em comprar uma carteira de couro com várias letras do alfabeto gravadas em relevo, mas descartei a ideia quando vi o preço. Finalmente desci a Rue de Seine e me sentei a uma mesa no La Palette para um jantar rápido.

O garçom tinha acabado de me servir uma taça de vinho tinto quando reconheci o homem de óculos de aro dourado sentado no outro canto do bistrô, sob uma grande pintura a óleo, que naquele momento dobrava cuidadosamente o jornal. Tentei me esconder atrás do cardápio, mas era tarde demais. Jean-Pierre Favre já havia me visto.

— Ah, Azoulay, meu caro! — Ele se apressou até a minha mesa, puxou uma cadeira e se sentou. — Que surpresa maravilhosa! Posso me juntar a você por um momento, *cher ami*?

Assenti, desconfortável, e tentei sorrir.

— Estou tão feliz em ver que você sai do seu apartamento de vez em quando — falou Favre, e me deu uma piscadela. — Fiquei preocupado que tivesse se entrincheirado lá dentro.

Não tínhamos tido qualquer contato desde o papel que empurramos de um lado para o outro debaixo da minha porta algumas semanas antes.

— Como vai? — perguntou o meu editor. — Estava pensando em você ontem, e ia te ligar. Já temos a capa perfeita para o romance.

Fingi entusiasmo. Afinal, o romance a que ele se referia era o *meu* romance.

— Agora só precisamos do original finalizado — brincou Favre, ajeitando os óculos redondos, que tendiam a escorregar pelo nariz estreito a cada poucos minutos. — Espero que o texto esteja fluindo bem.

— Ah, sim, muito bem — menti bravamente, e dei um gole no vinho. — Tenho quase cinquenta páginas novas. Só precisava me concentrar.

— Foi o que eu disse! — exclamou Favre, se balançando para a frente e para trás em sua empolgação. — Você só precisava *começar*. Escrever a primeira frase. Esse é o segredo.

Ele chamou o garçom e pediu uma taça de vinho tinto. Favre claramente não tinha intenção de sair dali tão cedo, agora que tinha conseguido colocar as mãos no seu autor.

Ele parecia fazer cálculos de números e datas, e sorriu satisfeito depois de algum tempo.

— Isso significa que vamos poder lançar o livro na próxima primavera. Bravo, Azoulay! Estou tão orgulhoso de você! É mesmo *formidável*... — Ele me encarou com os olhos cintilando. — Você conseguiu superar o bloqueio, não é mesmo? Eu sempre soube que conseguiria.

Beberiquei silenciosamente o vinho e assenti.

— *O editor que dançou ao luar*... vai ser um campeão de vendas! Posso sentir nos meus ossos, e isso significa dinheiro, meu amigo. — Ele deu uma palmadinha nas minhas costas.

A empolgação de Favre estava me deixando sem palavras.

Como diabo eu poderia destruir as esperança daquele homem?

Precisava urgentemente de um cigarro, mas teria que sair para fumar. Esvaziei a minha taça em um único gole e olhei para ele, determinado.

— Mas... — comecei.

— Mas...? — repetiu Jean-Pierre Favre, com um toque de preocupação no olhar.

Passei os dedos pelo cabelo.

— Não estou totalmente convencido de que o que estou escrevendo seja bom — expliquei, contrito, depois de resolver não compartilhar o fato vergonhoso de que, na verdade, não havia escrito nada.

— Ah, o frio na barriga faz parte do processo — afirmou Favre, descartando o meu comentário com um aceno de mão. — É disso que gosto em você, Azoulay. A sua insegurança o torna mais crítico em relação ao seu próprio trabalho. Seu texto fica melhor por causa disso.

— Pode até ser, mas às vezes acho que o que estou escrevendo é um lixo total, então me pergunto quem no mundo vai realmente querer ler o livro — declarei com um suspiro. — Do jeito que está, acho que ele vai acabar tendo um único leitor. Eu!

— Ah, pare de falar bobagens, Azoulay! Posso te contar uma coisa? — Ele me encarou com uma expressão triunfante. — Você não *consegue* escrever lixo. É o seu editor quem está falando.

E, depois dessas palavras de encorajamento, Jean-Pierre Favre se levantou e me deu um tapinha no ombro.

— Não se preocupe, Julien. Você vai conseguir. O livro está praticamente pronto, certo? E você também vai conseguir terminá-lo.

Vi Favre pagar a conta e sair alegremente do La Palette. Eu não estava tão seguro quanto ele. Em algum momento, teria que lhe contar a verdade. Quanto tempo deveria mantê-lo no escuro?

Fiquei enfiando o garfo na minha *quiche lorraine*, desanimado, sem ter a menor ideia de que algo aconteceria no dia seguinte que garantiria meses de inspiração para um escritor decente.

9

Pode me abraçar, por favor?

Tudo estava perfeitamente normal na manhã seguinte. Eu me levantei, tomei o meu café na mesinha redonda perto da janela da varanda e folheei o jornal. Tudo como sempre, a não ser pelo telefone, que não parava de tocar.

Está certo, pode parecer exagero — mas, para mim, o fluxo de telefonemas naquela manhã de sábado estava bastante acelerado.

Primeiro foi a *maman*, que queria saber se teria problema eles ficarem mais alguns dias em Honfleur. Era tão bonito lá, e os trens ficavam sempre lotados nos fins de semana. Sem perguntar, ela passou o telefone para a tia Carole, que divagou longamente sobre uma sopa de peixe com minúsculos alevinos vivos que ela havia comido na noite anterior em uma taberna do porto. Ao ouvir a palavra *alevino*, meu estômago se revirou. Ainda não eram dez horas da manhã e, como não sou exatamente uma cria do Atlântico, a ideia de proteínas marinhas vivas não tinha o menor apelo para mim àquela hora do dia. O máximo de proteína que consigo engolir no café da manhã são dois ovos fritos.

Arthur foi o último a falar ao telefone. Ele deu uma risadinha misteriosa e disse que tinha uma coisa para mim quando voltasse.

— Você vai ficar mais feliz que... um elefante — declarou Arthur com orgulho.

Não tenho ideia se os elefantes são muito felizes, mas fiquei encantado com a imaginação do meu filho.

— Vou ficar mais feliz que um elefante quando você voltar para casa — falei, com um sorriso.

— Estou louco pra ver você, *papa*! Abraços e beijos! — Ele me mandou dois beijos antes de desligar.

Ainda um pouco emotivo, voltei para o *Le Figaro*, mas então o telefone voltou a tocar. Dessa vez era o Alexandre, querendo se certificar de que eu iria mesmo ao lançamento dele.

— Hoje à noite ainda está de pé? — perguntou ele.

— Com certeza — respondi.

— A Gabrielle vai levar a irmã dela. Ela também é solteira.

Soltei um resmungo.

— Alexandre, para de tentar bancar o cupido.

— O nome dela é Elsa, e ela também escreve. Que nem você — acrescentou ele, desnecessariamente. — Vocês vão ter assunto. A Gabrielle contou tudo sobre você a ela. E Elsa está ansiosa pra te conhecer.

Eu não tinha a menor vontade de conhecer Elsa.

A verdade é que nenhum escritor deseja socializar com outros escritores. É por isso que os eventos reunindo autores que algumas editoras organizam acabam sendo tão tediosos.

— O que ela escreve? — perguntei, cético.

— Poesia, eu acho. — Meu amigo riu, sem saber ao certo.

— E o nome dela é mesmo *Elsa*?

— É. Quer dizer, não sei... Quem se importa? Elsa ou Else. Pode ser o pseudônimo dela. Ela sempre autografa como Elsa L. ou algo assim.

Na mesma hora imaginei uma criatura imponente que usava pantalonas e um lenço de cores berrantes amarrado na testa, frequentava círculos literários e acreditava ser um príncipe egípcio, assim como a poeta Else Lasker-Schüler.

Mesmo assim, ela era irmã de Gabrielle, que também era uma pessoa singular.

Eu já conseguia me imaginar ao lado de Elsa L. na L'Espace des Rêveurs.

— *Com quem tenho a honra de estar falando?*

— *Príncipe Yussuf.*

— *Você é Elsa L.?*

— *Era assim que me chamavam, mas agora sou o príncipe Yussuf. Gostaria de lhe dar as boas-vindas a Tebas, a cidade onde sou príncipe.*

Seria fantástico.

— E ela também se parece com Else Lasker-Schüler? — perguntei.

— Com *quem*?

— Esquece.

— Julien, pode parar com isso? Ela parece ser incrível, senão eu não a teria convidado. Além disso, talvez ela escreva alguma coisa nova para as minhas peças com versos gravados. Bem, vejo você hoje à noite, meu amigo. Não se atreva a me dar bolo!

A terceira ligação foi da Cathérine. Ela estava de volta de Le Havre e queria me agradecer por ter cuidado tão bem da sua gata.

— Vou sair agora para resolver algumas coisas — disse ela, obviamente de bom humor. — Posso passar aí mais tarde para pegar a minha chave?

— Claro — falei.

Conforme as horas passavam, a minha expectativa pela noite que se aproximava ia minguando. Andei pelo apartamento, me deitei no sofá depois do almoço para ler e adiei ao máximo o momento de sair de casa para encontrar o príncipe Yussuf.

Segundo o convite do Alexandre, a festa começaria às sete da noite, mas não havia por que ser um dos primeiros a chegar. Por volta das 18h45, finalmente pus o meu livro de lado, suspirei e fui tomar um banho. Estava acabando de secar cabelo quando outra coisa tocou — dessa vez a campainha da porta. Enrolei a toalha na cintura e fui até lá, os pés ainda úmidos. Uma checada pelo olho mágico revelou Cathérine parada do outro lado. Ela esperou um instante antes de tocar de novo a campainha.

A chave, Cathérine tinha vindo buscar a chave dela! Onde eu tinha colocado? Revirei a tigela que ficava em cima do baú no corredor, mas não estava ali. Abri uma fresta da porta e vi que ela segurava uma garrafa de vinho.

— *Salut*, Cathérine — cumprimentei. — Estou saindo do banho. Daqui a pouco levo a chave para você, ok? — E, sem esperar pela resposta dela, fechei a porta.

Quando toquei a campainha do apartamento de Cathérine, cerca de quinze minutos depois, já de camisa, calça social e um blazer, Cathérine escancarou a porta, como se estivesse esperando por mim. Atrás dela, Zazie se deitou no chão e rolou, ronronando.

— Ah, Julien, aí está você! — Cathérine tinha um sorriso animado no rosto, e havia algo diferente nela.

Sua pele estava bronzeada e os braços esguios se destacavam em um vestido primaveril listrado de azul. Os olhos dela cintilavam, e pequenas gotas turquesa pendiam das suas belas orelhas — em que reparei pela primeira vez, porque Cathérine estava com o cabelo puxado para trás.

— Entra!

O perfume delicado de lírio-do-vale me alcançou.

Balancei a cabeça e estendi a chave.

— Não tenho tempo. Fui convidado para o lançamento de uma coleção de joias.

— Tudo bem! Mas entra só um instante — insistiu ela, já começando a caminhar em direção à sala de estar.

Eu a segui, hesitante. Ao passar pela cozinha, senti o cheiro de tomilho e carne bem-temperada.

A mesa estava posta, e havia uma garrafa de vinho aberta e duas taças no aparador.

Antes que eu pudesse dizer qualquer coisa, Cathérine serviu um pouco de vinho nas taças e me entregou uma.

— Muito obrigada por cuidar tão bem da Zazie — falou efusivamente. — Experimenta. É bom. Trouxe uma garrafa para você como um pequeno agradecimento.

— Não precisava, Cathérine — protestei. — Eu moro pertinho...

— Sim, e isso me deixa bem feliz às vezes.

Apontei para a mesa.

— Você está esperando companhia?

— Sim e não — respondeu Cathérine. — A pessoa que eu estava esperando acabou de desmarcar. Dor de estômago.

— Ah, não, que chato.

— Pois é. — Ela assentiu, então me deu outro sorriso estranho. — E agora, aqui estou eu, com a minha lasanha toscana... Não estou com a menor vontade de chamar madame Grenouille para jantar... Tenho certeza de que ela teria tempo, mas...

Os olhos dela cintilaram, e percebi o rumo que a conversa estava tomando.

— Lamento pela sua noite — falei, pousando a minha taça. — Mas realmente preciso ir agora. Já estou atrasado.

Chequei o relógio. Já eram sete e meia.

Não sei como ela conseguiu, mas de repente Cathérine estava bem na minha frente, com seu vestido azul, bloqueando meu caminho e me fitando com aqueles olhos suplicantes de Julie Delpy.

— Fica mais um pouquinho, Julien, por favor! Você poderia comer um pouco de lasanha comigo e ainda ir para o seu compromisso. — O rosto dela estava ruborizado.

Balancei a cabeça, confuso:

— Mas Cathérine, eu...

— Por favor! — Ela me olhou fixamente. — Você não sabia que hoje é meu aniversário?

Não, não sabia. Era Hélène que sempre guardava o aniversário de todo mundo.

— Ah, Deus — falei.

O que mais eu poderia ter feito? Fiquei com ela, afinal eu não era um monstro. Não dá para simplesmente dar as costas e deixar uma mulher sozinha no seu aniversário de trinta e dois anos — uma mulher que não apenas perdeu a melhor amiga, mas também cujos planos tinham acabado de ser frustrados.

Além do mais, a lasanha caseira da Cathérine seria sem sombra de dúvida um pouco melhor do que qualquer aperitivo que Alexandre tivesse encomendado para o lançamento. A deslumbrante Elsa L. teria que encontrar outra pessoa para conversar.

Assim, do nada, abri a porta para o destino.

Naquela noite, a amiga da minha esposa estava em seu melhor momento. Ficou tão grata por eu ter ficado para jantar que colocou em ação toda a sua espirituosidade e todo o seu charme para me manter entretido. Devo admitir que não demorei muito para me sentir bastante à vontade — graças à refeição deliciosa e ao tinto de boa qualidade e um tanto forte com que a Cathérine não parava de encher o meu copo, isso para não falar da música suave e das velas que ela havia acendido.

— Sinto muito por ter esquecido seu aniversário — falei em algum momento.

Depois de abrir a segunda garrafa de vinho, passamos para os sofás de linho bege, que ficavam de frente um para o outro com uma mesa de centro de vidro no meio. Eu já havia me dado conta fazia algum tempo que não iria ao lançamento do Alexandre, embora tivesse confirmado a minha presença mais cedo. Enquanto jantávamos, cheguei a sugerir que Cathérine fosse comigo, caso ela não quisesse ficar sozinha em casa.

Uma luminária de chão, no canto da sala, inundava o ambiente com um brilho suave. Os pratos ainda estavam na mesa, e as velas se apagavam aos poucos.

Sentia a cabeça um pouco zonza por causa do vinho. Zazie havia se enrodilhado na almofada ao meu lado, e eu sentia quase tanta preguiça quanto um gato bem alimentado.

Cathérine estava raspando o último pedaço de tiramisu da tigela em sua mão, e olhando distraidamente para as velas que tremeluziam na mesa de jantar.

— Esses aniversários... — comentou ela, deixando a tigela ao lado da minha. — No meu aniversário de trinta anos, dois anos atrás, comemoramos juntos no Vieux Colombier. Lembra?

Assenti, pensativo. Ainda me lembrava com detalhes da pequena e aconchegante *brasserie* perto da Igreja de Saint-Sulpice e das inúmeras taças de vinho tinto que tomamos juntos em homenagem a Cathérine. Hélène, Cathérine e eu fomos os últimos a sair, cambaleantes e às gargalhadas. Não tivemos que andar muito para voltar para casa.

Naquele abril, dois anos atrás, o mundo ainda estava em ordem. Mas em junho daquele mesmo ano as primeiras rachaduras na superfície começaram a aparecer e, abaixo delas, o abismo se abria.

Suspirei, dominado por um sentimento de profunda melancolia.

Cathérine também suspirou e, como se tivesse lido meus pensamentos, disse com tristeza:

— A Hélène ainda estava aqui. — Ela ficou em silêncio por um momento. Então voltou a falar: — Ela nunca esquecia um aniversário. Sempre me escrevia os melhores cartões... Eu... ainda tenho todos eles, e às vezes...

Cathérine se interrompeu abruptamente e cobriu a boca com a mão, os olhos cintilando.

— Sinto tanta falta dela... — sussurrou. — Não sei como lidar com tudo isso. — Ela me encarou cheia de tristeza. — Ah, Julien!

— Ah, Cathérine — murmurei. — Também sinto falta dela.

— O que devemos fazer? O que devemos fazer agora?

Ela fez a pergunta duas vezes e, em cada uma delas, foi como se uma adaga estivesse sendo enfiada no meu coração. Porque a resposta seria sempre a mesma.

Nada. Não havia nada que pudéssemos fazer.

Eu me levantei pesadamente do sofá.

— Acho que é hora de eu ir, Cathérine — falei com gentileza. — Obrigado mais uma vez pelo jantar.

Ela também se levantou, cambaleando ligeiramente.

— Obrigada por ficar comigo, Julien.

Fui até a porta e ela me seguiu até o saguão estreito.

— Bem, bons sonhos — falei, sem saber o que mais dizer.

Ela assentiu e tentou esboçar um sorriso.

— Obrigada, para você também.

Girei a maçaneta e olhei para trás uma última vez.

Não deveria ter feito aquilo.

O rosto de Cathérine estava contorcido de tristeza. Ela torcia as mãos e as lágrimas escorriam por seu rosto. Quando ela começou a chorar alto, foi como se o seu desespero dissolvesse o chão sob os meus pés.

— Ah, não, Cathérine... Cathérine não, por favor, não — implorei, soltando a maçaneta.

— Pode me dar um abraço, por favor?

Ela agora soluçava amargamente, e eu também já estava chorando, por isso passei os braços ao seu redor. Ficamos um longo tempo no saguão estreito e escuro, agarrados um ao outro como se estivéssemos nos afogando. Até que o desespero de repente se transformou em um desejo avassalador. Uma ânsia incontrolável por conforto, proximidade, toque humano.

Com o perfume de lírio-do-vale de Cathérine pairando no ar, nossas mãos começaram a se mexer. Encontrei a boca de Cathérine, macia e inchada de tanto chorar. E com sabor de tiramisu. E, pela primeira vez depois de tantas semanas e tantos meses tristes, eu tinha mais uma vez uma mulher nos braços — uma criatura viva, carinhosa e cálida que me puxava para ela. Eu me deixei levar para o quarto, como se seguisse uma promessa.

Estávamos ambos emocionalmente abalados e tínhamos bebido vinho demais. E eu sabia que estávamos à beira de um precipício. Aquele era exatamente o tipo de coisa que acontecia no meio da noite quando se está à beira de um precipício. No entanto, saber disso não me impediu de tirar o vestido de Cathérine. Ouvi seu suspiro silencioso e enterrei o rosto entre seus seios.

10

Certezas perdidas

De manhã cedo, saí sorrateiramente do apartamento da Cathérine, como um ladrão no meio da noite.

Ela ainda estava dormindo quando acordei. Assim que abri os olhos em um quarto estranho, fiquei confuso por um instante, então fui dominado por uma sensação de profundo desconforto. Olhei para o rosto da Cathérine, tranquilo no sono, com suas manchas de rímel, e afastei gentilmente seu braço nu que descansava pesadamente no meu ombro.

O que eu tinha feito? O que nós tínhamos feito?

A minha cabeça latejava quando deslizei para fora da cama, me esforçando para fazer silêncio na penumbra enquanto recolhia as minhas roupas do chão. Com os sapatos na mão, fui na ponta dos pés até a porta. Parecia uma cena de comédia pastelão.

Da sua cestinha, Zazie me seguiu com os olhos cintilantes e miou baixinho. Felizmente, ela foi a única testemunha daquele incidente noturno, que pelo menos tinha acontecido no apartamento da Cathérine e não no meu. O que teria acontecido se a Cathérine tivesse levado seu vinho e sua solidão até a minha casa, e o Arthur já estivesse de volta e tivesse parado perto da cama, com os olhos arregalados, e perguntado na sua voz animada de criança: "A Cathérine agora está dormindo na cama da *maman*?" Fiquei enjoado só de pensar.

Fechei silenciosamente a porta do apartamento ao sair e estava prestes a calçar os sapatos quando a porta do outro lado do corredor se abriu.

Eu me virei, em choque. Faltavam apenas alguns minutos para as seis da manhã. Quem no mundo estava acordado àquela hora em um domingo?

Bastou um único olhar para que madame Grenouille compreendesse a situação. Para ser justo, não era nada particularmente difícil. A minha consciência culpada estava escrita no meu rosto. Madame Grenouille deixou escapar o ar, indignada, e balançou a cabeça em desaprovação antes de soltar:

— I-na-cre-di-tá-vel!

Passei por ela e subi correndo a escada, só de meias, sentindo seu olhar maldoso às minhas costas. Já podia até imaginar madame Grenouille botando toda a sua indignação para fora na pequena *boulangerie* da Rue Jacob, onde eu sempre comprava as minhas baguetes.

— Imagine só, madame. A pobre esposa foi enterrada há apenas seis meses, e o homem já está se consolando nos braços da amiga dela. Tudo o que posso dizer é: isso não é típico de um homem?!

Então, ela pegaria o seu saco de croissants e diria "Inacreditável!" de novo. A simpática vendedora, a mesma que sempre tinha algumas palavras gentis para mim pela manhã — eu, o viúvo infeliz — assentiria e, da próxima vez que eu aparecesse lá, me olharia como se eu fosse um monstro insensível.

E é inacreditável, pensei, colocando pó de café demais na cafeteira prateada. Eu precisava desanuviar a cabeça.

Logo Cathérine, entre todas as pessoas!

O cheiro de lírio-do-vale ainda parecia colado à minha pele.

Tomei um banho enquanto o café borbulhava na boca do fogão. Com a água escorrendo pelas minhas costas, recapitulei o que havia acontecido na noite anterior.

Tinha sido ao mesmo tempo desconcertante e maravilhoso segurar Cathérine nos braços, beijá-la e me sentir vivo de novo. Isso eu não tinha como contestar. Eu momento nenhum eu tinha experimentado aquela sensação incômoda que surge quando dois corpos não estão em harmonia. A lealdade da Cathérine, o seu calor... tudo aquilo tinha me dado prazer — embriagado pelo vinho e pela minha vontade de preencher o horrível vazio que ameaçava me consumir. No entanto, quando acordei e a vi ao meu lado, senti que havia cometido um grande erro. Eu tinha me deixado levar e, ainda por cima, era como se tivesse traído a Hélène duas vezes.

A amiga da minha esposa... Aquilo era vulgar além da conta, vergonhoso, talvez até um pouco fácil demais. E eu já desconfiava que agora tudo se complicaria terrivelmente.

Cathérine era como uma irmã para mim — ou melhor, uma prima distante —, mas será que ela também veria as coisas dessa forma?

Fechei a água e enrolei uma toalha ao redor do corpo.

Meu celular estava em cima da mesa da cozinha, tocando. Era Cathérine, que obviamente já tinha se dado conta do meu sumiço.

Não atendi. Em vez disso, liguei o rádio.

Uma mulher cantava uma música triste, e quando ela chegou às palavras *Você não gostaria que pudéssemos esquecer aquele beijo, e ver as coisas como elas realmente são, que não estamos apaixonados*, desliguei o rádio.

O café estava tão forte que depois do primeiro gole não consegui manter a mão firme. Não me importei. Peguei um pacote de biscoitos velhos no armário e os mergulhei na bebida escura.

Meu telefone vibrou de novo. Dessa vez era o Alexandre, e eu atendi.

— Onde você estava ontem? Não acredito que me deu bolo — bradou ele. — Sabia que você não viria.

— Não é o que você tá pensando — falei.

Então contei a ele sobre a noite com Cathérine.

— *Você não pode estar falando sério!* Que porra foi essa?! — gritou Alexandre.

Embora fizesse delicadas peças em ouro, meu amigo às vezes xingava como um estivador de Marselha. Ainda assim, até mesmo os piores palavrões por algum motivo soavam civilizados quando saíam da sua boca.

— Você transou com a *Cathérine*?

— Essa talvez não seja a expressão certa — retruquei rapidamente. — Nós dois estávamos muito emotivos ontem à noite e... meio que aconteceu.

— E agora?

— Me faz uma pergunta mais fácil.

— Você deveria ter vindo ao meu lançamento.

Não respondi, e tomei um gole do café tão forte que era quase letal. Olhando em retrospectiva tudo ficava claro.

— Pelo menos foi bom?

— Na hora foi, caso contrário eu não teria passado a noite lá. A Cathérine estava tão bonita, e eu senti tanta pena dela e de mim também... então, de algum modo... — Eu me interrompi.

Alexandre pareceu estar refletindo.

— Quer saber o que eu acho? — perguntou por fim.

— Não.

— Duas pessoas infelizes não são capazes de se consolar.

— Obrigado pela dica — falei, esfregando as têmporas.

— Pelo menos se essas duas pessoas estão infelizes por causa da mesma pessoa. Não tem como dar certo.

Eu não o contradisse. Aquilo parecia dar muito certo nos romances de alguns autores.

— Eu me sinto desprezível — falei.

— Isso não me surpreende. O que a Cathérine disse?

— Não faço ideia. Ela ligou uns minutos atrás, mas não atendi.

— Ah, não, cara! — Alexandre deixou escapar um suspiro, e eu fiz o mesmo. — Rapaz, você ferrou lindamente com as coisas. Todo mundo sabe que tem que manter as mãos longe das amigas da esposa. Essa é a maneira mais rápida de causar problemas de todo tipo.

— Sério, Einstein? Achei que isso só fosse verdade quando a esposa ainda estivesse viva.

— Isso também é verdade. — Ele deixou escapar uma risadinha cautelosa. — Não se preocupe, Julien, já passou. Na verdade, foi uma coisa muito humana, não é mesmo? Alguém não disse certa vez que, dependendo das circunstâncias, podemos nos apaixonar por qualquer pessoa?

— Mas eu não *amo* a Cathérine — gritei. Do que o Alexandre estava falando? — Foi só uma mistura idiota de vários fatores que fez isso acontecer.

— Eu sei, Julien, eu sei — disse ele em um tom tranquilizador. — E, acredite, poderia ter sido pior.

— Duvido.

— Mas poderia! Na festa, a Elsa L. se revelou uma devoradora de homens. Fique feliz por não ter caído nas garras dela. Você não teria conseguido se livrar dela tão rápido quanto se livrou da sua linda vizinha.

— O que quer dizer com *se livrar dela*? Não é isso que estou tentando fazer. Não quero me livrar da Cathérine. — Por algum motivo, senti necessidade de defendê-la. — Não tenho nada contra ela. Só preciso deixar claro para a Cathérine que ontem à noite aconteceu algo que não vai se repetir.

— Se é assim tão fácil, então *conversa* com ela.

Alexandre desligou, e eu fiquei olhando para o meu telefone, esperando que a Cathérine ligasse mais uma vez ao longo do dia. Mas ela não ligou nem deixou recado.

O silêncio dela me incomodava. Nos dois dias seguintes, parecia que a Cathérine havia sumido da face da Terra. Não arrisquei ligar para ela, porque era melhor não falar sobre aquele tipo de coisa ao telefone. Uma noite, toquei timidamente a campainha do seu apartamento, mas ela não atendeu. E a verdade é que fiquei aliviado quando subi de volta para o meu apartamento. Consegui me convencer de que talvez a coisa toda tivesse sido tão desagradável para ela quanto foi para mim. Ou será que a Cathérine simplesmente estava fora, checando o celular o tempo todo para ver se eu havia ligado? Eu, o traidor.

Fosse qual fosse o caso, o silêncio me deixou nervoso.

Na manhã do dia da volta do Arthur, encontrei a Cathérine por acaso no *traîteur* que eu frequentava na Rue de Buci, onde eu escolhia alguns pêssegos, além de queijo, tortas de massa folhada e almôndegas ao molho marinara, uma das comidas preferidas do Arthur.

Ficamos parados ali, com as nossas sacolas de compra, nos encarando envergonhados.

— *Salut*, Julien.

— *Salut*, Cathérine.

— Como você está?

— Ah, bem… bem. E você?

— Bem… bem também.

Ficamos em silêncio por um momento. Começamos a falar ao mesmo tempo:

— Eu…

— Sim? — Ela ficou olhando para mim, em expectativa.

— Não, você primeiro.

— Não, não, você…

Não dava para continuar daquele jeito. Também não podíamos ficar ali entre a salada de vagem com bacon e os caranguejos recheados em seus recipientes rosa em forma de concha.

— Quer tomar um café em algum lugar?

Ela assentiu.

Não foi fácil. Na verdade, foi complicado começar a conversa. Estávamos os dois constrangidos e nenhum de nós queria ofender o outro.

— Sinto muito, Julien. Não entendo como aquilo pode ter acontecido — disse Cathérine, parecendo envergonhada. — Mas eu…

Ela balançou a cabeça e parecia estar realmente brava por, em seu respeito por mim e pela situação em que eu me encontrava, ter acabado cometendo um erro tão grande.

— Então você se esgueirou para fora do meu apartamento na ponta dos pés na manhã seguinte e eu não sabia... não sabia... — A expressão nos olhos dela era suplicante.

— Aquilo não foi certo da minha parte — me apressei a dizer. — Mas eu estava tão confuso naquela manhã, e agora parece que traí a Hélène. Estou me sentindo péssimo.

— Não, Julien, não se culpe. — Cathérine se inclinou para a frente e deu uma palmadinha no meu braço. — Aquilo foi... eu também não sei direito. Foi só um momento, certo? — A expressão nos olhos dela era insegura. — Você acha que a Hélène ficaria chateada com a gente?

O dedo na ferida, pensei. *O dedo na ferida.*

Balancei a cabeça, sem saber o que dizer, e não respondi à pergunta. Não havia nenhum "a gente", apenas a velha e inevitável convivência na Rue Jacob.

— Ah, Julien! Nós dois andamos meio fora do eixo ultimamente — declarou Cathérine. — Caso contrário, aquilo não teria acontecido. — Seus olhos azuis me observavam com firmeza. — Mas isso, mais cedo ou mais tarde, tem que passar.

Assenti.

— É, mais cedo ou mais tarde, exatamente.

Tomamos nosso café e ficamos sentados, ambos perdidos.

— Sabe de uma coisa, Cathérine? — falei depois de um longo tempo. — Acho que um bom relacionamento é baseado na esperança, não na piedade mútua.

Ela assentiu.

— Mas... ainda podemos ser amigos, não é, Julien? — perguntou ela, hesitante.

— É claro, Cathérine! O que você imaginou? É claro que ainda vamos ser amigos!

Eu também estava falando sério. Naquele momento, me senti profundamente aliviado por finalmente termos conseguido resolver as coisas. Mas havia uma coisa que eu não estava levando em consideração:

a Cathérine e eu nunca tínhamos sido amigos. Ela era amiga da minha esposa. Não tínhamos nenhuma história em comum. E, sempre que eu via a Cathérine nas semanas seguintes àquele café — quando nos esbarrávamos na entrada do prédio, ou quando eu buscava o Arthur no apartamento dela —, eu tinha a sensação de que o chão sob os meus pés estava um pouco instável.

Hélène, minha amada Hélène,

Os últimos dias passaram voando. Eu tinha planejado ir ao evento do Alexandre no sábado à noite — escrevi para você sobre isso, como deve se lembrar —, mas de repente a Cathérine surgiu na minha porta com uma garrafa de vinho. Era aniversário dela, e ela não queria comemorar sozinha. Ao que parece, uma amiga cancelou com ela no último instante e, como você já deve desconfiar, acabei saboreando inesperadamente a deliciosa lasanha que seria servida.

Cathérine ficou imensamente feliz por eu ter ficado com ela, e da minha parte não foi nenhum grande sacrifício. Devo confessar que, de qualquer forma, não estava muito animado com a ideia de ir ao lançamento. O Alexandre tem boas intenções, mas ainda não estou pronto para socializar com pessoas que não conheço — logo me sinto totalmente perdido nessas situações. Não se parece em nada com o jeito como era antes, quando você e eu íamos juntos aos lugares. Mesmo que não passássemos o tempo todo um ao lado do outro, volta e meia nossos olhos se encontravam pela sala e por cima da cabeça das pessoas. Com você ao meu lado, meu amor, eu me sentia bem em qualquer tipo de festa. É estranho ir a qualquer lugar sozinho agora. E principalmente ir embora dos lugares totalmente sozinho. Desço a rua e me sinto de certa forma incompleto, sozinho com os meus pensamentos. Nada de conversas de fim de noite sobre o que vimos e ouvimos, nada divertido para lembrar. Estou demorando para me acostumar com isso.

Assim, em vez de ir ao lançamento da coleção de primavera do Alexandre na L'Espace des Rêveurs, passei uma noite legal com a Cathérine. Conversamos muito sobre você, Hélène, e sobre os velhos tempos. Foi muito bom, mas, quando lembramos do trigésimo aniversário de Cathérine, nós dois começamos a ficar muito tristes.

— Sinto muita saudade dela. Não sei o que fazer com tudo isso — disse Cathérine.

As palavras dela se cravaram no meu coração. Com que rapidez a vida de todos nós mudou... em apenas dois anos. Você faz muita falta, Hélène. Ah, como faz!

A Cathérine tem a Zazie e eu tenho o Arthur, mas nada, nada, pode preencher esse vazio terrível que você deixou. Brindamos a você, minha querida, e pensamos em você, e em como a noite teria sido diferente se você estivesse com a gente!

Arthur voltou de Honfleur anteontem. Subiu as escadas pisando firme, de mão dada com a *mamie* e exibindo seu bronzeado. E se jogou nos meus braços. Sei que é impossível, mas parece que ele cresceu um pouco enquanto esteve fora. Não sei nem começar a dizer como estou feliz por ele estar de volta. Estava quieto demais sem o nosso menino aqui. Agora o apartamento está cheio de vida novamente. E de brinquedos. Você não acreditaria na rapidez com que o Arthur pegou as coisas dele e espalhou por toda parte. Um dia ainda vou escorregar em um daqueles malditos Playmobils e quebrar a perna.

Imagina só: ele trouxe um presente para mim e ficou extremamente orgulhoso com isso. Na verdade, o Arthur encontrou uma estrela-do-mar na praia. E me disse que estava me dando para me dar sorte. Passamos horas tentando descobrir o melhor lugar para colocá-la. O Arthur pode ser um garotinho muito metódico às vezes. Ele hesitou por um longo tempo entre a minha mesa de cabeceira e a minha escrivaninha, mas agora a linda estrela-do-mar está acomodada na escrivaninha, em frente à sua foto. Assim você também pode ver, como explicou o Arthur.

Fazia séculos que a *maman* e a tia Carole não passavam tanto tempo juntas sem discutir. A viagem deve ter sido bastante tranquila. Os dias na praia também fizeram muito bem à minha tia, e as irmãs puderam conversar sobre tudo. Nem sempre é fácil para a Carole ter que lidar com o marido e a doença dele. Paul não pode ser deixado sozinho nem um minuto. Mas a Camille parece ter se saído bem com ele.

E agora uma boa notícia! A Camille está grávida — daquele homem legal que ela conheceu há alguns meses. Rápidos, não? Mas os dois devem estar incrivelmente felizes. A perspectiva de um bebê pode trazer uma onda de esperança. A Camille até contou ao pai.

— Pai, vou ter um bebê — falou ela.

E o velho Paul supostamente sorriu feliz para ela e perguntou:

— É meu?

Seria engraçado se não fosse tão triste, não é?

A *maman* me disse que é preciso confiar na própria vida e que, no final, tudo vai fazer sentido. Mas quando se trata da sua morte, meu bem, ainda não consigo ver sentido algum.

Pretendo ir ao cemitério amanhã e levar essa carta para você. Mal posso acreditar que já é a vigésima. Sim, meu amor, estou recuperando o tempo perdido, e acabou sendo mais fácil do que eu achei que seria. Minha voz, seu silêncio. Eu me pergunto se você está vendo algo do que está acontecendo aqui.

Às vezes acho que sim, às vezes acho que não. E às vezes eu só queria ter uma resposta sua. Uma vez só já estaria de bom tamanho.

Mas isso nunca vai acontecer, então vou só seguir em frente, até que a gente esteja junto de novo.

Seu marido profundamente triste,

Julien

Querida Hélène,

Ontem o Arthur descobriu o nosso segredinho. Vou te contar o que aconteceu.

Eu queria ir ao cemitério de manhã, mas a creche ligou avisando que o Arthur estava com dor de estômago e queria voltar para casa, e perguntando se eu poderia ir buscá-lo. Quando cheguei lá, ele já estava se sentindo melhor. A professora piscou para mim e disse que era provável que o incômodo fosse mais mental do que físico. O Arthur obviamente queria ficar comigo. Talvez estivesse com dificuldades para se readaptar à vida em casa. Assim, decidi levá-lo ao cemitério.

Mal havíamos atravessado os portões de entrada e pegado o caminho que leva para o seu túmulo, quando ele avistou a restauradora de quem já te falei. A moça estava trabalhando na escultura desgastada de um anjo, e o Arthur insistiu em ficar com ela para ver como ela recolocaria uma asa quebrada.

— Posso ficar olhando por um tempinho, *papa*? — perguntou ele, tentando me persuadir, e, como Sophie não se importou, deixei-o lá e fui para o seu túmulo.

Fiquei algum tempo fitando o semblante do anjo que olhava ao longe, dia e noite, e seu rosto feminino de repente me pareceu mais ameaçador, a boca mais severa.

Eu tinha acabado de colocar a carta no compartimento quando o Arthur apareceu de repente.

— O que você tá fazendo, *papa*? — perguntou ele, animado.

— Ah, bem, às vezes eu escrevo cartas para a sua *maman* — confessei. — E, para evitar que elas estraguem, eu deixo nessa caixinha de correio.

— Legal — disse ele. Isso é o que todos os alunos da turma dele dizem, "legal". As cartas não pareceram incomodá-lo nem um pouco. — Ela vai gostar de receber. Acho que às vezes deve ser chato no céu — foi seu comentário. — Que pena que ainda não sei escrever. Quando eu souber, também vou escrever cartas pra ela.

Fechei a portinha do compartimento e disse:

— Mas isso é segredo, Arthur. Não conte a ninguém, tá certo? A ninguém. Caso contrário.. caso contrário, as cartas não vão ser recolhidas.

Ele assentiu com uma expressão solene.

— Não vou contar, *papa* — prometeu ele, muito sério. — Eu sei o que é um segredo. Não sou mais bebê.

Ele pegou a minha mão e, enquanto voltávamos pela mesma trilha, vimos Sophie sentada ao sol em um banco, almoçando. Ela havia levado várias tartines e uma cerveja longneck e se ofereceu para dividir seus sanduíches com a gente. O Arthur falou sem parar, descrevendo tudo o que havia acontecido na viagem à praia. Eu estava distraído, perdido em meus pensamentos.

Ah, Hélène! Meu peito está pesado. Eu também tenho um segredo, e não é nada legal. Talvez você já saiba o que é, se ainda estiver aqui, em algum lugar, nos vendo.

Não fui totalmente honesto com você, meu amor! Aquela noite com a Cathérine, aquela noite de aniversário sobre a qual escrevi... terminou muito diferente.

É verdade que tanto eu quanto ela estávamos muito tristes, e que nós dois estávamos pensando muito em você. Mas então, de repente, não sei como, caímos nos braços um do outro, chorando. Uma coisa levou à outra e acabamos passando a noite juntos.

Estou tão envergonhado, Hélène. Eu não amo a Cathérine, nem um pouquinho. Nós dois estávamos tão tristes naquela noite, e nos agarramos um ao outro em busca de consolo. Foi errado. Foi um erro. Mas sinto tanto a sua falta o tempo todo, e você se foi para sempre... É difícil lidar com isso. Ah, se eu pudesse ter você de volta! Se ao menos minhas cartas conseguissem fazer você voltar à vida, eu escreveria mil delas!

E agora estou sentado aqui, com a consciência pesada, torcendo para que você seja capaz de me perdoar.

— Será que a Hélène ficaria chateada com a gente? — perguntou Cathérine quando conversamos sobre o que tinha acontecido.

Não consegui responder. Parece que traí a minha amada Hélène. Isso é o que você é para mim, a minha amada.

Você é capaz de nos perdoar? É capaz de me perdoar?

Se ao menos pudesse me mandar uma resposta, se o seu anjo sempre silencioso enviasse algum sinal para me mostrar que está tudo bem. Eu daria qualquer coisa por isso!

Eu amo você, meu anjo. Sempre vou amar.

Me perdoe!

Julien

11

Bom humor

Já era maio quando voltei ao Cemitério de Montmartre.

Talvez tenha sido por causa de toda a agitação com a Cathérine, talvez por causa do vento frio que soprava na Pont des Arts depois que passei uma noite com o Alexandre perto do Beaubourg. Ou talvez tenha sido Maxime, o amiguinho do Arthur da creche, que passou uma tarde lá em casa e tossiu em cima de mim enquanto nos divertíamos com a história do coelho e do ouriço. Não importa o que foi, o fato é que fiquei gripado, de cama. Parecia que minha cabeça ia estourar e meus braços e pernas doíam. Não conseguia me lembrar da última vez que havia tido uma febre baixa nos últimos anos. Mas a que tive com aquela gripe compensou. Eu me arrastava da cama para o banheiro, então de volta para a cama, ajudava o Arthur a se vestir de manhã, colocava um filme para ele ver à tarde e isso era tudo.

Durante esse tempo, aprendi a valorizar as pessoas de bom coração que pareciam aparecer de todos os lugares para me ajudar. *Maman* me aconselhou a não ir ao médico — “Eles não têm a cura para a gripe, e você só vai se expor a mais germes na sala de espera” —, e passava todos os dias para cozinhar para nós. Consegui até ganhar um pouco de peso nos catorze dias em que fiquei doente, o que não era nada normal. Élodie — a mãe daquele amiguinho do Arthur que tinha tossido em cima de mim, e que àquela altura não tossia mais — tocava a nossa campainha todas as manhãs e levava as crianças para a creche. A Cathérine se ofereceu desde o início para pegar o Arthur à tarde e brincar com ele nos dias que pudesse. Muitas vezes, ela também levava para mim, o paciente, alguma guloseima, que eu aceitava agradecido.

Até mesmo o Alexandre, que tem fobia quando se trata de bactérias e vírus, me visitou duas vezes. Ele ficou segurando um lenço na frente da boca e do nariz e afastou ao máximo a cadeira do sofá onde eu estava deitado.

Dormi muito durante esse tempo. O meu corpo estava travando a sua batalha contra o vírus, e assim continuei a cochilar, com o apoio das cortinas semicerradas e de alguns analgésicos eficazes, que me deixavam em um estado de espírito tranquilo.

Uma vez, sonhei com a Hélène. Ela apareceu diante de mim, sorrindo, com uma túnica branca e uma guirlanda de margaridas no cabelo. Seria aquela a moda atual no céu? Então, me deu um beijo delicado nos lábios e disse:

— Eu queria dar uma olhada em você, Julien. Tá melhor?

— Agora, sim — suspirei, aliviado por ela ter voltado. — Por favor, não vai embora de novo, Hélène. Eu preciso tanto de você.

— Mas Julien, *mon drôle de mari* — respondeu ela com uma risada doce —, estou sempre com você. Esqueceu?

Hélène se sentou na beirada da cama e afastou com carinho o cabelo suado da minha testa. Segurei a sua mão, muito comprida e esguia. *Não vou soltar*, pensei. Nunca mais vou soltar essa mão. E fechei os olhos, feliz. Estava tudo bem de novo. A Hélène estava comigo e eu segurava a sua mão com força…

Quando acordei, me vi ainda segurando a cabeceira da cama. Fiquei encarando a madeira por uma eternidade, sem querer acreditar.

Uma tarde — quando eu já estava me recuperando —, a Cathérine levou o Arthur de volta para casa e hesitou um pouco na nossa sala de estar. Ela obviamente estava preocupada com algo. Podíamos ouvir o Arthur cantando no quarto, onde estava sentado diante da mesinha dele, colorindo um desenho atrás do outro, no que era a sua mais nova atividade favorita. A Cathérine levou um dedo aos lábios e fechou silenciosamente a porta da sala.

Eu me recostei no travesseiro que tinha levado para o sofá. O que ela estava fazendo?

— Julien, precisamos conversar — explicou Cathérine baixinho, se sentando em uma das poltronas em frente ao sofá. — É o Arthur.

— O que tem o Arthur? — perguntei alarmado. — Qual é o problema? Ele está sofrendo bullying na creche?

Os artigos dos jornais estavam sempre falando sobre crianças que eram desdenhadas e ridicularizadas pelos colegas.

— Não, não, não é isso — começou ela, hesitante.

— Então o que é?

O rosto dela ficou subitamente ruborizado.

— Hoje, o Arthur me perguntou se vou ser a nova *maman* dele.

— *O quê?!* De onde ele tirou essa ideia? — exclamei desconfiado.

— Fiz a mesma pergunta para o Arthur, e ele me disse que encontrou a madame Grenouille hoje de manhã na escada. Ela falou alguma coisa sobre o Arthur ser um menino sem sorte, com um pai desnaturado que já havia esquecido a falecida *maman* dele, porque agora tinha uma nova namorada, aquela professora cujo apartamento ele visitava à noite. "Logo, logo você vai ter uma madrasta, meu pobre menino!", a madame Grenouille ainda fez questão de dizer.

— Aquela bruxa velha! — Eu podia sentir a adrenalina disparando nas minhas veias. — Eu seria capaz de torcer o pescoço dela!

— Isso é um má ideia, porque pode fazer o Arthur ficar também sem o *papa* dele. Mas como ela soube?

Suspirei e voltei a me recostar nos travesseiros.

— Bem… — comecei, constrangido. — Ela me viu daquela vez, quando eu… você sabe… estava saindo do seu apartamento. A madame Grenouille apareceu de repente na porta do apartamento dela, me encarando com mau-olhado.

Cathérine deu uma risadinha, mas logo ficou séria de novo.

— Você precisa conversar com o Arthur e explicar de algum jeito a situação para ele — declarou ela. — Eu disse a ele que nós somos apenas bons amigos. — A expressão nos olhos dela era hesitante, e guardava algo mais que não consegui decifrar. — Foi a coisa certa a fazer, não acha?

— Com certeza — confirmei. — Você lidou bem com isso, Cathérine. Vou conversar com o Arthur mais tarde.

— Ótimo. — Ela se levantou, pegou a pasta de trabalho e abriu a porta da frente de novo. — Até amanhã.

Então, ergueu a mão em despedida e eu acenei de volta.

— E… Cathérine?

— Oi.

— Obrigado. Por tudo.

Naquela noite, assisti novamente a *Robin Hood* com o Arthur. Sentamos juntos no sofá — ele de pijama com ursinhos marrons, eu de pijama listrado. Entre nós havia uma tigelona de batatas fritas, que compartilhávamos com gosto, e o Arthur estava aconchegado embaixo de uma manta. Ele dava um grito de alegria toda vez que Robin Hood pregava uma peça no xerife de Nottingham. No final das emocionantes aventuras, quando o astuto Robin puxou a donzela Marian para os seus braços e coraçõezinhos dançaram ao redor das duas raposas, o Arthur suspirou feliz.

Então, olhou para mim.

— *Papa*… sabe de uma coisa? — Ele deu uma risadinha.

— Não, mas aposto que você está prestes a me contar, pequeno. — Eu o puxei para um abraço e ele descansou a cabeça no meu ombro.

— Eu também tenho uma namorada — disse ele, o tom sonhador.

— O quê?! — Olhei atônito para o meu filho. — Não é um pouco cedo para isso, Arthur? Você só tem quatro anos.

— Não, *papa* — me garantiu ele. — O Maxime também tem namorada.

— Aah! — falei. O que eu sabia? Eu era só o pai.

— Mas a minha é mais bonita — continuou Arthur. — Ela tem cachos ruivos como a *maman*. — Ele deixou escapar um suspiro satisfeito e esticou as pernas. — A Giulietta é a menina mais bonita do grupo Smurf. A *maman* dela é italiana — declarou ele, com orgulho.

— Isso é... ótimo. — Eu estava um pouco confuso. — E... o que acontece quando você tem uma namorada? — perguntei com cautela.

— Ah, *papa* — falou Arthur. — É muito fácil. — Ele pegou um punhado de batatas fritas e mastigou satisfeito. — Você escolhe alguém e pergunta pra ela: "Quer namorar comigo?", e ela diz: "Quero". — Ele me lançou um olhar. — Se ela ouvir você, né... — explicou, enquanto eu disfarçava um sorriso. — Então vocês se beijam, e aí vocês estão juntos.

— Ah... minha nossa! — comentei, aliviado. — E ela... a Giulietta... te *ouviu* assim que você a pediu em namoro?

— Ouviu — respondeu ele com um sorriso, e se aconchegou mais a mim. — A gente senta um do lado do outro na hora do almoço e guarda lugar um para o outro. Ela me acha legal, sabe.

— Você com certeza é um cara legal — eu disse, bagunçando os cachos escuros dele. Naquele momento, tomei a decisão precipitada de agarrar o touro pelos chifres. — Sabe, também preciso te contar uma coisa, Arthur.

Ele se virou para mim com os olhos arregalados.

— Sobre a Cathérine? — perguntou ele.

Assenti.

— É. A Cathérine e eu somos amigos — comecei. — Mas... nós não vamos *namorar*. Entende?

Arthur assentiu, parecendo não acreditar muito.

— Mas a madame Grenouille falou...

— A madame Grenouille é uma velha boba que gosta de falar mal das pessoas e coisas estúpidas — interrompi. — Ela me viu saindo do apartamento da Cathérine um dia de manhã, enquanto você ainda estava em Honfleur com a *mamie*. Eu estava só cuidando da Cathérine, porque era aniversário dela e ela estava sozinha. Fiquei com ela naquela noite para que ela não se sentisse tão triste. — Pelo menos não era uma mentira completa. — Faz sentido pra você?

Arthur pareceu aceitar aquilo.

— Faz sim, *papa*. A Cathérine também me disse que vocês são só amigos.

— Exatamente. — Assenti, aliviado.

— Mas sabe de uma coisa?

— Não, o quê?

— Não tem problema se você quiser que ela seja a minha nova *maman*. A Cathérine é muito legal, não é como a madrasta da Cinderela. — Ele deixou escapar um grande bocejo.

— Nisso você está certo — concordei. — Mas ainda assim… a Cathérine e eu somos só amigos. E vamos continuar dessa forma.

Ele assentiu, sonolento, e eu o levei para a cama.

Naquela noite, sonhei com uma garotinha ruiva chamada Giulietta. Ela estava no jardim em Honfleur, sentada no grande balanço sob o velho pinheiro, e se balançava o mais alto que podia, enquanto atrás dela meu filho a empurrava. A cada vez, ele gritava:

— Mais alto, Giulietta, mais alto!

Alguns dias depois, saí de casa pela primeira vez em duas semanas. O céu azul de maio se estendia acima de Paris, e as árvores e flores estavam em plena floração nos parques. O sol batia forte em meu rosto, e eu levava no bolso da jaqueta uma longa carta que havia escrito para Hélène no fim de semana. Embora tivesse estado doente, ainda havia várias coisas que eu poderia compartilhar com ela.

Entrei no metrô, onde os passageiros pareciam menos mal-humorados do que de costume. Olhei para o buquê de primavera com flores de cores vivas que tinha na mão, ansioso para colocá-lo no túmulo de Hélène.

O Cemitério de Montmartre era um paraíso verdejante onde a natureza havia explodido em cores nas últimas semanas. Os pássaros cantavam nas árvores, e o perfume das flores de castanheiro enchia o ar.

Respirei fundo o ar ameno enquanto caminhava e logo cheguei à pequena trilha no final do cemitério, onde raramente apareciam visitantes. A última vez que tinha ido até ali, o Arthur estava comigo, e a Sophie trabalhava em um anjo por perto. Obviamente, o trabalho de restauração tinha sido concluído, já que o anjo de pedra agora contava com as duas asas e olhava pacificamente para a sepultura de que cuidava. Por outro lado, não vi Sophie em lugar nenhum.

Faltavam apenas alguns passos para o túmulo de Hélène e, por um momento, olhei desanimado para o rosto querido do anjo de bronze.

— Espero que você não esteja mais chateada comigo, Hélène — murmurei, pensando naquela última carta frenética que havia depositado ali mais de duas semanas antes. — Já faz um tempo desde que teve notícias minhas. Acabei ficando doente.

Procurei um vaso para as minhas flores atrás da lápide e dei um passo para trás a fim de admirar como elas se destacavam delicadas, mas também intensas, contra a hera. Então, tirei a carta do bolso da jaqueta, apertei o mecanismo na parte de trás da lápide e abri o compartimento secreto. Como sempre, me abaixei para colocar o envelope em cima das outras cartas, mas fiquei paralisado.

Não podia acreditar nos meus olhos, mas não havia dúvida...

O compartimento secreto estava vazio. Todas as cartas tinham desaparecido.

E em seu lugar havia um pequeno coração de pedra.

12

Mais coisas entre o céu e a terra

Eu já estava sentado havia uma hora nos degraus da Sacré-Coeur, olhando para a cidade que se estendia aos meus pés. Sob um céu sem nuvens, Paris cintilava ao sol do meio-dia. Eu estava cercado de vida: estudantes se espalhavam pelos degraus largos e claros, tirando suas baguetes das mochilas; os turistas se aglomeravam mais abaixo na colina, sem saber se queriam tirar fotos diante da igreja branca toda ornamentada que se destacava no topo de Montmartre ou com o magnífico pano de fundo da cidade atrás deles; casais se beijando, satisfeitos só por estarem ali, naquele famoso local no alto da cidade — o epítome do romance para tantas pessoas. Eu também já havia passeado por ali uma noite, com Hélène, e sentado ao lado dela naqueles mesmos degraus. O lugar estava silencioso naquela noite do passado, e a cidade abaixo de nós era um mar de luzes.

Abri a mão, que ainda segurava o coração de pedra, e fiquei olhando para ele, sem entender, enquanto os pensamentos mais estranhos davam voltas e mais voltas na minha mente.

Eu tinha passado um longo tempo parado diante do túmulo depois de descobrir que as minhas cartas haviam sumido, o coração de pedra pressionado contra o peito, encarando o anjo. Foi como se tivesse sido atingido por um raio.

— Meu Deus — sussurrei, o coração disparado. — Você fez isso, Hélène?

Por fim, eu havia colocado a carta que eu tinha levado no compartimento secreto — olhando em volta antes de fazer isso — e o fechado. Então, tinha saído do cemitério, sem olhar nem para a direita nem para a esquerda. Vaguei pelas ruas de Montmartre como uma pessoa possuída — sem rumo, desamparado e agitado demais para me sentar em um dos cafés. Como se por vontade própria, meus pés acabaram encontrando o caminho que levava até o ponto mais alto de Montmartre.

Examinei mais uma vez o coração aninhado na palma da minha mão. Não era um daqueles corações de pedra cobertos de rosas que às vezes encontramos nas lojas de presentes. Era mais como uma pedra comum — de um rosa brilhante — cuja forma natural lembrava a de um coração meio torto. O tipo de pedra que às vezes encontramos cintilando sob a superfície gorgolejante de um riacho na montanha, antes de pescá-la alegremente e levá-la para casa como um tesouro.

Apertei o coração de pedra com força e olhei para o horizonte, que tinha se borrado com a neblina do meio-dia. *Seria possível?*, me perguntei. Naquelas circunstâncias especiais, únicas e incompreensíveis — pelo menos para mim —, seria aquela a resposta pela qual eu havia implorado com tanto ardor na minha última carta? Hélène teria me enviado um sinal? O que mais poderia significar aquele coração senão amor, amor eterno?

Respirei fundo. *Você tem que se acalmar, Julien. Precisa parar e pensar melhor nisso tudo.* Eu me forcei a voltar à terra. Sinais do além-túmulo? Sério?! Coisas assim só aconteciam em romances em que viajantes do tempo surgiam em situações bizarras, ou em que pacientes em coma conseguiam deixar seu corpo para se juntarem ao mundo exterior. Totalmente absurdo.

Mas... seria mesmo absurdo? Era mesmo uma ideia tão louca?

Todas as minhas cartas tinham desaparecido. Eu testemunhara aquilo com os meus próprios olhos. Quem sabia sobre as cartas?

Eu não tinha contado a ninguém sobre elas, muito menos sobre o compartimento secreto. Me veio à cabeça o Arthur, que pouco tempo antes tinha me visto enfiar uma carta no compartimento — mas o Arthur não tinha voltado ao cemitério desde então, e a quem ele teria contado, afinal? Não, não. Balancei a cabeça. O desaparecimento das cartas tinha que estar ligado a outra pessoa.

Em teoria, alguém poderia ter descoberto a cavidade na lápide e levado as cartas por curiosidade. Mas quem faria uma coisa dessas? Quem pegaria cartas tão pessoais? De um *cemitério*?

Talvez um escritor procurando uma boa história. Tive que sorrir quando esse pensamento passou pela minha mente.

Ao mesmo tempo, já tinha visto muitos estranhos diante do túmulo da Hélène. Talvez houvesse loucos por aí que tiravam coisas dos túmulos alheios para colecionar, como aqueles fãs que colecionam autógrafos dos seus músicos favoritos.

Mas, mesmo que alguém tivesse esbarrado sem querer nas cartas e não tivesse resistido à tentação de pegá-las, ainda havia o coração de pedra. Por que alguém me deixaria um no compartimento? Quem além da Hélène faria uma coisa daquelas?

Uma imagem da mulher de olhos escuros que sabia tanto sobre cantaria e tinha conversado com o Arthur no cemitério surgiu na minha cabeça. Teria sido a Sophie?

De repente, me dei conta de como estava sendo absurdo. *Controle-se, Julien*. O que aquela moça extrovertida — *que já tinha namorado* — teria a ganhar deixando presentes em forma de coração para um viúvo de meia-idade deprimido? Que ideia mais absurda. Então eu a afastei da mente e continuei a refletir sobre as possibilidades. E, quanto mais pensava, mais me intrigava a ideia de que tinha sido Hélène quem tinha me deixado aquele coração como resposta. Com aquele símbolo, ela queria me mostrar que havia me perdoado pelo incidente com a Cathérine e que ainda me amava.

Olhei para o céu e, ainda sentado nos degraus da Sacré-Coeur, de repente tudo pareceu fazer sentido. O príncipe dinamarquês de

Shakespeare disse: *Há mais coisas entre o céu e a terra, Horácio, do que sonha nossa vã filosofia*. Naquele dia ensolarado de maio, isso fazia ainda mais sentido para mim do que tinha feito para Hamlet.

Acontecem muitas coisas todos os dias que ninguém consegue explicar, acrescentei silenciosamente. Avistamentos da Virgem Maria. Espelhos que caíam das paredes sempre que alguém morria. Dois amantes separados que retornavam no mesmo momento à ponte onde haviam se conhecido. Até mesmo Albert Einstein, que sem dúvida era um gênio, dizia que segundo as leis da física era possível viajar no tempo. Se parássemos para pensar, era óbvio que realmente não tínhamos ideia do que podia acontecer entre o céu e a terra. Éramos apenas humanos com uma perspectiva limitada do horizonte. Quem sabia o que poderia estar além?

Segurei o coração nas mãos, me sentindo perplexo e inspirado pelo milagre que ele representava. Então, uma sombra pairou acima de mim.

Uma jovem sardenta, de cabelos ruivos, estava parada na minha frente. Ela usava jeans e uma camiseta azul-claro com as palavras *Melhorando e piorando ao mesmo tempo*, e estava segurando o celular, como se tivesse uma ligação do universo para mim.

— Pode? — perguntou ela, com um sotaque encantador, sorrindo para mim.

— Posso o quê? — retorqui confuso, encarando-a como se ela fosse uma estranha aparição. — Quem está na linha?

A moça me olhou espantada, antes de balançar a cabeça e rir.

— Ha, ha, ha… Não é isso. Estou perguntando se pode tirar uma foto minha, monsieur.

— Ah, sim… claro — balbuciei. — Desculpe.

Santo Deus, eu estava a um milhão de quilômetros dali. Enfiei o coração de pedra no bolso e peguei da mão dela o celular que já estava com a câmera aberta.

A garota subiu alguns degraus e parou diante da igreja, cuja cúpula branca como a neve se elevava no céu azul.

— Mas o senhor precisa fazer toda a Sacré-Coeur aparecer — pediu ela, posando com exuberância para algumas fotos. — *Merci beaucoup*

— disse ela depois, examinando as fotos. — Ficaram ótimas. Amei! — A moça levantou os olhos. — Me diga… o senhor é daqui?

Assenti.

— Ótimo! Poderia me dizer o jeito mais fácil de ir daqui ao Le Consulat… o restaurante…

Ela tirou rapidamente um mapa da cidade da bolsa e, com o movimento, um livrinho caiu no chão.

Nós dois nos abaixamos para pegá-lo e quase batemos cabeça.

— Ah — comentei, lhe entregando o livro. — Você lê poesia?

— Leio — respondeu a moça, segurando o pequeno volume de poesia contra o peito. — Adoro Jacques Prévert. O meu TCC é sobre ele, e estou passando um semestre aqui em Paris. O senhor conhece o poema dele, "O jardim"? É tão maravilhoso…

Os olhos dela cintilavam, e fiquei impressionado com a coincidência.

— É claro que conheço — respondi. Qualquer um que já foi jovem e apaixonado um dia tropeçou nesse poema… os versos mais lindos que já foram escritos sobre um beijo. — Quem não conhece?

Como se seguisse um roteiro secreto, quase perguntei à jovem estudante se ela gostaria de tomar um café comigo. Mas ela falou mais rápido:

— Onde fica o Le Consulat? Preciso encontrar uma pessoa lá em poucos minutos.

Examinamos o mapa e mostrei o caminho a ela.

— Se você for por ali, não tem como se perder — falei, quando ela já subia correndo os degraus da Sacré-Coeur.

A moça se virou.

— Obrigada, monsieur. Um bom-dia para você!

— Ei, espera um instante! Qual é o seu nome?

Eu sabia que era bobagem, mas metade de mim esperava que ela dissesse "Hélène", ou mesmo "Helen", levando em consideração o seu sotaque inglês.

— Caroline — respondeu ela com uma risada, antes de desaparecer.

Alguns minutos depois, eu descia lentamente a rua que passava pelo Le Consulat quando a vi sentada ao sol. Ela estava rindo com um rapaz. A moça da Sacré-Coeur não reparou em mim quando passei por ela e me surpreendi ao me dar conta de como a vida podia ser estranhamente circular. Os acontecimentos se repetiam e tudo se conectava. Eu não era uma pessoa que acreditava em sinais, mas, depois de um dia como aquele, até os mais céticos como são Tomé teriam acreditado na ressurreição.

Eu obviamente não poderia ter *certeza* de que a pedra em forma de coração no meu bolso era realmente um sinal. No entanto, como o pássaro do provérbio que acredita que o sol nasce antes mesmo do amanhecer, eu acreditava que era exatamente aquilo.

De qualquer forma, o meu encontro com a estudante ruiva me deu uma ideia. Ao voltar para casa, procurei nas minhas estantes até encontrar o livro com o poema de Jacques Prévert. Então me sentei diante da escrivaninha e escrevi mais uma carta para Hélène.

Minha mais amada,

O dia 14 de maio será, a partir de agora, especial para mim. Desse dia — hoje — em diante, voltei a acreditar que você vai estar sempre comigo, meu anjo. Exatamente como me prometeu quando eu estava de cama com febre e sonhei com você. Você é mais do que apenas um corpo que jaz em um cemitério, se dissolvendo lentamente na terra. Você existe em algum lugar. O fato de alguém morrer não significa necessariamente que não esteja mais aqui.

Hoje fui ao Cemitério de Montmartre para levar mais uma carta para você, depois de todas essas semanas. Mas qual não foi a minha surpresa quando descobri que o compartimento secreto estava vazio. Em vez da pequena pilha de cartas acumuladas ali ao longo das semanas, deparei com um coração de pedra. Ele está aqui, na minha frente, enquanto escrevo, e apesar de todas as explicações racionais teimo em que veio de você, minha amada. A última vez que te escrevi, desejei tanto receber uma resposta sua, apenas uma vez. Lembra? E agora quase posso acreditar que foi exatamente o que recebi.

Hoje, quando vi o compartimento das cartas vazio e o coração de pedra ali, meu próprio coração parou, Hélène. Fiquei sem palavras. Senti medo, e alegria. Caminhei pelas ruas de Montmartre, tentando entender o que tinha acabado de acontecer. Meu coração estava disparado de alegria, mas depois comecei a me perguntar. Será que algo assim era realmente possível. Tinha sido mesmo isso? Meu coração, que tanto queria acreditar, e minha mente, que não era nada ingênua, disputavam para ver quem levava a melhor. Subindo a velha colina, fiquei entre o "impossível" e o "quem sabe?" e, quando cheguei ao topo, encontrei uma garota ruiva nos degraus da Sacré-Coeur que me lembrou muito você. Ela adorava poesia, assim como você, embora preferisse Prévert a Heine. Foi como se eu estivesse preso em uma conversa que já conhecia e, de repente, tive a sensação de que era o herói de uma história de viagem no tempo. Só que, dessa vez, não foi comigo que a estudante ruiva tomou café, mas com um rapaz. E no Le Consulat, Hélène!

Naquele momento, meu coração venceu.

Não consigo entender como tudo se conecta, meu amor. Só sei que temos maio e que, de alguma forma — por mais impossível que pareça —, encontrei você de novo. Tenho você de novo, como certa vez em maio.

E me despeço agora com todo o meu amor, que é tão eterno como aquele beijo no Parc Montsouris que Prévert capturou para sempre — para nós e para todos os que já se apaixonaram!

Julien

"O jardim"

Milhares e milhares de anos
Não serão suficientes
Para explicar o breve momento de eternidade
Em que você me beijou
Em que eu te beijei
Uma manhã sob a luz do inverno
No Parc Montsouris em Paris
Em Paris
Nesta terra
Que é uma estrela.

13

Melhorando e piorando ao mesmo tempo

Alexandre apareceu naquela noite. Eu normalmente ficaria feliz em vê-lo, mas desconfiei que passar um tempo com ele logo naquele dia não era a melhor das ideias.

Meu pressentimento acabou se mostrando verdadeiro. Meu amigo era capaz de praguejar como um marinheiro, mas era extremamente sensível até mesmo às menores mudanças nas pessoas ao seu redor. Alexandre mal havia passado pela porta quando seu radar disparou.

— O que está acontecendo? Você parece diferente — declarou ele, tirando o sobretudo. Ele me examinou com os olhos semicerrados.

— Não está acontecendo nada — respondi. — Entra.

Tentei manter a expressão neutra. Mas, para ser sincero, tinha a impressão de estar prestes a explodir com o que tinha acontecido mais cedo. Eu teria adorado contar tudo para alguém — as cartas perdidas, o coração de pedra, a minha teoria impossível —, mas sabia, sem a menor sombra de dúvida, que o Alexandre tentaria me trazer de volta à terra assim que eu abrisse a boca. Meu amigo ourives podia até ganhar a vida criando peças de joalheria que faziam as mulheres sonharem, mas tinha os dois pés muito firmes no chão. O que sem dúvida era mais do que eu poderia dizer sobre mim. Além disso, eu sentia certa relutância em revelar qualquer coisa sobre as cartas que vinha escrevendo. Aquele era o último segredo meu e de Hélène, e quem sabe o que poderia acontecer se eu deixasse a notícia se espalhar?

Assim, nos sentamos na sala e abri uma garrafa de vinho. O Alexandre me contou sobre um casal americano que havia comprado metade do estoque dele naquele dia, então perguntou sobre a "vizinha bonita". Contei a ele que Cathérine havia lidado com toda calma com a situação, e tinha até virado minha aliada contra a mulher linguaruda do andar de baixo. Tomamos o nosso vinho tinto e acendi um cigarro após o outro, me sentindo transparente. Meus pensamentos continuavam à deriva, mas fiz o que pude para fingir que estava escutando de verdade.

— Julien? Alô! Você está me acompanhando? — Alexandre estalou os dedos na minha cara e quase pulei da cadeira. — Então, o que você acha?

Eu olhei para ele. Não tinha ideia do que ele queria de mim.

Antes que eu pudesse responder, ele voltou a falar.

— Você não está dizendo nada porque não estava ouvindo! E nem tente me dizer que nada mudou. Alguma coisa aconteceu, posso sentir. Você não está sentado aí como um sonâmbulo sem motivo.

Ele fixou os olhos escuros em mim, me encarando com intensidade, então de repente riu.

— Vamos lá... Não, é impossível... — Alexandre balançou a cabeça, incrédulo, e por um momento achei que ele havia adivinhado tudo. — Você não... Não é possível que você tenha... Você se *apaixonou*?

— *O quê?!* — Endireitei o corpo no sofá e apaguei o cigarro com determinação. — Não, é claro que *não*, seu idiota!

— Nossa! — Ele ergueu as mãos em um gesto apaziguador. — Tá tudo bem. Mas você tem que me contar o que está acontecendo. Vamos — insistiu ele, em um tom persuasivo. — Conte ao seu velho Jim.

Não consegui conter o riso, então mordi o lábio.

Alexandre chegou o corpo para a frente no assento, em expectativa, e se inclinou na minha direção.

— Já entendi. Você tem um segredo. Pelo menos é uma coisa boa? Você não parece mais tão triste, e isso já é alguma coisa.

— Bem que eu gostaria de saber se é uma coisa boa ou não — falei, me lembrando das palavras na camiseta da estudante ruiva. — Estou melhorando e piorando ao mesmo tempo — murmurei.

— O que você está balbuciando? Está falando por enigmas, *mon ami*. Poderia ser um pouco mais específico? Como assim está melhorando e piorando ao mesmo tempo?

Soltei o ar com força e me recostei um pouco mais no sofá.

— Você não acreditaria no dia que acabei de ter — comecei a dizer com um suspiro, fazendo uma rápida oração para Hélène.

Então, contei tudo a ele.

Tenho que reconhecer que o Alexandre não me interrompeu nem uma vez. Ele fungava em desaprovação de vez em quando, então tomava um gole de vinho e voltava a me encarar com uma expressão ao mesmo tempo pensativa e compassiva. E, quando cheguei ao fim da minha história, ele fez exatamente o que eu temia que fizesse. Arrebentou com tudo.

— Pelo amor de Deus, cara — disse ele, balançando a cabeça, incrédulo. — Agora você realmente perdeu o controle, Julien. Enquanto você falava, não conseguia perceber como tudo soava uma maluquice?

Naquele momento, só o que eu sentia era arrependimento por ter mencionado aquelas coisas a ele.

— Eu sabia que você não veria a situação da mesma forma que eu — falei. — Mas há mais coisas entre o céu e a terra...

— Pare com essa merda esotérica — interrompeu Alexandre.

— Essa merda esotérica vem de Shakespeare — lembrei, presunçoso.

— Você pode não acreditar, mas por acaso eu sei disso. Mas... ah, Julien! Acorda! A Hélène era uma mulher maravilhosa. Era a melhor e sempre vai morar aqui — ele bateu no peito, na altura do coração —, inesquecível. Mas ela está *morta*, Julien! Ela *não pode* tirar cartas de lápides nem deixar corações de pedra para alguém.

Eu me levantei de um pulo, caminhei com a determinação de um general até as portas francesas abertas, na parte de trás da sala de estar, e as atravessei até a minha escrivaninha, encostada na parede. Lá, peguei o coração de pedra, voltei e acenei com ele na frente do rosto perplexo do Alexandre.

— E o que é isso? — perguntei.

— Meu Deus, Julien, se controla! Isso é um absurdo total, não consegue ver? Escuta o que você está dizendo. Um sinal da Hélène! Isso é um filme? *Poltergeist II*, *Ghost*?

Ele pegou o coração da minha mão e o examinou de todos os ângulos, balançando a cabeça. Então deixou escapar um suspiro e pousou a peça em cima da mesa de centro.

— Estou começando a ficar muito preocupado com você, Julien. Para ser sincero, a coisa toda das cartas já me parece no limite... Um compartimento secreto em uma lápide é uma ideia difícil de se acostumar... Mas tudo bem se isso te ajuda, além do mais você prometeu a ela. A Hélène era esperta. E tinha algo em mente quando te pediu para fazer isso. Mas seria melhor se você se concentrasse em pessoas de carne e osso e não, perdão pela franqueza, em um corpo que está se decompondo. — A expressão nos olhos de Alexandre era de preocupação. — Para mim, isso é bizarro. Você não pode continuar dormindo com os mortos.

Cruzei os braços e decidi ignorar os seus insultos.

— Então, de onde veio o coração? — insisti, confrontando-o com os fatos. — Quem pegou as cartas?

Alexandre deu de ombros.

— Gostaria de saber — falou ele. — Mas com certeza não foi a Hélène. Sinto muito, meu amigo, mas aposto o meu braço direito nisso.

— O risco é seu, não meu — respondi enquanto ele sorria.

— Dê tempo ao tempo.

Nenhum de nós disse nada por alguns momentos. Na rua, um carro roncou o motor ao passar. Meus pensamentos se voltaram para a Hélène e para a carta que eu deixaria com ela no dia seguinte. *Então veremos*, pensei teimosamente. *Então veremos!*

Mas o que eu esperava de fato? Outra resposta? Que a cabeça do anjo de bronze começasse a falar comigo? Suspirei e o Alexandre olhou para mim.

— Você tem que parar com esse absurdo, Julien. Está se afundando com isso. — Ele pegou a garrafa e encheu as nossas taças. — Pode acreditar que eu seria o primeiro a gritar de cima de um telhado se a Hélène pudesse voltar à vida. Mas isso não vai acontecer. — Alexandre se inclinou para a frente, afastando a minha mão já pronta para pegar mais um cigarro. — E você não pode continuar fumando nesse tanto. Este lugar está tão enfumaçado quanto um pub irlandês. Quer matar o seu filho?

Ele foi até a janela e a abriu. O ar frio invadiu a sala.

— Aaah! — exclamou Alexandre. — *Aspirez, aspirez!* — Ele respirou fundo antes de se juntar a mim no sofá. — Escuta, Julien, mesmo que você estivesse certo... mesmo que a Hélène tivesse pegado as cartas e deixado o coração no lugar delas... de que adiantaria?

— Eu saberia que ela ainda está por aqui — retruquei baixinho

— Mas, Julien, você já sabe disso, pelo menos enquanto quiser acreditar. Então, tudo bem, vamos supor que ela esteja em algum lugar, como você disse. Quem sabe? Talvez seja mesmo verdade e, nesse exato momento, a Hélène esteja sentada naquela cadeira vazia ali, ouvindo cada palavra nossa. Ou está voando invisível ao nosso redor como os personagens mortos daquela peça de Sartre.. como é que se chama?

— *Sem saída.*

— Isso mesmo, obrigado! Muito bem, só para fins de argumentação, vamos acreditar que tudo o que está dizendo seja verdade. O que você ganha com isso? Em um sentido concreto? Pode se sentar com a Hélène no sofá e conversar? Pode tocar nela, ou abraçar ela?

Ela pode deitar ao seu lado na cama todas as noites? Podem tomar café da manhã juntos, enquanto você conta a ela o que leu no jornal? Ela pode rir quando o Arthur disser alguma coisa engraçada? Ou pode ficar na cozinha e fazer aquele *clafoutis aux cerises* divino que ela fazia para você? Não, nada disso vai acontecer, Julien. — Os olhos dele estavam fixos em mim. — É isso que você está pensando? Acha mesmo que um dia a Hélène vai entrar aqui com uma guirlanda de margaridas na cabeça e te abraçar?

Abaixei a cabeça. Fiquei olhando desanimado para o coração de pedra.

— Mas quem...? — perguntei, me sentindo desamparado. Peguei a pedra rosa e me agarrei a ela como se fosse um diamante.

Alexandre passou o braço ao redor dos meus ombros.

— Julien. Acha mesmo que eu não sei como tudo isso é difícil pra você?

E ficamos sentados mais uma vez em silêncio, enquanto a janela chacoalhava suavemente com o vento da noite.

— Tenho que admitir que tudo isso é mesmo muito estranho — acabou admitindo Alexandre. — Mas tenho certeza que há uma explicação bem simples para esse "milagre". — Ele fez aspas no ar e parecia estar pensando. — Será que o Arthur contou a alguém sobre o compartimento secreto?

Balancei a cabeça.

— Não, eu perguntei quando coloquei ele na cama. Ele nem conseguiu se lembrar do que eu estava falando. Já tinha esquecido. A cabeça do Arthur está ocupada com os assuntos dele, como a paixão por uma menina ruiva na creche.

Não consegui conter um sorriso quando lembrei do Arthur me mostrando a amiguinha quando fui pegá-lo na creche.

"Ela não é bonita, *papa*?", tinha sussurrado ele.

— Ele com certeza tem seus genes — comentou Alexandre com ironia. Então, endireitou o corpo subitamente no sofá. — Mas é claro! — Ele bateu com a mão na testa. — Por que não pensei logo nisso? É tão óbvio. O canteiro!

— O canteiro?! Agora quem está louco é você, Alexandre! O canteiro pegou as minhas cartas e me deixou um coração... nossa, como não pensei nisso?! O mesmo homem, cuja esposa e os dois filhos adultos estão no negócio com ele, descobriu na velhice que tem uma queda por jovens viúvos... essa é boa. Ha, ha, ha!

— Não, espera um instante! — Alexandre havia pensado em algo e não se deixou abater. — O canteiro a quem você encomendou a lápide é a única pessoa que sabe com certeza sobre o compartimento. — Ele refletiu por um momento. — Não precisaria ser ele, necessariamente. Poderia ser alguém do negócio dele... ou talvez o chefe tenha comentado o seu feito com alguém, com algum outro cliente por exemplo. Quem sabe? Talvez em algum lugar por aí haja uma viúva infeliz que considera a sua ideia do compartimento secreto o maior ato de romantismo de que ela já ouviu falar. Então, ela resolveu dar uma passadinha para ver que presentes solenes você estava deixando para a sua esposa. E acabou encontrando as cartas... que leu do início ao fim, é claro. As mulheres são assim. Curiosas e incorrigivelmente românticas.

— Humm... — Eu estava perplexo. — Sabe de uma coisa, Alexandre? *Você* é que deveria escrever romances.

Eu estava impressionado com a habilidade com que ele tinha construído aquela teoria. E precisava admitir que aquela história dele sobre o canteiro poderia ser verdade. O homem gostava de falar... gostava muito. Eu me lembrava de ter ficado um pouco irritado com isso no dia em que escolhi a lápide.

— Não, deixo os romances para você — respondeu Alexandre, lisonjeado. — Mas vai ser um prazer deixar você usar essa ideia esplêndida no seu próximo livro. — Ele sorriu, satisfeito, já que a noite estava terminando de uma forma agradável para nós dois. Então, esvaziou a taça e a pousou com firmeza em cima da mesa.

— Estou te dizendo, dá uma checada nesse cara. — Ele riu. — E não faria mal ficar de olho nas lindas viúvas que frequentam o cemitério, especialmente aquelas que estiverem rondando perto do túmulo. Acho que esse é o caminho, meu amigo.

— Vou fazer isso, Alexandre, prometo — garanti. — De qualquer forma, estava mesmo pretendendo ir ao cemitério amanhã. Escrevi outra carta. Vamos ver se essa também desaparece.

— Vamos ver — concordou Alexandre. — Fique atento, meu amigo. Logo, logo você vai descobrir quem está por trás disso.

Assenti, mas quando fechei a porta, depois de o Alexandre ir embora, me sentia estranhamente desconfortável. Imerso em meus próprios pensamentos, levei para a cozinha as taças que tínhamos usado, então dei uma olhada no Arthur, que dormia tranquilamente na cama dele com ursinho de pelúcia aconchegado ao seu lado. Voltei para a sala e parei diante da janela aberta. Olhei para o céu escuro da noite e senti o coração apertado.

14

Bem me quer, mal me quer

O inexplicável modifica as pessoas. Perguntas sem respostas são mais difíceis de suportar do que qualquer outra coisa, e isso explica por que nos esforçamos tanto para ter certeza. Nos empenhamos para descobrir a verdade e para compreender — mas e naqueles momentos em que não queremos saber de jeito nenhum o que vamos descobrir? Quando a ilusão estoura como uma bolha furta-cor?

Na manhã seguinte, quando passei pelo portão do Cemitério de Montmartre, me sentia bastante estranho. Minha noite havia sido agitada e eu não tinha ideia do que deveria desejar: que minha última carta tivesse desaparecido mais uma vez, ou que estivesse guardada a salvo na lápide. Que haveria um novo sinal, ou que não haveria o menor indício de que alguém tivesse aberto o compartimento.

Não havia ninguém por perto àquela hora da manhã. O zelador foi a única pessoa que passou por mim enquanto eu seguia pela trilha de sempre através do cemitério florido. O Alexandre havia plantado a semente da dúvida no meu coração e, enquanto o zelador, um homem já idoso, me cumprimentava, eu o observei atentamente, me perguntando por um momento se aquele camarada singular seria capaz de me pregar uma peça tão bizarra. Talvez ele se ressentisse de pessoas que, como eu, entravam em seu reino de pedra sem serem convidadas. Olhei em volta algumas vezes e tive a estranha sensação de que alguém estava me seguindo, ou que em algum lugar entre as árvores havia uma mulher com um véu preto escondida. O fato de que estava me comportando de forma cada vez mais estranha não me passava despercebido.

Quando finalmente cheguei ao túmulo de Hélène, meu coração estava disparado e quase não abri o compartimento. Mas precisava abrir.

Eu o abri e procurei a carta que havia deixado na véspera. Não estava lá, mas meus dedos se fecharam em torno de algo macio. Deixei escapar um grito baixo, porque a princípio achei que fosse uma mão, mas, quando tirei o objeto do compartimento, ri de alívio.

Era uma pequena guirlanda de miosótis e margaridas.

Eu a fiquei segurando, sem saber o que fazer com ela. Então a examinei, separando as flores com cuidado para ver se havia algum bilhete escondido entre elas, mas não encontrei nada. Eram apenas flores. *Apenas?* Enquanto eu estava fora, alguém havia pegado a minha carta e deixado aquela guirlanda de flores como sinal de alguma coisa.

Alguém?

A primeira coisa que me veio à mente quando vi a guirlanda foram os buquês de miosótis da Cathérine. Eu ainda me lembrava muito bem de ter esbarrado com ela no cemitério, semanas antes, quando havia levado a minha primeira carta. Cathérine tinha admitido que as miosótis eram dela. E tinha ficado meio envergonhada, assim como eu. Seria possível que ela tivesse visto alguma coisa naquela vez... ou que tivesse me espiado escondida? Tentei recordar os detalhes daquele encontro. Não, não havia ninguém perto do túmulo... eu teria notado. E por que Cathérine faria algo tão louco? Ela morava no mesmo prédio que eu, poderia falar comigo sempre que quisesse, portanto não tinha necessidade de ficar à espreita em cemitérios e covas abertas. Além disso, me ocorreu que Cathérine tinha passado a manhã toda na escola na véspera, e o Arthur passara a tarde toda na casa dela, brincando com a Zazie. O cemitério era trancado todo fim de tarde, às seis horas, e eu não conseguia imaginar a Cathérine escalando o alto portão verde de ferro depois do anoitecer para deixar mais miosótis.

Balancei a cabeça.

— Julien, você está vendo fantasmas! — repreendi a mim mesmo.

E estava mesmo, porque de repente foi como se pudesse ver claramente o toque da Hélène na guirlanda. No meu sonho, ela não estava usando uma guirlanda de margaridas?

— Ah, Hélène, o que você está aprontando? — sussurrei atordoado, observando o anjo de bronze, que não se movia um centímetro. — Não sei mais em que acreditar.

Tirei da bolsa a carta com o poema de Prévert e coloquei na cavidade.

— Estou ansioso para ver se você vai gostar disso — voltei a sussurrar, fechando o compartimento.

Então, dei um passo para trás e examinei a lápide com atenção. Para o olho desatento, a rachadura fina que marcava a abertura do compartimento era quase invisível.

Eu sabia que era tudo bastante extraordinário, mas parado ali, junto ao túmulo, com a guirlanda de flores na mão e o olhar fixo no rosto de Hélène, me sentia apartado do mundo. A força dos argumentos do Alexandre diminuiu.

Eu me afastei com relutância dali, deixando para trás as trilhas estreitas, e caminhei lentamente pela Avenue Hector Berlioz. Mas então ouvi alguém chamar o meu nome.

Olhei para cima e vi uma figura morena e delicada, sentada em um banco bem pertinho, quase perdida entre os altos mausoléus de família, com seus telhados íngremes. Sophie estava com sua bolsa de ferramentas ao lado. Era sua pausa para o almoço.

— *Salut*, Julien! — cumprimentou ela alegremente. — Ora, ora, faz séculos que não vejo você.

— Na verdade, eu vim ontem — respondi, e ela ergueu as sobrancelhas, surpresa. — Mas estava doente.

— E eu aqui achando que você tivesse decidido voltar ao mundo dos vivos, e que eu nunca mais te veria.

Ela endireitou o boné com um brilho travesso nos olhos.

Se ao menos você soubesse da missa a metade, pensei.

— Eu teria ficado chateada se você tivesse sumido de vez — acrescentou ela com um sorriso. — Para ser sincera, estava começando a sentir falta das nossas conversas no cemitério. — Sophie chegou um pouco para o lado no banco. — Vem cá, senta comigo um pouquinho. Estou almoçando. Como estão as coisas?

— Ah... bem... dentro do possível — gaguejei, olhando para a guirlanda de flores que ainda segurava. — Considerando as circunstâncias. — Dei de ombros.

— Lindas flores — comentou ela, de repente. — São para a sua esposa?

— Não, não. Já fui visitar o túmulo — respondi sem pensar.

E quase mordi a língua quando Sophie se virou para mim, surpresa.

— Então para quem são as flores?

— As flores... hum... elas... — Eu parecia um idiota. — Elas são para você!

Meu coração afundou no peito assim que as palavras saíram da minha boca. Eu sabia que era bobagem, que aquelas flores não tinham vindo da Hélène, mas mesmo assim me doía me desfazer delas.

— Para *mim*? — Um leve rubor coloriu o rosto de Sophie. — Mas...

— É — me apressei a acrescentar, e deixei a guirlanda no colo dela um pouco rápido demais, tentando disfarçar a minha reação. — Estava esperando que a gente se encontrasse. Você pode não acreditar, mas também senti a sua falta. — Eu ri e acrescentei em tom de brincadeira: — Afinal, foi você quem disse que flores em um túmulo são um desperdício, ou alguma coisa assim.

— Boa memória, escritor — disse ela, rindo em resposta, embora ainda houvesse dúvida em seus olhos. Ela limpou algumas migalhas de baguete do macacão. — Então... essas flores são mesmo para mim?

Assenti com entusiasmo.

— Lógico, foi o que eu disse!

— Você realmente é bom em inventar histórias — comentou Sophie. — Mas obrigada!

Ela pousou a guirlanda ao seu lado no banco.

— Miosótis e margaridas — acrescentou ela, pensativa. — Você sabe o que elas significam na linguagem das flores?

— Não, o quê?

— Bem... miosótis significam amor e fidelidade. Muito tempo atrás, as pessoas costumavam dizer que os olhos de amantes recentes lembravam a cor das miosótis... — Sophie me fitou nos olhos. — Ah... *sim*! — falou ela em um tom mais agudo. — Os seus olhos realmente são tão azuis quanto miosótis.

Ela sorriu quando eu sorri, mas de repente me senti pouco à vontade. O que estava acontecendo? A Sophie estava flertando comigo?

— Vejamos, o que mais? — Ela pegou uma margarida da guirlanda e a levantou. — A margarida representa a felicidade genuína. Não é lindo? Você sabe o que mais se pode fazer com uma margarida? — Sophie balançou a flor na frente do meu rosto. — E...?

Não consegui conter uma risada.

— Não faço ideia. Pode me dizer. Não sou um grande conhecedor da linguagem das flores.

— Ah, pelo amor de Deus, Julien. Toda criança conhece essa brincadeira antiga! — Ela começou a arrancar as pétalas da margarida. — Bem me quer... mal me quer... bem me quer... mal me quer. — E continuou até sobrar só uma pétala. — Mal me quer! Que pena! — Então jogou o caule para trás antes de me olhar com atenção. — Você não quer me contar a verdadeira história dessa linda guirlanda? Ou é um segredo? *Adoro* segredos. — Sophie sorriu quando eu não respondi. — Muito bem, vamos tentar uma pergunta mais fácil: como estão indo as coisas com o seu livro, escritor?

Não, não havia flerte algum.

— Mais ou menos — respondi com ironia. Quando levantei os olhos para ela, tive uma ideia. — E você, Sophie? Vi que o anjo já tem asas novas. Seu trabalho está caminhando bem? Deve estar indo melhor do que o meu. No que está trabalhando agora?

— Ah, no momento estou restaurando a gravação no jazigo de uma família. Nada tão desafiador assim para um canteiro, mas trabalho é trabalho.

Assenti, como se soubesse exatamente do que ela estava falando, embora tivesse tão pouco conhecimento de projetos de escultura quanto um cachorro tinha da Lua quando uivava para ela.

— Sophie, você está aqui todos os dias, certo?

— *Quase* todos os dias. Às vezes tiro os fins de semana de folga. A vida é mais do que anjos e lápides, não acha? — Ela pegou o sanduíche de presunto e deu uma boa mordida. — Hoje, por exemplo, vou encerrar o expediente mais cedo que o normal. É aniversário do meu primo e fomos convidados para a comemoração, mais tarde.

Não perguntei quem era aquele "nós" implícito. Em vez disso, indaguei o mais casualmente possível:

— Nos últimos dias, você reparou em alguém perto do túmulo da Hélène? Além de mim, quero dizer.

Sophie pareceu curiosa com a pergunta, mas deu de ombros.

— Humm. Vou precisar pensar um pouco... — Ela começou a listar as pessoas de quem se lembrava. — O zelador limpou a trilha. Lembro também que um grupo de turistas japoneses tirou fotos de vários túmulos. Acho que o anjo de bronze foi um deles. Um cavalheiro elegante também passou por aqui, assim como uma mulher com um chapéu preto grande e uma senhora mais velha. — Então, parou para pensar. — Tem uma loira que também sempre aparece com flores.

A loira tinha que ser Cathérine.

— Mais alguém? — perguntei.

— Minha nossa! Quantos detalhes você quer. Por quê? Está querendo saber o índice de popularidade da sua esposa? De qualquer forma, não vejo tudo, é claro, mas diria que o túmulo dela é visitado com mais frequência do que os outros, tirando as celebridades. — Sophie franziu a testa. — Quem mais? Vi um casal de pé por um longo tempo no túmulo. Eles examinaram tudo com bastante atenção, e o homem estava até fazendo anotações em um caderninho... mas isso foi muito tempo atrás. E... ah, também vi um *clochard* cambaleando perto do túmulo com uma garrafa de vinho na mão, alguns dias atrás. — Ela fez uma careta.

— E ontem? Você viu alguém ontem?

Sophie negou com a cabeça.

— Lamento, mas não. Quer dizer, alguém pode ter estado por lá, mas se esteve eu não vi, porque estava muito longe.

— E quando você estava trabalhando perto do túmulo da Hélène, naquele anjo, um tempo atrás... uma dessas pessoas, hum, fez alguma coisa no túmulo?

Ela pareceu confusa.

— O que você quer dizer com *fazer alguma coisa*, Julien? — perguntou Sophie. — Está falando de vandalismo? Algo foi danificado ou roubado?

Senti o rosto quente. Talvez eu devesse ter contado toda a verdade a Sophie, mas resolvi não contar. Ela com certeza iria me achar tão maluco quanto o Alexandre.

— Hum, não — me apressei a dizer. — Quer dizer, sim. Senti falta do meu regador. Eu guardo sempre atrás da lápide.

— Aah. — Eu não sabia se ela estava mesmo acreditando em mim. Seus olhos grandes me examinaram por um longo momento. — Então, ladrões de túmulos — acrescentou Sophie com um sorriso e um estalar de língua. — Bem, se quiser, posso ficar de olho por você, Julien. Estou sempre aqui.

Seu celular tocou e ela me lançou um olhar de desculpas.

— Tudo bem, tudo bem — eu a tranquilizei, me levantando e acenando em despedida. — Pode atender. Tenho mesmo que ir.

Sophie sorriu em despedida e gesticulou alegremente para a guirlanda mais uma vez. Enquanto me afastava, ouvi a sua voz assumir um tom mais suave:

— Não, é claro que não esqueci, *chouchou*. Logo, logo estou encerrando o dia por aqui, como eu disse... É, devo chegar em casa no máximo até as cinco... Sim... Também te amo.

E assim, saí do cemitério de mãos vazias, no sentido literal da frase. A minha visita seguinte, à loja de lápides e artigos funerários Bertrand & Fils, não esclareceu muita coisa — pelo menos nada que justificasse a teoria de Alexandre sobre a bela viúva com uma veia romântica.

Encontrei monsieur Bertrand do lado de fora, entre as suas lápides. Estava atendendo a um casal mais velho, falando sobre as vantagens das lápides recicladas.

— Poderíamos apagar a inscrição antiga e substituí-la por uma nova e bonita — declarou em alto e bom som. — Vai acabar tendo um custo menor, mas ainda vai ficar bonito. Ninguém precisa saber que a pedra já foi usada. — Ele coçou atrás da orelha e olhou de relance na minha direção. — Mas podem ficar à vontade para olhar o que temos aqui. Como eu sempre digo, olhar não custa nada.

O casal começou a examinar as lápides expostas, imerso em um debate discreto, enquanto monsieur Bertrand vinha até mim com um sorriso no rosto. Ele obviamente havia se lembrado de mim na mesma hora.

— Monsieur Azoulay! O que te traz de volta? — Ele trocou um aperto de mão comigo. — Espero que não tenha vindo procurar outra lápide tão cedo.

Consegui apaziguar rapidamente a preocupação dele.

Ali, de pé, ao sol do meio-dia, entre todas as pedras brutas, expliquei desajeitadamente o motivo da minha visita.

A reação de monsieur Bertrand foi rápida e intensa. Eu obviamente acabara de insultar o seu profissionalismo.

— Agora escute o que eu vou dizer! — exclamou indignado, abrindo os braços em um gesto de inocência. — Acha mesmo que eu faria uma coisa dessas? Não sei nem o que dizer. — Ele continuou a balançar a cabeça, sem acreditar. — Meu jovem, estou à frente desse negócio há mais de quarenta anos, e meu pai cuidava daqui antes de mim. E, quando eu estiver morto e enterrado, o que espero que não aconteça tão cedo — monsieur Bertrand deu três batidinhas com as costas dos dedos em um pedestal de mármore próximo —, meus filhos assumirão... Mas ninguém jamais... — Ele me lançou um olhar de reprovação. — Ninguém jamais fez qualquer reclamação.

— Também não estou reclamando de nada — me apressei a responder. — Só estava me perguntando se o senhor não acabou contando sem querer sobre... hum... a singularidade da lápide. — Baixei a voz.

Monsieur Bertrand fungou.

— Se isso aconteceu, por favor, me diga — continuei, ainda falando bem baixo. — É fundamental para mim saber se alguém sabe da natureza incomum do túmulo da minha esposa. Podemos dizer que é uma questão de vida ou morte. — Olhei fixamente para monsieur Bertrand, satisfeito por ter encontrado uma metáfora adequada.

O canteiro deu um passo para trás, fechando os olhos, alarmado. Mas logo voltou a abri-los e encontrou o meu olhar sem hesitar, entrelaçando os dedos sobre o avental de trabalho que cobria a sua generosa barriga.

— Absolutamente não, monsieur Azoulay. Eu mesmo construí aquele compartimento, pessoalmente. Não permiti nem que os meus filhos ajudassem. Na época, o senhor me disse para cuidar do assunto de forma confidencial, e foi o que fiz. Não contei a ninguém... Quero que o diabo me leve se isso não for a mais pura verdade! As coisas que se passam entre mim e um cliente nunca saem desta loja. Pode acreditar em mim em relação a isso. O senhor ficaria chocado se soubesse os tipos de história que já ouvi. Ou os desejos peculiares que os que ficam às vezes têm.

Monsieur Bertrand revirou os olhos dramaticamente, e optei por não seguir aquela linha de pensamento.

— Não, não, monsieur, discrição é a alma do nosso negócio. Sempre digo isso aos meus filhos. Discrição até o túmulo e além. Não sou apenas um canteiro, também posso ser tão mudo quanto um túmulo. ha, ha, ha! — Ele riu alto.

Monsieur Bertrand provavelmente soltava aquela frase espirituosa com alguma frequência, já que soava quase como um slogan. "O canteiro tão mudo quanto um túmulo."

O casal, que ainda caminhava entre os blocos polidos de pedra, parou de conversar e olhou para nós com interesse.

Quando monsieur Bertrand percebeu que eu não estava rindo com ele, tentou de novo.

— Na verdade, como *dois* túmulos, ha, ha, ha! — Sua barriga de respeito estremeceu.

Uma concentração tão alta de alegria entre todas aquelas lápides era um pouco demais para mim. Saí e deixei monsieur Bertrand com seus novos clientes, que sem dúvida logo se beneficiariam por toda a eternidade da discrição dele.

15

Na margem da floresta da memória

Quando o Alexandre me ligou no domingo de manhã, eu estava folheando distraidamente as páginas amareladas de um pequeno e raro volume de poesia, publicado pela Librairie Gallimard, como tinha feito com frequência nos últimos dias. O livro estava cheio dos maravilhosos poemas de Prévert — e alguns versos daquele livrinho eram obviamente destinados a mim, embora eu tenha ficado intrigado com vários deles.

Sim, eu tinha ido ao túmulo de Hélène novamente — a curiosidade me impulsionara. E sim, como as outras, a minha carta anterior havia desaparecido. Quando depositei outro envelope no compartimento, encontrei esse livro de Prévert. E o peguei maravilhado, encantado, perplexo.

Esse volume muito antigo e um tanto gasto — que parecia uma *trouvaille* das bancas de livros dos *bouquinistes* que se enfileiravam à margem do Sena para vender seus antigos tesouros — era uma resposta inequívoca à minha carta anterior, em que eu tinha incluído "O jardim" de Prévert. Aquele poema que todos os amantes conheciam.

Ainda diante do túmulo, comecei a folhear o livrinho. Um nome escrito em letra cursiva um tanto antiquada decorava a primeira página, mas não significava nada para mim — Augustine Bellier.

Ela obviamente havia sido a dona anterior do livro e provavelmente já tinha morrido fazia muito tempo. Virei página após página em busca de uma anotação, uma página com o canto dobrado, qualquer coisa que pudesse me dar uma pista do significado por trás desse presente. Acabei trombando com um cartão-postal antigo e sem assinatura decorado com rosas brancas preso entre duas páginas, que obviamente fazia as vezes de marcador. O título do poema naquela página em particular era "Cet amour", "Esse amor".

Aquele eu não conhecia.

Era um longo poema sobre o amor, que era personificado no texto. O que o amor era e como poderia ser. Como as pessoas às vezes se esqueciam do amor, mas o amor nunca se esquecia de nós. E alguém havia sublinhado levemente as linhas finais a lápis.

De pé, junto ao túmulo, aquelas palavras me tocaram profundamente. E mesmo mais tarde — depois de eu ter deixado o cemitério e lido o poema várias vezes, tentando entender a mensagem que alguém do céu ou da terra tentava me transmitir — eu engolia em seco toda vez que chegava às palavras: *Não permita que nos tornemos frios e pétreos.* E a forte súplica no final do poema sempre me trazia lágrimas aos olhos: *Na margem da floresta da memória/ Apareça de repente/ Estenda a mão/ E nos salve.*

Eu entendia tudo aquilo. Hélène, meu anjo de pedra, que eu não deveria deixar esfriar e que continuava a me amar, mesmo na margem da floresta da memória. Aquele trecho provavelmente se referia ao cemitério, o cruzamento entre a vida e a morte, por assim dizer.

No momento que achei o volume de Prévert, tive certeza de que não havia como Cathérine estar por trás de tudo aquilo, por mais que ela visitasse o cemitério. Ao contrário de Hélène, Cathérine não tinha uma veia poética no corpo. Ela estudara ciências na faculdade e sua dissertação recebeu o título prosaico de *Rastrear micróbios.* Quero dizer… santo Deus!, ela era *professora de biologia.* Não lia poemas. E não dava poemas de presente. Pedi desculpa mentalmente a todos os professores de biologia que *liam* poesia. Claro, isso era possível.

Afinal, Boris Pasternak tinha sido médico, ao mesmo tempo que escreveu alguns dos mais belos poemas de todos os tempos. Mas aquele não era o caso de Cathérine, a minha vizinha. Eu duvidava que ela tivesse um único livro de poesia em suas estantes bastante modestas.

Assim, eu estava passando aquela manhã de domingo na cama, um pouco perdido entre as lindas palavras de Prévert. Já estava pensando nas palavras da minha próxima carta para Hélène quando o celular tocou, me arrancando dos meus pensamentos.

Era o Alexandre, querendo saber como tinha sido a minha visita ao canteiro.

— Então... descobriu alguma coisa?

— Nada. Ele jurou que não contou a ninguém — falei, antes de contar ao Alexandre os detalhes do meu encontro com o discreto monsieur Bertrand.

— Bom — respondeu o meu amigo. — Como você pode ter certeza de que ele está dizendo a verdade?

— Por favor, Alexandre. Chega! — resmunguei. — Basta de teorias da conspiração. Não tem nenhuma viúva bonita por aí preocupada com a minha saúde emocional.

— Que pena — declarou Alexandre. — Descobriu mais alguma coisa?

Mesmo relutante, contei a ele sobre a minha conversa com Sophie, que tinha listado todas as pessoas que havia visto perto do túmulo.

— Ah, então temos alguma coisa! A mulher de chapéu preto! — exclamou ele triunfante. — Na minha opinião, poderia ser uma viúva. Ou você conhece alguém com um chapéu preto desses?

— Ninguém. A última vez que vi uma mulher com um chapéu preto grande foi em um filme do Fellini. Mas, como monsieur Bertrand é tão mudo quanto um túmulo, essa especulação não passa de perda de tempo.

— E a mulher mais velha que a restauradora mencionou?

— Hum... Acho que pode ser a minha mãe. *Maman* vai ao cemitério de vez em quando, embora não seja o lugar preferido dela.

— Ao contrário de você — comentou Alexandre.

— É, ao contrário de mim — concordei, irritado. — Você poderia ter nos poupado desse comentário, não?

— Desculpe — respondeu Alexandre, contrito. Mas insistiu mesmo assim: — Dessa vez você encontrou alguma coisa no compartimento?

— Encontrei. — Aquela conversa estava perdendo força bem rápido.

— E...? Não torne tão difícil arrancar as informações de você. Só quero ajudar.

Suspirei e contei a ele sobre as minhas duas últimas descobertas. Assim que mencionei a guirlanda, o Alexandre me interrompeu.

— Foi a vizinha bonita que colocou lá, tem que ter sido! É ela que costuma deixar miosótis no túmulo da Hélène. Você mesmo me disse isso. E a restauradora... ela não disse que sempre vê uma loira visitando o túmulo? Quem sabe? Talvez a sua vizinha esteja, sim, apaixonada por você.

— É, Einstein, já pensei nisso. Mas a Cathérine está fora da lista de suspeitos por outros motivos. Em primeiro lugar, ela não foi ao cemitério no dia em que a guirlanda apareceu. Em segundo lugar...

— Em segundo lugar?

Contei a ele sobre o livro de poesia.

— Humm — respondeu Alexandre. — Hum. Hum. Hum. Na verdade, isso não parece muito com mademoiselle Balland. Do que fala o poema?

Expliquei e li para ele os últimos versos sublinhados.

— Isso parece mais com a Hélène, não acha? — perguntei cautelosamente.

— Não, acho que não — falou ele. — De jeito nenhum. Para falar a verdade, é o oposto.

— O que você quer dizer? — perguntei, contrariado.

Então Alexandre fez uma interpretação completamente diferente dos versos de Prévert.

— Bom, é bem objetivo — disse ele. — Você não deve se permitir ficar tão frio e pétreo quanto todas aquelas lápides, nem deve fechar o coração para um novo amor. O amor vai te dar um sinal… no cemitério, que é para onde todas as suas lembranças de Hélène continuam levando você. O amor de repente vai estar diante de você, disposto a te salvar, se você permitir. Ele já está estendendo a mão para você, entendeu?

Permaneci em silêncio por um tempo, perplexo.

— Bom… — falei — esse é o problema dos poemas, podemos interpretá-los de várias maneiras, como os conselhos e previsões do Oráculo de Delfos. De qualquer forma, pensei na Hélène na mesma hora.

— Por que isso não me surpreende? — Alexandre riu. Parecia estar gostando daquele jogo. — Você nunca pensa em nada além da Hélène, meu amigo.

— E como o coração de pedra se encaixa na sua teoria? — perguntei, aborrecido. Talvez tivesse sido um erro contar ao Alexandre tudo o que estava acontecendo.

Lembrei daquela primeira descoberta, que ainda estava em cima da minha mesa. Ele havia começado tudo — o coração de pedra que Hélène tinha deixado para mim como um sinal de que me amaria para sempre. E ter recebido aquele sinal no momento que mais precisava, no auge do meu desespero, não era por acaso.

— Ele se encaixa perfeitamente, meu amigo — respondeu Alexandre. — Você precisa voltar a abrir o seu coração de pedra para a vida.

Eu não disse nada. Podia ouvir ecos da minha mãe nas palavras dele.

— Então, de volta à Cathérine… — falou Alexandre, pensativo. — Ou a outra pessoa que está de olho em você. E a garota do cemitério?

— A Sophie?

— Será que ela não tem alguma coisa a ver com isso? Talvez esteja profundamente encantada pelo jovem e simpático viúvo. Afinal, ela passa o tempo todo trabalhando em túmulos.

No começo, achei que podia ser a Sophie. Sophie, que tinha alguém para dizer "também te amo" no telefone.

— Sem chance, ela tem namorado — declarei, lembrando da voz dela, e me dando conta de repente de que era muito terna.

— Como você sabe?

— Ele liga para ela o tempo todo. A Sophie chama ele de *chouchou* e está completamente apaixonada. Além disso, ela é muito pé no chão para… poesia.

— Tudo bem — respondeu Alexandre, claramente riscando "a restauradora" da sua lista. — Quem mais você conhece que lê poesia?

— Ninguém. A Hélène.

— Julien! Por favor… Às vezes acho que você está ficando ruim da cabeça. E o seu editor, aquele… Qual é o nome dele? Fabre?

— Jean-Pierre *Favre* — corrigi.

— Isso, e ele? O elegante cavalheiro de pé junto ao túmulo? Esse Favre deve ser bem sofisticado, um homem das palavras, cheio de imaginação… ele com certeza tem algum livro de poesia na estante. Talvez esteja com medo de que você nunca termine o seu livro e queira te levar de volta ao caminho certo.

— E por isso ele quer fazer a minha atenção se voltar para o *cemitério*?

— Não… para longe do cemitério, mas você não quer me ouvir.

— Que ideia absurda! Eu poderia muito bem afirmar que *você* está por trás disso tudo, Alexandre. Afinal, é você quem grava versos de poemas em seus colares. Aposto que já usou pelo menos um versinho do Prévert, certo? Eu não duvidaria de que você fosse capaz de uma coisa dessas…

— Está frio, muito frio — disse Alexandre.

Nenhum de nós disse nada por algum tempo. Eu me sentei na cama, mexendo no meu cachecol.

— Bom, então… — falou Alexandre por fim, e eu estava curioso para ouvir o que viria a seguir. — Só resta a Elsa L.

Ele riu, e a ideia era tão engraçada que não pude deixar de rir também.

— Quer sair hoje à noite? — perguntou Alexandre. — Talvez a gente consiga encontrar uma explicação melhor.

— Não e não — respondi. — A minha mãe comprou ingressos para uma apresentação infantil de *A flauta mágica* hoje à tarde. Vamos levar o Arthur para assistir.

Maman estava convencida de que nunca é cedo demais para começar a educação cultural de uma criança.

"*A flauta mágica* é perfeita para uma criança de quatro anos", tinha insistido ela ao ver as minhas sobrancelhas arqueadas. "Além disso, o Arthur vai fazer cinco anos ainda este ano."

— Bom, aproveite o encantamento — brincou o meu amigo. — Até mais.

Minha amada Hélène, o raio de sol da minha noite,

Eu me sinto tão dividido, meu bem! Quero tanto acreditar que é você quem está pegando as minhas cartas e me deixando sinais, e às vezes acredito piamente nisso, não importa o que Alexandre diga.

Quando descobri o poema de Prévert, tive certeza de que era você quem estava por trás dele — quem mais me daria poemas? E não seria aquela a resposta perfeita para o meu próprio poema? Mas então, mais uma vez, assim como agora, acabei achando que nada disso poderia ser possível. Estou escrevendo para você e ao mesmo tempo me perguntando: para quem estou realmente escrevendo? Quem está lendo as minhas cartas? Ainda assim, não consigo parar de escrever. Qual seria a alternativa? Nada mais de cartas e nada mais de respostas? Além do mais, prometi a você que escreveria, meu amor, e vou continuar a fazer isso até chegar à trigésima terceira carta. Só não tenho certeza do que esperar.

Que eu vá ter você de novo, como certa vez em maio? Que a minha vida terá um rumo mais feliz?

Quando te fiz a promessa, Hélène, não imaginava que escrever estas cartas me levaria a uma aventura dessas. E foi o que isso se tornou para mim — uma aventura cheia de enigmas que só o Alexandre sabe. Ou mais alguém também sabe?

Ah, Hélène, não sei mais o que devo desejar! Não, espere, eu sei, sim. Quero que tudo isso continue, esse estranho jogo de grandes perguntas e pequenas respostas! Se começo a imaginar a possibilidade de subitamente parar de encontrar coisas no compartimento secreto, de tudo acabar, desse contato ser interrompido... não sei como lidaria com isso! Seria como perder tudo pela segunda vez.

Uma vez você me disse que escrever as cartas talvez me ajudasse — e estava certa, minha esposa inteligente. Quando escrevo essas cartas para você, me sinto renovado. Elas recompõem a minha vida, abrem uma nova perspectiva, me fazem seguir em frente. E a perspectiva de encontrar uma resposta no túmulo naturalmente aumenta ainda mais essas sensações.

É tudo tão louco — não posso arriscar contar a mais ninguém o que está acontecendo. Se fizer isso, serei considerado candidato a um tratamento psiquiátrico. No entanto, o que eu mais quero fazer é anunciar para todo mundo: Parece que minhas cartas estão sendo lidas e há respostas para mim. Para mim, Julien Azoulay.

Tudo isso está me salvando, Hélène. Está me ajudando a atravessar a situação mais difícil que já vivenciei e, de alguma forma, está me dando esperança, por mais absurdo que isso possa parecer.

No domingo, a *maman* e eu levamos o Arthur para assistir a uma apresentação de *A flauta mágica*. O espetáculo foi encenado ao ar livre, no Parc Montsouris, por um grupo de teatro independente. Um palquinho foi construído especialmente para a ocasião. Foi um espetáculo infantil, mas foi tudo tão mágico... Ficamos sentados ali de mãos dadas, absolutamente encantados — a *mamie*, o Arthur e eu. Rimos das travessuras de Papageno e das ideias engraçadas de Papagena. E acompanhamos Pamina e Tamino, enquanto o grande amor que sentiam um pelo outro os ajudava a passar por todo tipo de testes e provações.

Talvez também me aguarde um tempo de testes. Quero ser forte, querida, e não desanimar. E quero continuar acreditando que tudo vai ficar bem. No momento, isto é tudo que tenho: minha fé.

Estou esperando por um sinal — um sinal seu — e anseio por beijá-la mil vezes.

Julien

16

A porta fechada

O mês de maio terminou, e o sofrimento que por tanto tempo parecera espremer a minha alma se transformou em uma expectativa febril. Se antes eu tinha "funcionado", mal e mal, agora estava superestimulado e dominado por um nervosismo geral que até o meu filho percebeu.

— *Papa*, você não para de balançar o pé — declarou Arthur um dia, quando estávamos sentados juntos à mesa da cozinha.

Eu já não parecia mais tão entorpecido pela infelicidade. Quando fomos ao cinema, consegui até acompanhar as aventuras do menino órfão de *Minha vida de abobrinha*. Depois, compramos um crepe de Nutella em uma barraca no Boulevard Saint-Germain, atrás da velha igreja.

— Feliz que você tá rindo de novo, *papa* — comentou Arthur, satisfeito.

Durante a semana, eu tentava escrever o meu romance, que aos poucos assumia um ar bem diferente da minha intenção original, e nos fins de semana me dedicava ao Arthur. Encontrava com o Alexandre de vez em quando, mas evitava falar sobre as cartas desaparecidas. Sempre que ele perguntava a respeito, eu fazia uma piada e dizia que estava tudo tranquilo no front do cemitério.

De vez em quando, até passava uma noite com Cathérine na varanda. Desde que madame Grenouille havia nos marcado com o símbolo da vergonha, tínhamos nos tornado cúmplices, e o constrangimento que se instalara entre nós depois daquela noite tinha sido substituído por um relacionamento camarada entre vizinhos — ao menos foi o que pensei na época.

Eu almoçava na casa da *maman* toda quarta-feira e aos domingos; quando o tempo estava bom, levávamos o Arthur ao Bosque de Boulogne aos domingos. Para deleite do meu filho, às vezes alugávamos um barco a remo, e eu o levava para passear pelo lago, manobrando entre as outras famílias e os casais apaixonados enquanto ele cantava e ria de alegria. De vez em quando, também pegávamos um barquinho até o Chalet des Îles para nos sentarmos ao sol, saboreando uma *tarte framboise*. Aquela era a parte externa da minha vida.

No entanto, ainda havia "o segredo" e a inquietação que se apoderara de mim. Essa inquietação foi crescendo ao longo da semana, até sexta-feira de manhã, quando Louise apareceu para limpar a casa e eu saí para visitar aquela colina no norte de Paris que obviamente se tornara o meu destino.

Cada vez que eu ia a Montmartre, meus pensamentos começavam a zunir. Era como se eu estivesse eletrificado. O que eu encontraria na lápide daquela vez?

Porque o meu pedido sempre era atendido: o estranho jogo com as cartas e os sinais havia continuado. Eu recebia uma resposta a cada uma das minhas cartas. E, em resposta a cada sinal, escrevia outra carta. Tinha a impressão de estar surfando em algum tipo de onda. Aquele vaivém febril fazia com que eu me lembrasse do infeliz mas inspirado Cyrano de Bergerac, que mantinha a sua correspondência romântica por trás de uma fachada. Eu ansiava por aqueles pequenos sinais deixados no compartimento secreto, que carregava para casa como tesouros preciosos. Lá, me debruçava sobre eles, tentando interpretá-los, resolvê-los como um quebra-cabeça. Aqueles pequenos presentes me davam algo para fazer. Eu não poderia desistir deles. As minhas cartas continuaram a desaparecer do compartimento, e a lápide nunca deixou de alimentar meu anseio.

Depois que levei o Arthur para ver *A flauta mágica*, apareceu uma caixinha de música na lápide. Era mais ou menos do tamanho de uma caixa de fósforos e estava coberta com cartolina branca, através da qual se podia facilmente ver as formas recortadas de Papageno e Papagena dançando juntos em seus trajes emplumados. Girei com entusiasmo a manivela lateral, e o mecanismo tocou uma melodia:

Arrisque muito, ganhe muito!
Venha, linda caixa de música,
Deixe os sinos tocarem, tocarem
Para que eles possam cantar.
Parece tão adorável,
Parece tão lindo!
Larala la la larala la la laralala!

Deixei a caixa de música em cima da minha mesa de cabeceira e, sempre que me sentia mal à noite, eu a pegava e tocava a musiquinha alegre, que ressoava na escuridão.

Na vez seguinte, encontrei uma rosa cor de lavanda como resposta à minha carta, seguida por uma romã de um vermelho intenso. Em outro dia, um folheto do Museu Rodin.

Embora *maman* morasse na mesma rua — Rue de Varenne —, eu nunca tinha visitado aquele pequeno museu, que fica naquele arrondissement, bem perto do animado Boulevard Saint-Germain. Assim, em uma quarta-feira, depois de almoçar na casa da minha mãe, atravessei agitado o parque mágico que circunda o antigo prédio do museu. Dei a volta ao redor d'*O pensador* de Rodin, um pouco perplexo com a figura eternamente imersa em contemplação em seu pedestal no jardim, e d'*Os burgueses de Calais* em seu grupo coeso. Atravessei a esfera verde de arbustos, entrei no museu e vi as obras menores de Camille Claudel no primeiro andar — a mulher que primeiro foi aluna de Rodin e depois sua desafortunada amante, e que criou obras de arte arrebatadoras. Aquilo foi antes de o grande mestre deixá-la e de ela enlouquecer de saudade, passando o resto dos seus dias em um hospício.

Passei pelas esculturas, examinando seus detalhes de perto. Também observei os outros visitantes do museu com atenção e tentei descobrir por que eu estava realmente ali.

É uma sensação estranha procurar alguma coisa sem ter a menor ideia do que estamos procurando... Mas nossa vida inteira não é uma busca? A busca pela "terra perdida", como resumiu Henri Alain-Fournier em *O bosque das ilusões perdidas*?

Fiquei parado muito tempo, imerso em pensamentos, diante de uma graciosa escultura de dois amantes que se fundiam um no outro e giravam para o lado em um passo de valsa. Aquela obra, cujo nome simples era *A valsa*, foi criada pela infeliz Camille, e fez com que eu subitamente me perguntasse quem estava me conduzindo na minha valsa secreta.

Passei uma hora no Museu Rodin. Depois de sair, me sentei em um banco e fiquei feliz por finalmente tê-lo conhecido, embora não soubesse o motivo da minha visita.

E, assim, continuei. Escrevi para Hélène sem saber se era ela que realmente estava recebendo as minhas cartas. Queria acreditar que era, mas o meu lado racional me fazia duvidar e me acusava de ser um idiota incorrigível. A partir de certo ponto, simplesmente parei de me preocupar com tudo. Eu vivia dentro do meu próprio mundo, que era como um lindo sonho, e me permitia acreditar que tudo acabaria se resolvendo — e foi isso que realmente aconteceu.

Mas só bem mais tarde, quando o verão já começava a se despedir. E só depois de eu finalmente ter entendido algo importante.

No entanto, durante aquelas semanas, em que a primavera avançava e os dias ficavam mais claros e quentes, eu permanecia sozinho com os meus pensamentos. Não falava muito sobre minhas idas ao cemitério, tampouco sobre minha nova *raison d'être*, nem mesmo com o Alexandre. Por um lado, a vida continuou — pelo menos para todos os outros. Por outro, eu havia decidido que era melhor guardar o meu segredo para mim, confiando que um dia entenderia tudo.

A única pessoa de quem eu não podia omitir as minhas visitas regulares ao Cemitério de Montmartre era Sophie. Embora não a visse toda vez, sempre ficava grato com a sua atenção calorosa, com seus comentários divertidos e com a maneira brincalhona como ela às vezes inclinava a cabeça. Além disso, continuava a me informar sempre que via alguém no túmulo de Hélène. Sophie se referia a si mesma, brincando, como a minha "melhor espiã" e de vez em quando aceitava me acompanhar em uma xícara de café ou uma taça de vinho como agradecimento.

Aqueles encontros casuais nunca duravam muito, e não voltamos a jantar em seu bistrô favorito — a única vez que ela me convidou para sair. Mesmo assim, tinha encontrado na Sophie uma amiga, que compartilhava sem restrições seus pensamentos e suas sugestões, e me alentava quando o meu ânimo estava obviamente abatido.

Um dia, almoçando juntos novamente — dessa vez em um café na Rue Lepic —, Sophie me encarou, pensativa.

— Posso te perguntar uma coisa, escritor?

Ô-ô. Perguntas que começavam assim nunca eram coisa boa.

— É claro — respondi, desembrulhando um cubo de açúcar.

— Por que você está tão interessado em saber quem passa pelo túmulo da Hélène? Tem medo de ter concorrência? — Ela inclinou a cabeça e franziu os lábios. — Você é o campeão indiscutível no cemitério, Julien. Juro.

Ela se recostou na cadeira e um raio de sol se entrelaçou ao seu cabelo.

Ri, aliviado. Mas então olhei nos olhos de Sophie por um instante a mais do que o necessário e, de repente, fui atingido pela ideia tentadora de que aquela moça que parecia aberta a ouvir quase tudo era digna de toda a minha confiança.

— Sabe, Sophie...

Ela ficou me olhando, em expectativa, enquanto a minha coragem voltava a se esvair. Talvez não fosse uma boa ideia. Ou era? Eu me senti titubear.

— Sim?

— Às vezes tenho vontade de contar uma coisa para você, mas... não confio em mim mesmo para isso — eu disse por fim, atrapalhado.

— Ah. — Uma expressão estranha surgiu nos olhos de Sophie e, em vez de um dos comentários sarcásticos que muitas vezes escapavam dos seus lábios em tom de brincadeira, ela permaneceu em silêncio por um longo tempo.

Eu também não sabia o que dizer, e o constrangimento entre nós dois aumentava a cada minuto.

— Bom, então me avise quando você *finalmente* confiar em si mesmo — falou ela.

Não foi difícil perceber que a Sophie havia interpretado mal o meu comentário. E provavelmente estava achando que o idiota do cemitério tinha se apaixonado por ela.

— Não, não... Não é *isso*... — respondi, e comecei a gaguejar. — Isso... isso não tem nada a ver com nós dois, Sophie — continuei, tentando remediar o mal-entendido. — O que eu queria contar é... uma espécie de... segredo.

— Ah, tudo bem... então é um segredo — disse Sophie, antes de nós dois começarmos a rir um tanto timidamente.

Mais tarde, sempre que me lembrasse daquela estranha conversa, às vezes me perguntaria se tudo não havia passado de um mal-entendido, ou se talvez toda a verdade tivesse, de algum modo, sido escondida dentro daquele mal-entendido.

Algo havia mudado. Eu já não passava todas as horas do dia triste, nem mesmo todos os dias. E não importava se era a Sophie ou a minha missão secreta que me levava de volta ao cemitério, o fato é que comecei a desviar os olhos das velhas lembranças e passei a ansiar mais uma vez pelo que me aguardava — a próxima carta, a próxima resposta, a próxima vez.

Em um dia de junho, me vi diante do túmulo, perplexo com o cartão que estava segurando. Tinha acabado de deixar uma carta no compartimento, em troca daquele cartão pintado com motivos orientais. Estampada no cartão, havia uma porta de madeira turquesa cercada por extensos arabescos e uma citação na porta.

Quando uma porta para a felicidade se fecha,
Outra se abre.
Mas muitas vezes passamos tanto tempo
Olhando para a porta fechada
Que acabamos não vendo
A outra que se abriu para nós.

Estava me perguntando como deveria interpretar aquele poema, quando ouvi passos silenciosos. Eu me virei e vi Cathérine. Ela segurava um buquê de violetas e me observava com interesse. Fazia quanto tempo que ela estava parada ali?

— *Salut*, Julien — disse ela, dando um passinho na minha direção. — O que está lendo?

— Nada! — Enfiei rapidamente o cartão na mochila.

Ela recuou um passo.

— Desculpa. Não foi minha intenção... Não queria me intrometer, perdão...

— Não, não... tá tudo certo. Era só... — Deixei a frase pairando no ar.

Cathérine deixou o buquê de violetas no túmulo e deu um sorriso tranquilo.

— O dia está tão bonito hoje, e eu saí cedo do trabalho. Então pensei em visitar a Hélène.

— Bom — falei, devolvendo o sorriso. — Parece que nós dois tivemos a mesma ideia.

Enquanto caminhávamos lado a lado pela trilha do cemitério, tive uma ideia.

— Ei, Cathérine... você sabe alguma coisa sobre essa citação?

Depois de pensar por um instante, ela balançou a cabeça.

— Não, acho que não. É do Tagore? Eu só conheço uma citação dele, que o meu professor de música uma vez escreveu no meu caderno de mensagens. "O fardo de ser eu fica mais leve se eu puder rir de mim mesmo"... ou algo assim. Por que a pergunta?

Ela não tinha ideia. Ou era uma atriz muito boa.

— Nada não.

Seguindo em direção à saída, encontramos Sophie, que estava guardando a bolsa de ferramentas no pequeno galpão.

Sophie me cumprimentou, correu os olhos rapidamente pela loira que caminhava ao meu lado, ergueu as sobrancelhas e piscou significativamente para mim. Cathérine observou com atenção a delicada criatura de olhos e boné escuros.

Minha caríssima Hélène,

É sábado à noite. Hoje, no começo da tarde, o Arthur chamou a Giulietta para brincar aqui em casa pela primeira vez — uma garotinha animada de cabelos ruivos e sardas, da turma dele da creche. Imagino que você deva ter se parecido muito com ela quando era criança. Arthur me apresentou à Giulietta depois que a mãe dela a deixou no nosso apartamento.

Ele disse:

— Esse é o meu *papa*. Ele escreve livros.

Giulietta ficou visivelmente impressionada e quis saber quanto tempo eu demorava para escrever um livro. Como se eu soubesse! Os dois desapareceram no quarto de Arthur, onde passaram horas colorindo febrilmente. Mas então tiveram a infeliz ideia de decorar a parede acima da cama de Arthur. Enquanto eles faziam isso, eu estava sentado à minha escrivaninha, escrevendo o novo romance. Você vai custar a acreditar, meu bem, mas estou fazendo progresso — não muito, cerca de três ou quatro páginas por dia, mas páginas realmente boas. Não faço ideia se Jean-Pierre Favre vai gostar do que estou escrevendo, já que está tomando uma forma muito diferente do que ele espera. E será que o editor vai realmente dançar ao luar? Neste momento, tenho as minhas dúvidas. Mas o bom é que voltei a escrever regularmente.

De qualquer forma, eu estava sentado lá, com um ouvido atento ao quarto do Arthur, onde as duas crianças conversavam e riam sem parar. Então tudo ficou muito quieto, e passei a ouvir só uma risadinha ou um sussurro ocasionais. Sorri, me perguntando o que estaria acontecendo, mas não dei muita atenção. A certa altura, ouvi o Arthur dizer:

— Vamos usar esse. Vai ficar melhor.

Ao que Giulietta respondeu, a voz aguda:

— Ah, sim! — Então, continuou em um tom que deixava bem claro que sabia que estava fazendo uma coisa proibida. — Mas a gente não devia estar fazendo isso.

Nesse momento eu fui até o quarto e abri a porta lentamente. E não pude acreditar nos meus olhos!

Arthur e Giulietta estavam de pé em cima da cama do Arthur, pintando calma e animadamente com os dedos o papel de parede branco. Os potinhos de tinta de pintura a dedo estavam praticamente vazios.

— O que vocês estão fazendo? — gritei, chocado.

— A gente queria pintar um quadro muito, muito grande, *papa* — declarou Arthur, o tom inocente, limpando as mãos sujas na calça. — Juntos! Mas o papel era pequeno demais.

— Fizemos arte! — exclamou Giulietta, os olhos cintilando.

Ela parecia uma pequena Papagena em seu vestido manchado de tinta. Olhei para os sóis brilhantes, para as árvores, flores, nuvens, pássaros e pessoas e, de repente, não consegui segurar o riso. Algumas obras do Miró não me pareciam muito diferentes daquilo.

— Essa é a Giulietta... e esse sou eu — anunciou Arthur, apontando para duas figuras com cabeças gigantes e corpos minúsculos, que riam com bocas largas e dentinhos pontiagudos.

Os bonecos tinham olhos redondos e espirais, pés quadrados e quatro dedos em cada mão. Uma das figuras tinha cabelos de um vermelho forte que brotavam da sua cabeça em pequenos cachinhos, coroados com um laço rosa gigante.

Não estou exagerando quando digo que as figuras pareciam marcianos. No entanto, os dois nomes que tinham sido escritos em letras compridas e finas abaixo dos bonecos eram inegavelmente maravilhosos, apesar do desvio na ortografia.

ATUR + JULETA

— Uau! — falei, por falta de algo melhor.

— Tá vendo, Giulietta, o meu *papa* achou legal.

Os dois estavam me encarando em expectativa.

Resolvi ser o pai legal e aceitar o que havia acontecido com o máximo de tranquilidade que pude. Com um suspiro, tirei roupas limpas do armário para os dois jovens artistas e disse ao Arthur que não queria encontrar murais semelhantes em nenhuma outra parede do apartamento. Então, pedi pizza para nós três.

Quando coloquei o Arthur para dormir à noite, ele declarou:

— Foi um dia maravilhoso, *papa*. — Ele olhou para mim com os olhos cintilando e suspirou satisfeito. — A Giulietta também se divertiu. — Aquilo era muito importante para ele. De repente, Arthur se sentou na cama. — Você acha que a *maman* também ia gostar de ter um desenho meu?

— Tenho certeza que sim — afirmei, bagunçando o cabelo dele. — Mas não precisa ser tão grande.

— Eu sei... — disse ele, dando risadinhas. — Ou não vai caber no cofre.

Por um momento, fiquei surpreso com a escolha de palavras dele — o Arthur provavelmente a tinha ouvido em um dos filmes de caçadores de tesouros que adora assistir.

Dei uma última olhada para a "pintura" acima da cama dele e balancei a cabeça antes de apagar a luz. Só me resta torcer para que Arthur e Giulietta "se deem bem" por muito, muito tempo… caso contrário, vamos ter que cobrir a pintura da garotinha marciana.

É por isso que logo, logo você receberá não apenas uma carta minha, Hélène, mas talvez também uma pequena contribuição artística do Arthur.

Enquanto escrevo esta carta, tenho diante de mim o cartão que encontrei no "cofre" na sexta-feira.

Li várias vezes a citação de Tagore, mas ainda não sei o que pensar dela. Para que porta fechada estou olhando? Talvez seja uma referência ao seu túmulo? Mas que sentido faz isso quando essa porta de alguma forma parece permeável e aberta para mim?

Então, sou obrigado a me perguntar se alguma outra porta se abriu na minha vida. E quem deixou o cartão para mim? Foi você, minha amada?

Em dias como esse, costumo duvidar disso. No entanto, quero continuar essa nossa conversa — veja que continuo escrevendo e contando sobre a minha vida sem você, exatamente como me fez prometer.

Quando eu estava no seu túmulo ontem, a Cathérine apareceu de repente e olhou com curiosidade para o cartão que eu ainda segurava. Ela alegou não conhecer a citação, mas será que foi mesmo coincidência a sua amiga ter aparecido no túmulo naquele exato momento?

Saindo juntos do cemitério, encontramos a Sophie. A restauradora, lembra? Já contei a você sobre ela. As duas se mediram como duas tigresas, e mais tarde a Cathérine me perguntou de forma bastante incisiva quem era aquela garota que parecia uma limpadora de chaminés. Quis saber como eu havia conhecido a Sophie.

Quando expliquei que a Sophie trabalha no cemitério, restaurando e consertando as sepulturas, seu interesse pareceu diminuir.

Mulheres! São todas criaturas misteriosas. Mas não tão misteriosas quanto as respostas que tenho recebido para as minhas cartas. Para onde estão me levando essas cartas, Hélène? Será que estão mesmo me levando a algum lugar? Ou são apenas um bom passatempo, uma espécie de cafezinho para um homem que perdeu a esposa e não consegue parar de sentir pena de si mesmo e assim se apega a um último vestígio de esperança? Se apega a uma mulher morta que está perdida para sempre para ele? Que tipo de jogo sem sentido é esse?

Mas o que estou dizendo?! Não, meu amor, me perdoe! Nenhuma das minhas cartas para você é inútil, sejam elas recebidas por você ou por outra pessoa. Adoro escrevê-las.

E agora estou aqui, exatamente como Orfeu, que desejou tanto que a sua amada Eurídice voltasse do reino das sombras e ainda assim acabou perdendo-a. Porque duvidou, porque olhou para trás para ver se a figura amada realmente o seguia, porque não ouviu seus passos e não sabia se Eurídice estava mesmo ali.

Jamais duvidarei que você está aqui, Hélène! Não posso te ver, mas sei que você existe.

Quero abrir todas as portas fechadas e deixar entrar a luz que você sempre foi para mim e talvez ainda seja.

Sempre seu,

Julien

17

Orfeu

No sábado seguinte, cheguei completamente sem fôlego ao pequeno cinema de arte da Rue Tholozé, que exibe filmes clássicos e contemporâneos. Estava com os meus dois ingressos na mão, ansioso para saber o que me esperava ali. Me atrasei um pouco porque tive que levar o Arthur para a casa da minha mãe, onde ele passaria a noite. Quando chegamos lá, percebemos que ele tinha deixado o Bruno em casa. O Arthur não dorme em lugar nenhum sem o Bruno, por isso tive que correr de volta para a Rue Jacob buscar o ursinho de pelúcia.

No dia anterior, quando eu estava no cemitério, quase não vi os dois ingressos. Mas, como não queria acreditar que o compartimento secreto da lápide estava realmente vazio, olhei mais de perto e passei os dedos por toda a cavidade até sentir os papeizinhos lilases que, sem querer, o envelope da minha carta tinha empurrado contra o fundo.

Os ingressos eram para uma sessão de sábado à noite na nona fileira do Studio 28 em Montmartre. Como se tivesse um sexto sentido para essas coisas, o Alexandre ligou no início do dia, da joalheria, para ver se eu queria fazer alguma coisa à noite. Eu disse que já tinha planos.

— É mesmo? Então você tem planos. Para quê?

Por um momento, pensei em convidá-lo para ir comigo ao cinema, mas algo me impediu — a ideia de que a pessoa misteriosa que deixava sinais para mim no compartimento do túmulo de Hélène aparecesse no cinema para reivindicar o segundo ingresso. Assim, respondi que a Cathérine havia me convidado para ir ao cinema com ela. O Alexandre soltou um longo assovio e desejou que eu me divertisse com mademoiselle Balland.

Ironicamente, enquanto o Arthur e eu subíamos a Rue Bonaparte de mãos dadas, a Cathérine apareceu vindo na nossa direção.

— *Salut*, vocês dois — disse ela. — Estão indo fazer o que de divertido? — Os olhos dela pousaram na mochila infantil que eu carregava.

— Vou passar a noite com a *mamie* — respondeu Arthur, sorrindo. — Ela vai fazer clafoutis de cereja para mim.

— Nossa, que delícia! Clafoutis de cereja, hummm... Estou com inveja de você. Esse é um dos meus doces favoritos também.

Cathérine me lançou um sorriso questionador, erguendo ligeiramente as lindas sobrancelhas arqueadas. Outra vez aquele olhar de Julie Delpy. Sorri de volta, gemendo por dentro, sem a menor vontade de me explicar.

— Bom, tenha uma ótima noite, Cathérine. Temos que nos apressar, a minha mãe está esperando — falei.

Eu tinha certeza de que ela ainda nos observava, surpresa, enquanto passávamos pelo Café Deux Magots e atravessávamos o Boulevard Saint-Germain.

Já na casa da minha mãe, eu disse a ela que ia ao cinema com o Alexandre. Ela assentiu, satisfeita, e comentou que estava feliz por eu estar saindo um pouco mais ultimamente. Assim, todos estavam bem e enganosamente informados.

Quando subi correndo os degraus e entrei no pequeno cinema, os outros espectadores já haviam se acomodado na sala de exibição. Olhei ao redor do saguão, esperando que o dono anônimo do segundo ingresso se materializasse. A única pessoa que ainda estava à vista era um senhor idoso, parado um tanto indeciso na bilheteria.

Vi o pôster preto e branco em destaque e o meu coração pareceu acelerar ainda mais do que depois de subir a colina de Montmartre saindo da estação de metrô.

Fiquei olhando hipnotizado para as fotos antigas de Jean Marais e Maria Casarès e li o título do filme sendo exibido aquela noite. Era o *Orfeu* de Jean Cocteau.

Entreguei às pressas os meus ingressos ao homem sentado na bilheteria.

— Está tarde demais para eu entrar?

— Está com sorte, monsieur. O filme ainda não começou. — Ele rasgou os ingressos. — Fila nove... alguém vai se juntar ao senhor?

Alguém mais apareceria? Eu havia tido tanta esperança... mas aparentemente não tinha ninguém esperando por mim. Dificilmente poderia ser o senhor parado ali, hesitante. Balancei a cabeça.

— Não... eu... tenho um ingresso a mais. Fique à vontade para dá-lo a quem quiser.

— Ah, eu adoraria aceitar o ingresso — disse o senhor, entrando na conversa. Ele podia ser velho, mas obviamente não tinha problemas de audição. — Só sobraram assentos nas duas primeiras filas, mas, por mais que eu ame Cocteau, detesto a ideia de ficar com o pescoço doendo — me explicou ele, enquanto entrávamos na sala escura e tateávamos o caminho até os nossos assentos.

— É claro — murmurei.

Eu sentei no meu lugar e fiquei feliz porque o filme começou apenas alguns segundos depois. A cortina vermelha se ergueu e os acordes ruidosos da música melodramática começaram, me poupando de mais conversa.

Confesso que estava relativamente atônito. Na minha última carta, eu me descrevia como Orfeu — e apenas uma semana depois recebia ingressos para o filme *Orfeu*.

Eu não poderia ter pedido um sinal mais claro! Assim, me recostei no assento e acompanhei emocionado a obra-prima de Cocteau, que ainda não tinha visto e que acabou me dando mais de uma frase enigmática em que pensar.

O filme era uma releitura do antigo mito de Orfeu e Eurídice. Na versão de Cocteau, Orfeu é um poeta de sucesso que perdeu toda a sua inspiração e as suas ideias. Seu rival, um jovem bêbado, acompanhado por uma princesa severa vestida de preto — aparentemente sua benfeitora —, está rondando embriagado o Café des Poètes, o preferido dos poetas, quando pouco tempo depois é atropelado por um carro. A princesa orienta o motorista dela a pôr o jovem ferido em seu carro preto e ordena que Orfeu os acompanhe como testemunha.

Enquanto a sua linda esposa loira, Eurídice, aguarda ansiosamente pelo seu retorno, Orfeu se deixa envolver completamente pelo feitiço da princesa negra. A princípio, ele não tem ideia de que ela, Madame la Mort, é na verdade a Morte. A princesa tem planos para o poeta e tenta seduzi-lo com frases místicas que consegue projetar através do rádio do carro. Orfeu fica fascinado, até mesmo obcecado, por aquelas frases, que soam como algo saído de um sonho: "Um copo d'água pode iluminar o mundo" ou "O silêncio recua mais rápido, duas vezes mais rápido". No entanto, quando a cruelmente negligenciada Eurídice sofre um acidente de bicicleta e morre, o marido decide trazê-la de volta do outro mundo. Com a ajuda do cuidadoso motorista Heurtebise — que na verdade é um estudante falecido que aspirou gás quando a namorada o deixou — e de um par de luvas especiais, Orfeu consegue passar através do espelho do quarto para o reino dos mortos, onde operam leis mais rígidas do que na Terra e onde não há "talvez". Os espelhos são os portais pelos quais os mortos podem passar. Orfeu está dividido entre seu fascínio pela Princesa da Morte e a sua bela e ingênua esposa, que espera um filho dele. Ele recebe permissão para tirá-la do outro mundo, mas é proibido de olhar para ela. Um dia, seus olhares se encontram por acaso no espelho retrovisor de um carro, e Eurídice desaparece na mesma hora. No entanto, no fim do filme, Madame la Mort muda de ideia. Ela renuncia ao amor e, para conceder a imortalidade ao poeta, também abre mão de Orfeu. Ela faz o tempo voltar: "Os humanos devem poder cumprir o seu destino".

Eu me deixei envolver totalmente no filme e em suas imagens, que exerciam um fascínio único. Era como se o espectador estivesse vagando por um sonho estranhamente belo e bastante assustador, na esperança de ver o que de outra forma seria invisível.

Eu era um fanático como Orfeu? Quem era a minha princesa negra e quem era minha Eurídice? Eu amava a morte ou amava a vida? Absorvi cada imagem, cada frase, e quando a cortina vermelha baixou sobre a tela, despertei atordoado, como se tivesse saído de um sono profundo.

— Ainda é um grande filme — sussurrou o senhor ao meu lado, em tom de aprovação, quando as luzes se acenderam. — Obrigado mais uma vez pelo ingresso, meu jovem.

Assenti e permaneci no meu lugar por mais alguns segundos.

Quando me levantei e olhei para as fileiras que se esvaziavam gradualmente à minha frente, ouvi uma risada cristalina.

Tive que olhar duas vezes para confirmar que era mesmo ela. Ali, duas fileiras à minha frente, estava uma moça delicada, com um vestido branco e conversando alegremente com a amiga. Seu cabelo escuro estava solto, apenas as laterais presas para trás por uma presilha cintilante.

Acho que aquela era a primeira vez que eu via Sophie de vestido. Ela parecia refinada. Eu só a tinha visto de macacão e, por um momento, fiquei apenas encarando-a, admirado enquanto ela ria mais uma vez.

Era mesmo a Sophie?

Naquele momento, ela virou um pouco a cabeça para o lado e reconheci o rosto em formato de coração.

— Sophie? — chamei baixinho, acima das fileiras de assentos. Então, mais alto: — Sophie?

Ela se virou na minha direção, curiosa.

— Julien?! O que você está fazendo aqui? Que surpresa! — exclamou ela, e avançamos pela fila de assentos até nos encontrarmos no corredor. — Essa é a minha prima, Sabine. — Ela apresentou a moça que caminhava atrás dela como uma rainha, o cabelo loiro-acinzentado preso, a postura perfeita. Sophie deu de ombros. — A Sabine me arrastou para ver esse filme, mas preciso admitir que não foi tão ruim assim, não é?

Sabine deu um sorriso régio, enquanto Sophie olhava além de mim, curiosa.

— E com quem você veio?

— Ah, vim sozinho — falei.

— É mesmo? — perguntou ela. — Você é fã de Cocteau?

— Parece que sim — respondi rindo.

— O Julien também é escritor — explicou Sophie à prima, e me lançou um sorriso. — Embora ele sempre diga que é apenas um péssimo escritor de ficção leve.

Sabine ergueu as sobrancelhas, um gesto que parecia já ter praticado bastante.

— Entreter as pessoas de verdade é uma arte que não deve ser subestimada — declarou Sabine, e gostei dela na mesma hora. — Que tal bebermos alguma coisa? O cinema tem um bar agradável ao ar livre. Se formos rápido, podemos arranjar um lugar para sentar.

— Boa ideia! — exclamou Sophie e, na mesma hora, começou a procurar alguma coisa na bolsinha que carregava. — Vão na frente. Vou só ligar para avisar que vou ficar mais tempo fora.

Alguns minutos depois, estávamos sentados em um pequeno pátio ao lado do café do cinema. Mesas marroquinas redondas e palmeiras em vasos transformavam o lugar em um oásis, e com fotos em preto e branco de atores famosos criaram uma colagem gigantesca na parede. Reconheci Jean-Louis Barrault, o mímico melancólico de *O boulevard do crime*, Brigitte Bardot, Jeanne Moreau, Cathérine Deneuve, Marlon Brando e Humphrey Bogart no inconfundível sobretudo que usava no papel de Philip Marlowe. Todas as mesas do pequeno café estavam ocupadas e ficamos felizes por termos taças de vinho nas mãos e estarmos entre os poucos sortudos que tinham conseguido um lugar ali naquela noite agradável. Começamos falando sobre o filme e, em seguida, a conversa passou a transitar por uma variedade de outros assuntos. Sophie teve o tato de não mencionar que nos conhecíamos do cemitério.

Ao menos durante aquele tempo, o fato de eu ter perdido a minha esposa e ser viúvo não importava nem um pouco. Sabine tinha olhos sérios e inteligentes, mas também era muito engraçada. Trabalhava como editora de cultura para uma revista e sabia todo tipo de informação privilegiada sobre livros e filmes, que expressava em termos vívidos. Ela até conhecia o meu primeiro romance, que achava "extremamente divertido". Por alguma razão, aquilo me animou.

A noite voou. Só nos demos conta de que o pequeno pátio estava vazio quando o garçom começou a empurrar ruidosamente as cadeiras para baixo das mesas.

Sophie olhou para o relógio.

— *Mon Dieu!* Já passa de uma da manhã — exclamou ela, e se virou para o garçom com um sorriso cativante. — Obrigado por nos aturar por tanto tempo.

Fiz questão de pagar o vinho — afinal, os ingressos tinham sido de graça — e nos despedimos ao pé da escada do cinema.

— Foi um prazer conhecer você, Julien — falou Sabine, e me entregou seu cartão. — Se começar a ter dúvidas sobre a sua capacidade de escrever, é só me ligar. Vai ser um prazer te dizer como você é bom.

Os lábios dela se curvaram em um sorriso zombeteiro e seus olhos cintilavam — um eco de Sophie.

Guardei o cartão no bolso e assenti.

— Pode deixar, não vou esquecer.

— Se cuida, Sophie. Vejo você em breve! Diga oi ao *chouchou* por mim. — Sabine deu dois beijinhos no rosto da prima e desceu a rua, a capa ondulando ao seu redor.

Sophie sorriu.

— Essa é a Sabine — comentou ela. — A minha prima favorita. — Sophie inclinou a cabeça para o lado e sorriu. — Não tenho cartões de visita comigo, escritor, mas estou à disposição caso precise de alguém para te dizer como você é maravilhoso. — Ela piscou. — Seria um prazer te dar o número do meu celular.

— Isso não é necessário — falei, também sorrindo.

Sophie ajeitou o xale sobre os ombros e olhou para o céu, onde a lua pairava, cheia e silenciosa.

— É tão silencioso aqui a essa hora — comentou ela. — Acho que gosto mais de Montmartre à noite. — Ela se virou para mim. — Quer caminhar um pouco?

Seguimos juntos pela rua.

— O filme era mesmo estranho… estranho e lindo ao mesmo tempo — disse Sophie.

Assenti vagamente enquanto ela subia distraidamente os degraus da Place Émile Goudeau, coberto por árvores altas, um lugar silencioso e encantado. O restaurantezinho na parte inferior da praça havia fechado horas antes, e guarda-sóis brancos permaneciam entre as cadeiras vazias, agora fechados, como sentinelas noturnas.

Sophie diminuiu o passo e parou ao lado da fonte antiquada no meio da praça, dentro do seu círculo de quatro cariátides esverdeadas e cintilantes.

— Gostei muito de uma frase em particular.

— Qual?

A expressão no rosto dela agora era sonhadora.

— O mundo todo é tocado pelo amor.

— É, essa frase é linda mesmo.

— Acha que existem outros mundos além do nosso, Julien?

— Talvez. Às vezes parece que sim, não é? O universo é grande demais.

— Interminável — concordou ela. — É praticamente impossível para nós compreender isso.

Nossos passos ecoavam na calçada.

— Sabe de uma coisa? Aquele homem, Orfeu, me lembrou um pouco você.

— Por quê? Por causa da esposa morta?

— Não, porque ele quase escolheu o lado errado. — Ela sorriu. — De qualquer forma, fiquei muito feliz quando a princesa negra libertou Orfeu. A vida é que sempre deveria vencer no fim, não a morte.

Paramos de andar e olhamos um para o outro. Por um momento, parecia que nossos corações estavam se tocando através dos poucos passos que separavam nossos corpos.

— É aqui que nos separamos — falou Sophie. — Tenho que seguir por ali, e você vai por lá. Boa noite, Julien!

— Boa noite, Sophie.

Eu a fiquei observando se afastar. Um vento travesso brincava com a bainha do seu vestido e, com súbito pesar, me ocorreu que as mulheres mais interessantes eram sempre as comprometidas.

18

O mapa do meu coração

Cada vez mais eu tinha a impressão de que estava preso dentro de um filme. Não parava de pensar na minha noite no cinema, e o turbilhão de imagens na minha mente trazia à tona uma torrente de outras imagens. Então, encontrei o mapa.

Aconteceu em um dia quente de julho, por volta do meio-dia, hora em que o cemitério normalmente ficava deserto. Sophie também não estava à vista. Ao abrir o compartimento para deixar a minha última carta, descobri um mapa de Paris, que obviamente estava longe de ser novo. Olhei ao redor antes de guardá-lo na mochila.

É sério isso?, pensei. Por que um parisiense precisaria de um mapa de Paris?

— Isso é alguma piada? — resmunguei baixinho, olhando para a cabeça de bronze do anjo, cujo sorriso indiferente não se alterou. — Bom, acho que nenhuma resposta é em si uma espécie de resposta.

Fui até a parte de trás da lápide para pegar o vaso que estava lá, depois o enchi com água de uma torneira próxima e pus o meu buquê dentro dele.

Eu tinha produzido muito desde aquela noite no cinema. Havia trabalhado como alguém possuído e escrito cinquenta páginas — páginas de verdade, autênticas, que tinham mais a ver com a minha vida do que o enredo que eu havia criado para o outro livro que tinha, inesperadamente, ganhado o prêmio Goncourt. E quando Jean-Pierre Favre me perguntou como estavam indo as coisas, durante um almoço no Le Petit Zinc, olhei para a linda escultura art nouveau de uma mulher que estava em seu pedestal, atrás de Favre, cheirando as suas flores, e respondi animado que colocaria o ponto-final no meu romance até o fim do ano. Admito que a previsão foi um pouco prematura, mas eu tinha um forte pressentimento de que, àquela altura, o fio invisível que estava sendo desenrolado pela minha misteriosa Ariadne já teria me tirado do labirinto da minha vida. E, quando aquilo acontecesse, o meu romance também chegaria ao fim.

Felizmente, não falamos sobre o conteúdo do livro, caso contrário, monsieur Favre teria engasgado com o steak tartare e sua guarnição de ovo cru.

— *Marvellous*! — exclamou ele, enfiando alegremente uma porção de comida na boca.

Eu não tinha certeza se o entusiasmo do meu editor vinha do prato de carne crua ou do fato de o seu autor obviamente ter redescoberto o ritmo de trabalho.

Além disso, eu tinha feito planos de verdade para as férias. A princípio, não tinha me dado conta de que a creche fecharia por algumas semanas durante o verão. Isso mostra quanto eu estava envolvido no meu próprio filminho. Na verdade, foi Cathérine que me lembrou das férias uma tarde, quando fui buscar o Arthur no apartamento dela.

— Você tem planos para as férias? — perguntou Cathérine e, por um momento, eu a encarei sem entender.

— Hum... Bom... — Eu me agarrei à primeira ideia que me ocorreu. — Acho que vamos para Honfleur. Mas obrigado por mencionar o assunto. Preciso acertar os detalhes com a minha mãe.

Arthur ergueu os olhos do livro ilustrado que estava folheando.

— A Giulietta também pode ir? — perguntou ele. — Ia ser muito legal, *papa*!

Fui atingido pela imagem de duas crianças decorando toda a casa em Honfleur com pintura a dedo, e não consegui conter um sorriso enquanto respondia:

— Acho que pode ser um pouco demais para a *mamie*.

Arthur balançou a cabeça.

— A *mamie* já disse que a Giulietta pode ir — declarou ele.

— O quê? — perguntei, surpreso. — Você já perguntou?

Cathérine riu do meu espanto.

— Parece que o seu filho faz planos com um pouco mais de antecedência que você, Julien. Sem dúvida ele herdou isso da Hélène. Lembra como ela adorava fazer planos?

Nós dois rimos — já tínhamos chegado ao ponto de conseguir falar sobre as peculiaridades cativantes da Hélène sem ficarmos melancólicos. Por um momento, lembrei de todos aqueles primeiros dias de cada ano em que a Hélène não conseguia imaginar nada mais agradável do que se sentar à mesa e preencher a agenda nova: aniversários, espetáculos, fins de semana com amigos ou parentes, atividades da creche, passeios breves, férias.

"Planejar as alegrias", foi como ela sempre chamou.

Assim, falei com a *maman* e depois com os pais de Giulietta. O plano final, então, era que a minha mãe viajasse para o litoral por duas semanas em agosto com Camille, a filha de tia Carole, e os dois filhos dela. No fim desse período, eu pretendia me juntar a eles por mais duas semanas, permitindo assim que Camille voltasse a Paris com Giulietta. Fazia muito tempo que eu não ia a Honfleur e estava ansioso para ver a antiga casa onde havia passado tantos verões maravilhosos quando era criança. Aquele era o plano.

Mas nós fazemos planos, e Deus ri.

Descendo a trilha do cemitério naquela tarde, imerso em meus pensamentos, não fazia ideia de que não iria para Honfleur naquele verão. Havia muita coisa de que eu não tinha a mínima ideia naquele momento. Olhando para trás, parece que eu estava totalmente cego.

Desci a Avenue Hector Berlioz. Como tantas vezes antes, o zelador carrancudo vinha caminhando na minha direção, arrastando atrás de si um saco de lixo cinza, daquela vez cheio de restos de plantas. Ele me encarou em silêncio. Então, reparei em um grande chapéu preto oscilando entre alguns arbustos atrás de uma lápide. Pertencia a uma senhora com um elegante traje preto, diante de um túmulo vigiado por um anjo alto de pedra. Obviamente não pude deixar de lembrar da teoria do Alexandre sobre a adorável viúva, e do comentário da Sophie de já ter visto várias vezes uma mulher de chapéu grande andando pelo cemitério. A senhora, no entanto, não estava no túmulo de Hélène. Quanto a mim, tinha coisas mais importantes a fazer do que seguir viúvas. Além do mais, estava ficando com fome.

Comi em um restaurante marroquino no Boulevard de Clichy. Enquanto esperava meu tagine de cordeiro com cuscuz, tirei da bolsa o mapa de Paris que havia encontrado na lápide, desdobrei-o desajeitadamente sobre a mesa cheia e examinei o emaranhado de becos, ruas e largos bulevares. Como eu disse, não era um mapa novo e estava rasgado em várias partes.

Ao examiná-lo melhor, vi um círculo a tinta desenhado ao redor de um pequeno quadrado. À direita havia um asterisco, do tipo usado para notas de rodapé.

Estranho.

Eu me aproximei mais e percebi que o que estava marcado era a praça Jehan Rictus — uma pracinha bem perto da estação de metrô Abbesses e não muito longe do bistrô em que eu estava. O que haveria ali?

Meu tagine chegou e o aroma de cordeiro assado, tâmaras e mel invadiu minhas narinas. Eu já estava dobrando o mapa de volta rapidamente e um tanto aos tropeços — sou atrapalhado com essas coisas —, quando percebi que alguém havia escrito algo no verso do mapa. A frase estava marcada com outro asterisco:

Quando amamos, jogamos o coração por cima do muro e pulamos atrás dele.

Ninguém jamais devorou um tagine tão rápido quanto eu, prestando um grave desserviço ao prato maravilhoso que passara horas no forno, até a carne tenra desgrudar do osso assim que o garfo a tocava.

Engoli vários bocados deliciosos, tomei um grande gole de vinho tinto e pedi a conta.

O garçom, que parecia ser de origem marroquina, me encarou como se eu o tivesse insultado.

— Não gostou, monsieur?

— Imagina! Estava maravilhoso. — Levantei da mesa apressado, quase derrubando a cadeira. — Acabei de descobrir que preciso ir, só isso. — Chequei rapidamente o mapa para ver o caminho mais curto até a praça Jehan Rictus.

O garçom assentiu preocupado. Ele não tinha ideia de qual era o meu problema. Quem deixava sobrar no prato um tagine de cordeiro tão bom não poderia ser um local.

— Posso ajudá-lo, senhor? Sabe para onde está indo?

— É claro que sei. Sou de Paris.

Enfiei o mapa na bolsa e fui embora.

Alguns minutos depois, estava na praça Jehan Rictus com o coração disparado. Era uma praça pequena e arborizada, com um dos lados cercado por um muro com inscrições. Eu já tinha ouvido falar daquele muro (já que, afinal, cresci em Paris), mas nunca o tinha visto pessoalmente. Era o famoso *mur des je t'aime* — o muro de uma casa antiga onde se via exposto um painel gigantesco com a frase que sempre fez o nosso mundo girar, supostamente escrita em todas as línguas existentes.

Eu te amo.

Eu te amo — centenas, milhares de vezes.

Eu não tinha ideia de quem havia jogado o coração por cima do muro. Com o mapa na mão, me sentei em um banco próximo, de onde tinha uma boa visão do *mur des je t'aime.*

Aprendi muito sobre o amor naquela tarde.

Vi dois amigos parados de braços dados diante do muro, enquanto liam em voz alta as várias frases. Vi amantes se olharem nos olhos e se beijarem. Vi recém-casados sendo fotografados na frente do muro, para depois compartilharem o momento com os filhos. Vi dois britânicos tirando fotos um do outro pulando na frente do muro. Vi um grupo de turistas japoneses acenar incansavelmente, rir e fazer corações com as mãos. Vi uma garota com uma mochila nas costas permanecer imóvel ao lado do muro por um longo tempo. E um casal de idosos, parecendo constrangidos por estarem de mãos dadas, gratos pela vida lhes ter concedido tanto tempo juntos.

Vi muitas pessoas naquele dia — pessoas de todas as idades e de todos os países imagináveis. Todas tinham uma coisa em comum: quando se viravam para ir embora, tinham um sorriso no rosto.

O sol da tarde estava se pondo rapidamente quando me levantei do banco. Naquele momento, ouvi um "ping" agudo vindo de dentro da minha bolsa. Peguei o celular e vi que era uma mensagem do Alexandre, que obviamente havia passado a tarde toda tentando me encontrar. Olhei para a tela e tive que sorrir.

Então, onde você está se escondendo? Saindo novamente com a vizinha bonita? Você não me engana, meu amigo.

Alexandre simplesmente não conseguia deixar aquilo passar. Desde que eu e a Cathérine havíamos supostamente ido ao cinema juntos, ele se recusava a acreditar que não havia nada acontecendo entre mim e Cathérine.

Liguei para ele, que atendeu imediatamente.

— Santo Deus, Julien, onde você esteve o dia todo? É mais difícil fazer contato com você do que com o papa — resmungou Alexandre. — Você tem um celular pra quê?

— Agora que já está falando comigo, o que é tão importante? — perguntei, bem-humorado.

Desviei os olhos mais uma vez para o muro, onde uma jovem de cabelos ruivos flamejantes estava parada naquele momento, examinando os escritos. Ela se virou lentamente e, por um momento, pensei que fosse a Hélène. Quando a jovem se voltou totalmente na minha direção, tudo ao meu redor pareceu parar.

— Alexandre, tenho que ir — murmurei ao telefone.

A poucos metros de mim estava Caroline — a mesma Caroline com quem eu havia conversado sobre os poemas de Jacques Prévert nos degraus da Sacré-Coeur — e ela estava sorrindo para mim.

Hélène, minha amada,

Já é tarde. O Arthur está dormindo que nem uma pedra no quarto dele, e estou sentado diante da minha escrivaninha, ainda aturdido com tudo o que aconteceu hoje.

Quando deixei a minha carta para você, descobri um mapa de Paris no compartimento secreto. Graças a um ponto circulado e uma frase encantadora sobre muros e corações, o mapa me levou ao *mur des je t'aime*.

Fiquei sentado em um banco ali perto por uma eternidade, observando as pessoas que chegavam ao Muro do Amor e me sentindo estranhamente comovido com as cenas que se desenrolavam à minha frente. Observei e esperei, até que de repente me peguei tomado pelo desejo de poder dizer mais uma vez "eu te amo" a alguém que pudesse olhar para mim e pegar minha mão como você costumava fazer, Hélène.

Em um determinado momento, precisei retornar a ligação do Alexandre, e me distraí por alguns minutos. Mas então olhei para cima e vi VOCÊ perto do muro, Hélène. Por um segundo, meu coração literalmente parou e senti como se estivesse em queda livre.

Mas na verdade era Caroline, a estudante ruiva da Sacré--Coeur. Lembra dela? A que gosta de ler poesia e que me lembrou você, *mon amour*, daquela outra vez? A jovem que falou comigo no dia em que encontrei o coração de pedra, aquele primeiro sinal. E, mais uma vez, meu coração tolo começou a vacilar.

Caroline ficou parada ali, como se fosse a resposta para todas as minhas perguntas. Ela sorriu para mim e, de repente, tive absoluta certeza de que ela era a pessoa que havia me deixado todas as pistas e que havia acabado me levando àquele muro.

Fui cambaleando na direção dela.

— Caroline — exclamei. — Caroline! Foi você? Foi você que deixou todos aqueles sinais para mim?

Ela me encarou com uma expressão simpática, mas também confusa.

— Que sinais? — perguntou, perplexa. — Do que está falando, monsieur?

— Mas... mas... o que você está fazendo aqui? — gaguejei. — Por que está aqui agora, exatamente nesse muro, entre todos os lugares?

— Bom — respondeu Caroline com uma risadinha tímida. — Eu queria ver o famoso *mur des je t'aime* e... tirar uma foto. — Ela jogou o cabelo ruivo para trás. — Ah, isso é tão constrangedor... O senhor deve estar achando que quero tirar selfies na frente de todos os lugares famosos de Paris, como uma turista boba qualquer.

Caroline riu, mas logo se deteve, surpresa, quando percebeu como eu estava pálido.

— Está se sentindo mal, monsieur? Vamos nos sentar.

Ela segurou o meu braço e me guiou de volta para o banco de onde eu tinha acabado de me levantar. Inclinei o corpo para a frente e apoiei a cabeça nas mãos, tentando me recompor. O que eu estava pensando, pelo amor de Deus...? Estava enlouquecendo... Aquela estudante, que estava passando um semestre em Paris, nem sabia o meu nome, quanto mais sobre o seu túmulo!

Eu é que tinha motivo para me sentir constrangido.

— Perdão. Por um segundo, confundi você com... outra pessoa — expliquei, erguendo os olhos. — Então tudo começou a girar ao meu redor.

Caroline assentiu.

— Queda de pressão. Sei como é. Talvez o senhor tenha passado tempo demais no sol. — Ela procurou alguma coisa na mochila de couro. — Olha, ponha isso na boca, monsieur. Sempre carrego um cubo de açúcar comigo para quando isso acontece.

Ela estendeu um cubo de açúcar embrulhado em um papel decorado com letras verdes. Eu o desembrulhei lentamente e coloquei na boca. O açúcar fazia barulho entre os meus dentes enquanto eu o mastigava devagar.

— E... está se sentindo melhor? — Caroline me observava com uma expressão ansiosa.

Se ela achava que eu era algum tipo de aberração que ficava sentado olhando para muros e fazendo comentários estranhos, não deixou transparecer.

— Estou... obrigado. — A minha vertigem havia passado. Olhei para a embalagem do cubo de açúcar e tive que sorrir. — Estou vendo que você já esteve no Café de Flore. Está mesmo disposta a conhecer tudo — comentei, o tom leve, tentando guiar a nossa conversa de volta para águas normais.

Caroline sorriu.

— Estou fazendo uma pesquisa para a minha monografia do bacharelado. Tenho que visitar todos os lugares a que Prévert e seu Groupe Octobre foram.

Ficamos no banco por mais alguns minutos, e Caroline me contou sobre a sua pesquisa. Admito que só entendi metade do que ela disse, mas talvez porque me sentia exausto.

Uma exaustão causada pelas coisas perturbadoras que estavam acontecendo na minha vida real, mas também pelas que existiam apenas na minha imaginação.

Depois de algum tempo, ela se levantou e estendeu o celular para mim.

— Se importaria de tirar outra foto minha... ou melhor, poderia fazer um vídeo rápido comigo na frente do muro? — Caroline ajeitou o cardigã, alisando-o sobre o vestido de verão.

O vídeo era para o namorado dela, Michael, que já havia voltado para Londres. Ele estava com muita saudade dela, explicou Caroline com uma piscadela. Ela me mostrou que botão apertar para gravar o vídeo, então perguntou:

— Qual é o seu nome, monsieur, para o caso de nos encontrarmos de novo?

— Azoulay — respondi. — Julien Azoulay.

— Muito bem, monsieur Azoulay, vamos começar — disse ela. — O muro precisa aparecer, viu?

Assenti, levantei o celular e apertei o botão.

Caroline foi até o muro, ficou de frente para ele por um momento, então se virou lentamente. Um sorriso iluminou seu rosto, tão jovem, tão gloriosamente jovem. Ela estendeu os braços como se quisesse abraçar o mundo inteiro e gritou:

— *Je t'aime!!!*

Ah, Hélène! Costumávamos ser assim — tão felizes e despreocupados e mais jovens do que certa vez em maio. O que eu teria dado para que aquelas palavras fossem para mim... Sinto tanto a sua falta, *mon amour*, mas também sinto falta de ter amor na minha vida. Sim, quero muito ser feliz de novo, Hélène. Penso em você como um lindo sonho. Por que não podia ser você parada na frente daquele muro, gritando "eu te amo!!!"?

Já te escrevi tantas cartas. Não falta muito para chegar à de número trinta e três. Desejo muito chegar logo a essa última carta, mas ao mesmo tempo tenho medo disso.

O que vai acontecer depois que eu escrever essa carta, Hélène? Hein? De repente você vai estar lá esperando por mim? Alguém vai estar lá? Ou ninguém?

Não sei; não sei mais nada. Tudo o que sei é que não aguento mais esse jogo. Comecei a ver fantasmas e, no meu estado de absoluta confusão, comecei a abordar estranhos. Isso não pode continuar, tem que acabar.

Ah, meu anjo amado, estou em apuros.

O que devo fazer, minha alma gêmea? Para mim, você sempre foi e ainda é a mulher ao meu lado que nunca deixou de me animar quando eu me desesperava. Isso foi muito importante para mim e sempre me ajudou.

Mas agora preciso de um vislumbre de esperança, Hélène. Preciso urgentemente! Vou estender os braços e esperar. Venha para a minha noite e traga a sua luz!

Julien

P.S.: Eu já havia colocado essa carta em um envelope quando me lembrei de uma coisa. O Arthur fez um desenho para você, e me disse para colocar no "cofre". Aqui está. Desde que aprendeu a escrever o nome dele, o nosso menino assina todos os desenhos que faz com "ATUR". Essa noite ele me perguntou se eu achava que você ia gostar do desenho, e respondi que com certeza você gostaria. E DISSO não tenho uma sombra de dúvida.

19

Descobertas

— Sabe de uma coisa, meu amigo? Tenho a sensação de que alguém está brincando com você. E por acaso também sei quem é.

Eu estava sentado com o Alexandre em um café na Rue de Grenelle, não muito longe da L'Espace des Rêveurs. Escolhemos uma mesinha do lado de fora e o cinzeiro ao meu lado estava quase cheio.

Depois de eu bater o telefone na cara dele, quando avistei a Caroline no Muro do Amor, o Alexandre tinha ameaçado terminar a nossa amizade se eu não fosse vê-lo imediatamente para explicar que diabo estava acontecendo.

Mas *imediatamente* não foi possível da minha parte, porque eu precisava buscar o Arthur na creche. Além disso, queria um tempo para organizar os meus pensamentos, o que acabou não dando muito certo. Por isso, no dia seguinte ao meio-dia me arrastei até a Rue de Grenelle cheio de sentimentos contraditórios, então enfrentei as perguntas intrometidas do Alexandre e contei tudo a ele. O meu amigo conseguiu se abster de fazer comentários sobre viúvos infelizes e instáveis.

— Cara, que história — foi só o que ele disse, e sorriu. — Espere só até todo mundo do meu clube saber disso.

— Que clube? — perguntei. — A Sociedade dos Poetas Mortos?

— Ha, ha. Estou vendo que ainda sobrou um pingo da sua famosa espirituosidade.

Ele acenou para o garçom e pediu duas porções de steak frites.

— Não reclama — disse ele para mim. — Pode levar isso daqui, *s'il vous plaît* — falou, dessa para o garçom, lhe estendendo o cinzeiro.

— Você precisa se esconder no cemitério e ficar de vigia, Julien — continuou Alexandre. — Então vai pegá-la.

Ele usava o feminino porque se referia a Cathérine, já que àquela altura ela era a única suspeita que lhe restava. Ou era Cathérine ou um psicopata aleatório sobre quem não tínhamos qualquer informação… e qual era a probabilidade disso?

— É ela, Julien. Tenho cem por cento de certeza. Perdoa o mau jeito, mas ela é a única que está interessada em você. Não vejo nenhuma outra opção. — Ele tomou um gole de vinho, encarnando Sherlock Holmes o melhor que podia. — Você tem que descobrir o motivo.

Balancei a cabeça.

— Você está muito errado, acredite em mim.

— Quieto, Watson. Por que não perguntou a ela? Sem rodeios?

— Porque não estou com vontade de fazer papel de bobo mais uma vez, que é o que aconteceria. Se eu perguntasse a Cathérine por que ela pegou as minhas cartas, ela com certeza me olharia espantada, como se tivesse brotado um terceiro olho na minha cara.

A ideia de me abrir mais com a Cathérine sem nenhum bom motivo me deixava bastante desconfortável.

— Eu conheço a Cathérine — declarei, como um idiota. — Ela não faria isso.

— Mas por que essa possibilidade te incomoda? A sua vizinha tem um motivo, além de ser amiga da sua esposa, e de também conhecer a sua rotina. Aposto que a Cathérine sabe exatamente que dias você vai ao cemitério.

Eu me lembrei das nossas conversas no saguão do prédio. Cathérine dizendo: *Indo para Montmartre, Julien?* E eu respondendo: *Gosto de desaparecer de casa nas sextas-feiras, quando a Louise está virando o apartamento de cabeça pra baixo para fazer a faxina.*

— Outras pessoas também sabem — falei.

— É mesmo? Quem?

— A minha mãe, por exemplo.

— Ah, por favor. Não me venha com essa da sua mãe. Isso é um absurdo.

— Humm — respondi apenas. Não estava convencido. — E o que você tem em mente? Montar uma barraca no cemitério e vigiar o túmulo da Hélène?

Alexandre ficou pensativo por um momento.

— Você poderia pelo menos mudar sua rotina — sugeriu ele.

Assim, naquela semana, decidi ir para Montmartre na quarta-feira, sem grandes esperanças de conseguir qualquer informação nova. No entanto, como Alexandre havia insistido em uma pequena mudança de rotina, concordei, nem que fosse para poder dizer a ele que mudar o dia da visita ao cemitério não tinha feito qualquer diferença.

Acabou não sendo assim.

Logo que atravessei os portões do Cemitério de Montmartre, com carta e flores na mão, ouvi alguém chamar o meu nome.

Era Sophie, empoleirada no alto do muro do cemitério como da primeira vez que a vi. Acenei brevemente e deixei a Avenue Hector Berlioz para ir até ela, serpenteando por entre as lápides.

— Por que essa cara séria, escritor? — Fiquei tonto só de vê-la se balançar para a frente e para trás. — Mesmo a cem metros, qualquer um percebe que você está de mau humor.

— Cuidado para não cair — falei. Deus, eu estava mesmo de mau humor. — Tudo bem? — perguntei. Não via a Sophie desde aquela noite no cinema.

Ela mudou de posição e se apoiou no muro como no quadro *Goethe na campanha romana*: de lado, a perna dobrada e o braço casualmente sobre o joelho. Então, me examinou pensativa.

— Também não estou ótima, mas obviamente estou melhor que você — declarou.

— Ah! Problemas de relacionamento? — perguntei.

— Quem sabe? — respondeu Sophie com um sorriso. — Tenho pensado muito sobre aquela noite no cinema. E sobre Orfeu. Você também?

— Sinceramente, não — confessei. Naquele momento, eu parecia estar indo de um extremo emocional a outro.

— Uma pena — comentou ela, e se sentou.

Enquanto eu a via dar a volta no muro, a frase do mapa de repente me ocorreu.

— Mas tenho um bela frase para você.

— Agora você me deixou curiosa — falou Sophie. — Fala logo!

— "Quando amamos, jogamos o coração por cima do muro e pulamos atrás dele."

Ela inclinou a cabeça e pensou a respeito da frase por um momento.

— É mesmo uma boa frase — respondeu ela. — Foi você que escreveu?

— Não. — Balancei a cabeça e meus olhos encontraram os dela. Por um momento, nenhum de nós disse nada.

— Quem então? — perguntou Sophie por fim.

— Não tenho ideia. Achei que você pudesse me dizer.

Ela franziu a testa e balançou a cabeça.

— Lamento, mas não posso te ajudar, escritor — disse Sophie. — Mas é uma frase bonita e verdadeira. Quando amamos alguém, não devemos perder muito tempo analisando o sentimento. — Ela puxou o boné mais para baixo na testa e olhou para as flores que eu segurava. — Está indo para o túmulo?

Assenti.

— Quer beber alguma coisa depois? Vou terminar em um minuto, e está um dia tão bonito...

Ela sorriu para mim e eu assenti, sentindo o meu humor melhorar.

— Gosto da ideia. Já volto.

— *Très bien* — disse Sophie. — Até daqui a pouco, então, Julien.

Ela voltou para as suas ferramentas, que estavam espalhadas ao lado dela no alto do muro, e eu voltei para a avenida principal do cemitério.

Alguns minutos depois, eu estava colocando a minha carta no compartimento da lápide da Hélène. Dessa vez, encontrei um envelope quadrado. Havia um disco prateado guardado no envelope — um CD ou um DVD, mas sem nada escrito nele. Surpreso, eu o enfiei na bolsinha de couro marrom que eu carregava, e fechei o compartimento. Então, me levantei e olhei ao redor da exuberante paisagem verdejante. No outro extremo do cemitério, vi uma figura pequena vindo na minha direção da entrada pela Avenue Hector Berlioz.

Eu me senti um tolo quando recuei alguns metros e me escondi atrás de outra lápide. O conselho do Alexandre surgiu na minha mente, e abafei uma risada histérica. Fiquei imóvel atrás da lápide aleatória e esperei em vão, como o herói de Samuel Beckett.

Fosse quem fosse que estava subindo a avenida com certeza não pegaria a trilha que levava até o velho castanheiro e ao túmulo de Hélène.

Mas eu estava errado.

Depois de alguns minutos que pareceram uma eternidade, ouvi passos se aproximando cautelosamente. Alguém passou pelo anjo, se inclinou, empurrou a placa de mármore para o lado e tirou o envelope.

Meu coração disparou, enquanto eu espiava da borda da lápide. Bastou um olhar para que eu reconhecesse a mulher que abriu às pressas a minha carta e começou a ler.

Era Cathérine!

Não consigo nem descrever o que eu senti naquele momento. Meu emocional estava em frangalhos. Uma combinação de raiva, espanto e de profunda decepção subiu à superfície.

Era mesmo a Cathérine! Entre todas as pessoas possíveis!

Alexandre tinha razão. A alegre Cathérine com seus olhos azuis inocentes! Acho que teria preferido ver qualquer outra pessoa do mundo no túmulo da Hélène a ver minha vizinha. Até uma viúva de chapéu preto teria sido melhor. Que hipócrita! Perdi o controle e minha raiva explodiu.

— Arrá! Peguei você!

Dei um pulo de trás da lápide enquanto falava isso, e a Cathérine deu um grito assustado. Ela largou a carta, e o desenho do Arthur esvoaçou pelo caminho como uma folha de árvore gigante.

— Julien! — Cathérine me encarou com os olhos arregalados. — O que você está fazendo aqui?

Eu me coloquei bem na frente dela.

— O que *eu* estou fazendo aqui? — gritei mais uma vez. Ela se encolhia a cada pergunta, como se eu a estivesse chicoteando. — O que *você* está fazendo aqui?! Se esgueirando pelo cemitério e roubando as minhas cartas! *Lendo* elas. Não acredito! Elas são particulares sabia? Particulares! Como pôde fazer isso?

Cathérine me encarou com tristeza, os olhos marejados. Senti uma profunda vontade de sacudi-la.

— Para de chorar! Você só está piorando as coisas! — Eu estava fora de mim. — De todos os comportamentos desonestos...! Eu achei que estivesse enlouquecendo, já duvidando da minha própria sanidade. E a mademoiselle aqui pegando uma carta após a outra, deixando lembrancinhas para me amaciar.

— Julien... eu... não sei... — balbuciou ela, a cor sumindo de seu rosto.

— E o quê?! — vociferei. — VOCÊ leu todas elas. Conhece os meus pensamentos, as minhas esperanças, as minhas ideias idiotas. Você pegou todas as minhas cartas, e deixou coisas para mim na lápide… poemas, caixas de música, mapas, cartões com citações de Tagore… Acreditei que estava me comunicando com uma pessoa morta quando o tempo todo era… VOCÊ! Não consigo acreditar! — Dei as costas, furioso, pronto para bater em retirada.

Cathérine começou a chorar copiosamente.

— Julien, Julien! — disse ela, soluçando. — Não, por favor, não vai embora. Pelo menos ouça o que eu tenho a dizer.

— De jeito nenhum. O que vi foi o suficiente. Cansei de ser enrolado.

Cathérine agarrou o meu braço.

— Por favor, Julien! Entendo que você esteja muito chateado, mas eu não te enganei. Nunca deixei nada naquele compartimento, nem caixinhas de música nem mapas. E essa carta aqui — ela indicou com um gesto as páginas espalhadas pelo caminho — foi a primeira e única que eu li.

Eu me detive e olhei para ela espantado.

— Quer mesmo que eu acredite?

— Por favor, Julien! Essa foi, sim, a única carta que eu peguei — insistiu ela, torcendo as mãos nervosamente. — Eu juro… pela… pela vida do Arthur — balbuciou ela, as lágrimas continuando a escorrer pelo seu rosto. — Eu não sabia nada sobre esse compartimento.

— Então como você soube?

Cathérine enxugou as lágrimas.

— O Arthur… o Arthur me contou dele na semana passada… quando estava pintando o desenho para a Hélène. Ele me disse que às vezes você traz cartas para o cemitério e que tinha um compartimento secreto na lápide, onde enfiava os envelopes. "Mas é um segredo", ele me falou. "Nem a Sophie sabe." Então ele me contou sobre a moça simpática do cemitério que conserta anjos. Também disse que você gosta muito dela e ri com ela. Fiquei com ciúmes, simples assim. — Ela soluçou.

— Meu Deus, Cathérine!

— Por favor, me perdoa, Julien. Você tem que me perdoar — implorou ela. — Não sou uma pessoa má. Eu… só queria saber… Quer dizer... achei que tivesse escrito alguma coisa sobre você e a Sophie na carta. — Ela abaixou a cabeça. — Foi um grande erro, Julien. Por favor, não fica com raiva de mim.

Eu me deixei cair sentado, entorpecido, junto ao muro baixo que cercava o túmulo.

— Não acredito que isso está acontecendo.

Cathérine se sentou ao meu lado. Ficamos ali, em silêncio, por algum tempo, olhando para a trilhazinha. De algum lugar veio um espirro baixo. Ou talvez tenha sido um gato sibilando ou um pássaro se agitando entre as folhas do castanheiro.

Como se recebesse um sinal secreto, Cathérine se virou para mim e apertou a minha mão.

— Juro que não peguei nenhuma outra carta além dessa, Julien — declarou ela. — Por favor, acredita em mim!

Eu a encarei. Aquele não era o rosto de uma mentirosa.

— Tudo bem. Eu acredito em você, Cathérine.

— E... você me perdoa, também?

Assenti lentamente.

— Obrigada.

Eu me levantei, e Cathérine fez o mesmo. Ela hesitou.

— Você acha que... que algum dia ainda pode haver... alguma coisa entre nós?

— Ah, Cathérine! — Cerrei os lábios e balancei a cabeça. — Para ser sincero, acho que não, mas o que eu sei? Sou só um ser humano.

— E... o que está acontecendo entre você e essa Sophie?

— Do que você está falando? — perguntei, irritado, enquanto limpava a terra da parte de trás da minha calça.

— Estou perguntando se... Você está apaixonado por ela? — perguntou Cathérine timidamente.

As perguntas dela estavam saindo dos limites.

— Cathérine, já chega — insisti, em um tom mais alto do que o necessário. — A Sophie é só uma pessoa aleatória que conheci no cemitério, só isso. Eu amava a Hélène, amava muito. E ainda amo, se quer saber. E não tenho ideia se algum dia vou ser capaz de amar outra mulher — acrescentei, desafiador. — Fui claro?

Ela assentiu obedientemente.

— Foi sim, Julien.

Cathérine recolheu as páginas da minha carta do chão e me entregou, junto com o desenho do Arthur e o envelope.

— É melhor eu ir agora. — Ela então começou a descer pela trilha sinuosa, os ombros curvados.

Fiquei vários minutos diante do túmulo da Hélène, olhando fixamente para o meu lindo anjo. Não posso dizer que estava bem naquele momento.

No fim, a teoria do Alexandre estava certa. E, ao mesmo tempo, ele estava errado. A Cathérine estava interessada em mim, mais do que eu pensava; na verdade, mais do que eu queria admitir. Mas ela não havia pegado as cartas. Não tinha nada a ver com todos os presentes deixados para mim.

Ou tinha?

A minha cabeça começou a zumbir como um enxame de abelhas.

Se a Cathérine não tinha feito aquilo, então quem?

Ah, Hélène, que confusão!

Pus a carta de volta no envelope e a devolvi ao compartimento, que ainda estava aberto. Descendo pelas trilhas do cemitério, eu me sentia lento como um velho.

Foi só quando as portas do metrô se fecharam atrás de mim que me lembrei de que precisava encontrar a Sophie. Olhei para o túnel escuro enquanto disparávamos por ele, sem nem desconfiar de que levaria muito tempo até que eu a visse novamente.

20

O longo silêncio

Às vezes, coisas demais acontecem em muito pouco tempo, e os eventos se acumulam um em cima do outro, nos tirando o fôlego. Em outras ocasiões, nada acontece por semanas a fio.

Eu havia entrado nessa segunda fase.

O silêncio reinava — de todos os lados. E aquele silêncio estava me afetando.

Cathérine estava me evitando. Depois do confronto no cemitério, os convites para visitá-la pararam de chegar e, quando o Arthur ia brincar na casa dela, ela sempre o deixava na porta do nosso apartamento e dava no pé rapidinho. Sempre que nos trombávamos no corredor, ela passava por mim murmurando um *bonjour* apressado, os olhos baixo. Estava envergonhada. As minhas palavras duras provavelmente a haviam magoado. Cathérine recuou, e eu não teria ficado surpreso se, ao se lembrar do ocorrido, ela agora achasse que eu a havia ofendido. A minha vizinha era do tipo que se fechava em silêncio nesse caso, embora *ela* tivesse pegado a minha carta e desencadeado a reação que eu havia tido. Bom, talvez eu tivesse reagido com intensidade demais, mas de qualquer forma a havia perdoado no final. Não existia qualquer motivo para a Cathérine fazer o papel da parte ofendida naquele caso.

Sophie também parecia ter desaparecido no ar. Nas semanas seguintes, sempre que eu ia ao cemitério, procurava por ela. Não, na verdade eu procurava por ela em todos os lugares. Cheguei a perguntar ao zelador carrancudo se ele tinha visto a Sophie ou se a bolsa de ferramentas dela estava no galpão. Mas ele havia apenas balançado a cabeça e resmungado mal-humorado que a quebra-pedras não tinha aparecido mais.

Tudo aquilo era muito estranho. Onde estava Sophie? Agora que eu já não podia mais esperar que logo a veria empoleirada em cima de algum muro, chamando por mim, ou em algum outro lugar para conversarmos, comecei a sentir falta dela. Eu me sentia culpado sempre que pensava em tê-la descrito como uma "pessoa aleatória" na minha resposta furiosa a Cathérine. E agora eu sentia saudade da Sophie — de seus comentários únicos, dos conselhos, dos provérbios, dos seus olhos grandes e escuros espiando por baixo do boné. Da forma como ela me perguntava em tom provocador: "Por que essa cara, escritor?!" Eu sentia falta principalmente daquilo.

Será que Sophie estava doente? Seu trabalho no Cemitério de Montmartre de alguma forma havia chegado ao fim? Ela não teria simplesmente desaparecido sem me avisar, não é?

A princípio, não senti a sua ausência com tanta intensidade e não pensei muito a respeito dela. Ela já havia sumido por alguns poucos dias antes, mas logo eu voltava a vê-la surgindo em algum lugar no meio dos arbustos para lapidar uma lápide ou outra, sentada em árvores ou em bancos, me animando com suas observações e seu bom humor.

Naquela quarta-feira desastrosa — antes de eu flagrar a Cathérine no túmulo e ficar tão furioso a ponto de gritar como um lunático no cemitério, e então me esquecer de encontrar Sophie — estava tudo normal. Eu a tinha visto sentada no muro, e ela, brincado um pouco comigo, como sempre fazia — não mencionara nem uma palavra sobre o fim do trabalho dela no cemitério. Não conseguia imaginar que a Sophie tivesse ficado ofendida por eu não ter aparecido para sairmos para beber depois. Tinha sido apenas um acidente, e não era típico da Sophie se enfiar em sua concha, como um caracol, do jeito que a Cathérine fazia no momento.

Na sexta-feira, dois dias depois do incidente, voltei ao cemitério para me desculpar de alguma forma com a Sophie por ter ido embora na quarta sem falar com ela. Decidi convidá-la para almoçar e fazer as pazes. Eu não havia levado nenhuma carta naquele dia em particular. Tinha perdido o entusiasmo de escrevê-las, ao menos por ora, e não passei pelo túmulo da Hélène. Na verdade, só fui até lá para ver se encontrava a Sophie.

Mas ela não estava no cemitério. Nem naquele dia, nem em qualquer outro que se seguiu. Três semanas se passaram sem qualquer notícia.

Eu não parava de pensar no nosso último encontro. A Sophie tinha me acusado de estar de mau humor — uma afirmação verdadeira —, embora o meu humor estivesse fantástico naquele momento, se comparado com o que tomaria conta de mim mais tarde no túmulo da Hélène. A Sophie havia se recostado no alto do muro como um gato ao sol, mas — e aquilo só me ocorreu mais tarde, quando repassei cuidadosamente as palavras que havíamos trocado — ela também havia dito que, embora estivesse melhor do que eu, também não estava tão bem, não é mesmo?

E se a Sophie realmente estivesse tendo problemas de relacionamento? Ela talvez tivesse me contado se tivéssemos saído naquele dia; então, para variar, *eu* poderia tentar consolá-la. Talvez aquele tal *chouchou* a tivesse largado e ela estivesse arrasada, chorando, encolhida em algum lugar do seu pequeno apartamento no sótão em Montmartre.

Não que eu soubesse onde a Sophie morava. Ou com quem. Depois daquele dia no cinema, caminhamos juntos por algum tempo, então ela parou em uma bifurcação da rua e me fez seguir o meu caminho.

Queria poder simplesmente ligar para a Sophie. Deixei escapar um gemido quando me lembrei mais uma vez da indiferença com que eu havia descartado a hipótese de pegar o número de telefone dela. "Isso não é necessário", eu tinha dito. "Não é *necessário*."

Que idiota cego eu tinha sido!

Eu provavelmente já havia procurado o cartão de visita da prima dela uma centena de vezes. Naquela mesma noite do cinema, eu o guardei descuidadamente em algum lugar. Agora não conseguia encontrá-lo nem lembrar o nome completo da editora, o que ao menos teria ajudado um pouco.

Cheguei a procurar online por Sophie Claudel, restauradora, mas também não encontrei nada útil.

Quando analisei a situação mais atentamente — algo que tive muito tempo para fazer durante aquelas longas semanas — percebi que na verdade não sabia quase nada sobre a Sophie. Quase todas as nossas conversas tinham se concentrado em mim. Na minha infelicidade, no meu luto, no meu bloqueio criativo, na minha incapacidade de lidar com as coisas da minha vida. Pela primeira vez, reconheci que, imerso no meu sofrimento, eu só havia me concentrado em mim. Tinha sido só eu, então nada, por muito tempo. Ainda assim, a Sophie continuou a me procurar, tentando entender a situação, para poder me aconselhar e me animar. O coração da restauradora de grandes olhos escuros era como manteiga. Mas ela também era capaz de ser implicante e de agir sem pensar às vezes. O que mais poderia tê-la motivado a se importar tanto com o meu bem-estar emocional? A perguntar sobre o meu filho? A se envolver tanto na história da minha vida?

Sophie tinha tudo. Era jovem, bonita. Tinha um trabalho que amava e um namorado. Ao menos estava com ele desde que nos conhecemos. Todo o resto não passava de especulação. Ela era precipitada, excêntrica e impulsiva. Era exatamente o tipo de mulher que jogava o coração por cima do muro e pulava atrás se estivesse gostando de alguém.

De repente, pensei em mil coisas que gostaria de perguntar a ela, mas Sophie continuava sumida.

Por outro lado, a minha carta — a última que havia deixado no túmulo antes de Cathérine tirá-la — ainda estava no compartimento secreto.

Cada vez que eu ia ao cemitério, checava para ver se o envelope aberto que eu havia devolvido ao compartimento após o incidente ainda estava lá. Ninguém o tinha tirado dali desde então. A carta marcada com o número 31 permanecia na pequena cavidade como uma reprimenda silenciosa. Uma semana, duas, três.

Também não havia mais sinais. Eu obviamente tinha atraído a fúria de todas as mulheres para mim. Ninguém mais falava comigo. Ninguém mais me procurava nem me deixava alguma mensagem. E, depois de algum tempo, senti que até a Hélène havia me abandonado. Eu estava desapontado demais para chegar às conclusões certas. Em vez disso, não parava de me perguntar o que havia feito para acabar com a magia.

O pior de tudo era que eu também tinha perdido a minha bolsinha de couro com o disco prateado, no fatídico dia em que peguei a Cathérine em flagrante. Eu estava convencido de que o CD ou DVD poderia me dar a explicação de tudo, mas parecia que ele havia sumido.

O fato de todo o jogo haver terminado no momento que surpreendi a Cathérine diante do túmulo era obviamente revelador. Seria mesmo uma coincidência? De acordo com o Alexandre, não. Para ele, a resposta era muito clara.

— Dane-se a sua intuição — tinha dito Alexandre em seu jeito rude, enquanto eu me via mais uma vez dominado pela dúvida. — É claro que a Cathérine não te contou toda a verdade. Aposto que todas as suas cartas estão guardadas na mesinha de cabeceira dela.

— Não, Alexandre, não tenho como concordar com isso — falei, lembrando de como a Cathérine havia jurado pela vida do meu filho que era inocente. — Acho que não foi ela.

— Você já se enganou antes sobre a Cathérine. O fato é que você pegou ela em flagrante e, desde então, ninguém botou as mãos nas suas cartas, nem mesmo a Hélène. O que poderia ser mais óbvio? Pelo amor de Deus, como você pode ser tão cego?

Talvez eu realmente estivesse cego durante aquelas semanas. Às vezes, precisamos de um pouco mais de tempo para compreender as coisas que o nosso coração já sabe há séculos.

No entanto, o desfecho foi diferente do que o Alexandre imaginava. Completamente diferente.

Agosto se instalou. Paris parecia vazia, e restavam apenas uns poucos turistas vagando pelas calçadas quentes de Saint-Germain, aparentemente sem saber que agosto era o pior mês para uma visita à cidade. Uma exaustão profunda parecia se instalar por toda parte. Eu trabalhei no meu romance com menos entusiasmo que de costume, e quem pôde deixar Paris deixou — e já devidamente acomodado nas pequenas e frescas cidades da Côte d'Azur ou passeando pelas intermináveis praias do Atlântico.

Arthur também já havia partido em sua viagem, junto com a *maman* e a amiguinha Giulietta. Fiquei de pé na plataforma do trem acenando para eles por um longo tempo, embora não visse ninguém do outro lado do vidro espelhado.

Eu me sentia estranhamente perdido e abandonado, e não sabia o que fazer comigo mesmo naquela quinta-feira fragmentada.

Então, o Alexandre ligou.

— E aí, despachou toda a bagagem? Tenho certeza que deve estar morrendo de tédio, certo?

— Como você adivinhou? — respondi, disfarçando que estava realmente comovido. O Alexandre era incrível. Eu não poderia desejar um amigo melhor.

— Escuta. Estou saindo para aquele novo clube de jazz perto da Bastilha com alguns amigos. Venha também.

Decidi fazer um esforço.

— Tudo bem, por que não — falei.

Qualquer coisa era melhor que ficar em casa com meus próprios e sombrios pensamentos. Por que não ouvir jazz? Por que não tomar uns drinques? Afinal, eu não precisava cuidar de ninguém naquela noite.

Combinamos que eu pegaria Alexandre na L'Espace des Rêveurs depois que a loja fechasse. Assim, algumas horas depois, caminhando pela Rue de Grenelle vazia e estival, não fazia ideia de que encontraria ali algo que já havia desistido de procurar.

Quando abri a porta da loja, o Alexandre emergiu da sala dos fundos e me estendeu uma bolsinha de couro marrom, que pendia de seus dedos na ponta de tiras estreitas.

— Olha só! — disse ele. — Você estava certo… a bolsa estava mesmo aqui. A Gabrielle achou que fosse minha, já que tenho uma muito parecida. Ela enfiou no armário junto com algumas das minhas outras coisas.

— Você só pode estar brincando! — eu disse, deixando escapar um arquejo, e peguei a bolsinha que tinha passado as últimas semanas tentando encontrar.

Eu finalmente havia desistido e aceitado que, depois daquela quarta-feira fatídica diante do túmulo de Hélène, eu provavelmente a tivesse deixado em algum bar. Aquilo parecia o final perfeito para um dia terrível, em que tudo que poderia dar errado deu errado, a tarde após a qual Sophie havia desaparecido. A única coisa que não tinha sido destruída foram todas as minhas ilusões.

Eu tinha esquecido do encontro combinado com a Sophie porque, depois da terrível briga com Cathérine, fui direto à loja do Alexandre para descarregar a minha raiva e decepção. Acabamos indo a um bar e depois a outro. Quando entrei tropeçando de bêbado no meu apartamento vazio naquela noite (o Arthur estava passando a noite em um amiguinho), a minha bolsa de couro e seu precioso disco prateado tinham simplesmente desaparecido.

No dia seguinte, refiz os meus passos — fui à loja do Alexandre, aos bares, a todos os lugares onde havíamos estado. Cheguei até a ligar para o setor de achados e perdidos do metrô. Tinha virado o meu apartamento de cabeça para baixo, na vã esperança de que, no meu estado de embriaguez, tivesse simplesmente deixado a bolsinha cair em algum lugar. Procurei embaixo da cama e revirei a lata de lixo. No fim, acabei desistindo. A última mensagem havia sumido — fosse quem fosse no mundo que a tivesse deixado. Fiquei obcecado com a ideia de que o CD ou DVD teria me revelado tudo. Que aquela era a chave para o enigma. O Alexandre tinha me olhado com pena e dito:

— Quer saber o que eu acho?

— Não! — gritei, fora de mim.

— Nada foi perdido, pelo menos nada grande. De qualquer forma, o CD ou DVD era da Cathérine, não importa o que estava nele. Só agradeça pela sua carteira não estar lá... isso, sim, teria sido trágico.

E agora a bolsinha tinha reaparecido, do nada. Abri rapidamente.

— O disco ainda está aí — comentou Alexandre, o tom tranquilo.
— Eu já olhei.

— Ufa. Você viu o que tinha nele?

— Não, é claro que não. — Ele sorriu. — Achei que poderíamos fazer isso juntos, bem aqui no meu computador. Eu adoraria assistir ao vídeo da confissão da Cathérine. Vai ser engraçado.

— De jeito nenhum — respondi, e apertei a bolsa com mais força junto ao peito.

O que quer que estivesse naquele disco prateado era apenas para mim. Encarei o Alexandre com uma expressão determinada e ele cedeu.

— Nesse caso, suponho que você não vai mais ao clube de jazz, não é?

— Acertou em cheio.

— Então me manda uma mensagem pelo menos. Quero muito saber o que tem nesse disco. Quer apostar que é da vizinha bonita?

— Não faço mais apostas — respondi.

21

Coração secreto

Ninguém jamais havia percorrido a distância entre a Rue de Grenelle e a Rue Jacob em tão pouco tempo. Desci praticamente correndo a rua estreita até chegar ao Boulevard Saint-Germain, onde esperei impaciente por alguns segundos antes de atravessá-lo quando o semáforo ficou vermelho para os carros. Segui caminhando pela Rue Bonaparte e passei pelo Deux Magots, onde os turistas estavam sentados do lado de fora, ao sol da tarde, tomando suas taças de vinho branco enquanto olhavam para a velha e despretensiosa igreja de Saint-Germain. Virei rapidamente à direita na Rue Jacob e, em apenas alguns passos, estava na frente do meu prédio.

Digitei a senha que abria a porta da frente, subi em disparada os três lances de escada e enfiei a chave na porta com as mãos trêmulas.

Então liguei o computador. Mas, antes de inserir o disco prateado misterioso, levantei de um pulo para pegar uma garrafa de vinho na cozinha e me servi de uma taça grande. O meu pai sempre dizia: "Com uma taça de um bom vinho tinto na mão dá para aguentar quase tudo, mas talvez não tudo".

Brindei à memória dele, murmurando:

— Espero que você esteja certo, *papa*! — E virei metade da taça.

O que quer que estivesse naquele disco, traria mudanças.

Obstinado como Orfeu, que recebeu a sua misteriosa mensagem pelo rádio da limusine preta, colei os olhos ao monitor do meu computador. Quem apareceria na tela? Seria mesmo a Cathérine, que escolhera aquele meio para confessar o seu amor? Ou o rosto de Hélène se materializaria ali e ela falaria comigo — me saudando do outro mundo, por assim dizer? Talvez a minha esposa tivesse sido prevenida a ponto de gravar uma mensagem antes da sua morte e pedir a alguém — Cathérine? — para me mandar o vídeo em algum momento.

Fiquei olhando hipnotizado para a tela, mas ela permaneceu preta. Dos alto-falantes do computador, surgiram as primeiras notas de um glockenspiel, seguidas rapidamente pela harmonia de um baixo. Então uma voz que me lembrou a de Norah Jones começou a cantar uma música que eu nunca tinha ouvido. A voz da cantora era agradável e multifacetada, suave, rouca, sombria, infantil.

A música se chamava "Secret Heart", coração secreto. Escutei mais uma vez, e outra, e outra, até compreender toda a letra.

A música falava do coração escondido de um homem em particular, e a voz sedosa e um tanto frágil da cantora perguntava de que era feito o coração dele, por que era tão assustado, e se o homem não teria medo de três simples palavrinhas, medo de que alguém pudesse ouvi-las. Cada um dos versos terminava com o homem sendo desafiado a deixar que o amor entrasse em seu coração secreto.

Eu me senti especialmente tocado por uma parte específica da música, que falava do segredo que o sujeito estava obviamente tentando esconder. Por ironia, era também o segredo que ele queria tanto reconhecer.

Era uma música maravilhosa sobre o amor secreto, o medo e o orgulho que se pode sentir. Ela também falava dos benefícios de aceitar e compartilhar o amor.

Tentei descobrir alguma coisa sobre a cantora. Seu nome era Leslie Feist, e ela era do Canadá, mas aquilo não me ajudou em nada.

Anotei a letra linha por linha enquanto ouvia novamente a música, sua melodia agora já gravada na minha mente.

A mensagem parecia clara — mas será que tinha a intenção de revelar algo sobre os sentimentos da pessoa que havia deixado aquele CD para mim no compartimento da lápide? Ou era a música e o desafio que ela continha para mim?

Seria sobre o meu *coração secreto*, sobre os meus sentimentos secretos que eu não conseguia demonstrar? Ou sobre as cartas secretas de Montmartre?

E quem era a *ela* que eu deveria deixar entrar no meu coração?

Fiquei sentado por horas diante da escrivaninha, bebendo uma taça de vinho após a outra e olhando para as coisas que havia encontrado no túmulo da Hélène nos últimos meses, e que havia alinhado em um pequeno cortejo em cima da escrivaninha.

Tudo aquilo eram sinais de amor?

No meio da noite, acordei com o barulho da porta da varanda se fechando. Um vento de verão fazia um conjunto de nuvens brancas passar pela frente da lua, que pairava alta e pálida acima da cidade. Chequei a hora: passava poucos minutos das quatro da manhã — a hora preferida de todos que dormem mal. Tomei um copo d'água e tentei encontrar uma posição diferente que me permitisse voltar a dormir. Eu me virei na cama, afofei o travesseiro e pus uma perna para fora das cobertas, mas as imagens continuavam se repetindo. Pessoas e situações passavam pela minha mente, misturadas com palavras faladas e escritas. Revi mais uma vez tudo o que tinha vivido nos últimos meses — desde o dia em que havia começado a escrever as cartas para Hélène. Enquanto isso, "Secret Heart" tocava na minha cabeça, retratando as imagens que passavam por mim e os meus sentimentos, como a trilha sonora de um filme.

Senti o coração apertado ao ver novamente Hélène em seu vestido verde, no dia em que nos conhecemos, os cachos ruivos parecendo arder com o sol de maio. Então, lembrei dela já perto do fim, seu corpo quase translúcido, o sorriso adorável, muito pálida e corajosa, enquanto seu cabelo acobreado brilhava no travesseiro branco como uma última saudação para mim.

Mas então outro rosto apareceu na frente do de Hélène, e meu coração disparou contra o colchão como se quisesse me dizer alguma coisa.

Eu me levantei. Levantei no meio da noite e me sentei diante da escrivaninha, inspirado por uma ideia. Não sabia se era boa ou ruim, se levaria a alguma coisa ou não. Mas era a única coisa que me parecia certa naquele momento.

Peguei uma folha de papel e desenrosquei a tampa da caneta. Olhei pensativamente para a página em branco por alguns minutos.

Então, escrevi para Hélène, a minha esposa morta que eu adorava mais do que tudo, e abri o meu coração.

> Minha amada Hélène,
>
> Já não escrevo há algumas semanas, e tem uma razão para isso. Seu pobre marido se encontra em um estado de profunda confusão. Tantas coisas emocionantes aconteceram nas últimas semanas, e estou cada vez mais em dúvida em relação à minha ideia maluca de que é você quem está deixando os sinais para mim no túmulo. Ainda acho que você está cuidando de mim, Hélène, e que o seu amor pode transcender a morte e deixar rastros na minha vida. Mas talvez esses sinais não se expressem necessariamente em caixinhas de música, mapas ou poemas de Prévert, mas sim em pensamentos e sentimentos.
>
> Nesses últimos meses, achei que estivesse enlouquecendo. Banquei o detetive e tentei seguir as pistas, junto com o Alexandre, desconfiando de uma variedade de pessoas. Ainda assim continuava sempre chegando à conclusão de que era você. Tinha que ser, mesmo que isso parecesse completamente impossível.

Escrevi as minhas cartas para você, e cada resposta parecia apontar na sua direção. Porém, tudo tem dois lados, e aos poucos fui percebendo que todos aqueles sinais me levavam de volta ao cemitério, e de lá de volta à vida.

Antes de morrer, Hélène, você pediu que eu escrevesse essas cartas, contando como era a minha vida sem você. E agora compreendi totalmente a ideia por trás desse pedido. Estou me referindo ao fato de que a vida vai continuar sem você.

Ainda não sei quem está pegando as minhas cartas e me deixando os pequenos presentes no compartimento, mas isso já não importa tanto agora. Mesmo que eu desconfiasse de quem é, não me importa mais se é você, sua amiga Cathérine, uma adorável desconhecida, o meu editor ou outra pessoa.

O essencial, o que realmente importa, é que eu abri o meu coração novamente — para a vida e, sim, talvez também para o amor.

Por muito tempo, não quis admitir isso. Tentei fugir, mas voltei a sentir, Hélène. Há algo novo, um sonho terno que às vezes flutua até a superfície da minha consciência e parece um passarinho trêmulo na minha mão.

Será possível que eu tenha me apaixonado de novo?

Você — que tudo sabe e tudo pode ver daí de cima — certamente sabe a resposta para a pergunta que está me mantendo acordado essa noite em que o sono me foge.

A verdade é: sempre vou te amar, Hélène. Ainda assim, outra pessoa também encontrou o caminho do meu coração. É Sophie, a mulher no alto da árvore que o Arthur descobriu no dia em que levei a minha primeira carta para o seu túmulo. A restauradora que mencionei aqui e ali a você, e que se esforçou tanto para me guiar de volta ao mundo dos vivos. Foi ela quem me disse que, no fim, sempre é preciso escolher a vida em vez da morte. A Sophie pode até ter outra pessoa, mas isso não muda o fato de que penso nela e sinto a falta dela. Dos seus olhos escuros, da sua risada cristalina.

Você sabe o que Arthur disse para a Cathérine?

— A Sophie fez o *papa* rir de novo.

É impressionante como as crianças sempre conseguem ver a verdade.

E agora ela desapareceu, Hélène! Não a vejo no cemitério há mais de três semanas e não sei o que fazer. Não sei nem onde ela mora, e ela não tem ideia dos meus sentimentos — sentimentos de que eu mesmo não me dei conta por muito tempo. Agora vou confiá-los a você, meu coração.

Se ao menos a Sophie voltasse ao Cemitério de Montmartre, eu poderia contar tudo a ela. Estou disposto a correr esse risco, mesmo que não tenha certeza do que vai acontecer.

Quando nos apaixonamos, temos que segurar o coração com as duas mãos e arriscar tudo, certo?

Escrevo esta carta na esperança de que você me ajude, meu anjo maravilhoso, que sempre olha por nós.

Me ajuda, Hélène!

O apaixonado,

Julien

22

Pátio dos Restauradores

Foi muito difícil, mas deixei passar quase uma semana antes de voltar ao Cemitério de Montmartre para ver se a carta que tinha escrito na madrugada havia encontrado o seu misterioso destinatário.

Quando me aproximei do túmulo de Hélène naquela manhã, vi na mesma hora uma única rosa vermelha brilhando em meio à hera verde. Gelei. Aquilo só podia significar uma coisa — que alguém havia estado no túmulo desde a minha visita anterior.

Eu me inclinei, empolgado, na direção do compartimento secreto e o abri. A minha última carta havia sumido, assim como o envelope aberto que tinha ficado ali, intocado, por tanto tempo.

O compartimento estava vazio, completamente vazio.

Eu o fechei novamente e levantei os olhos para a cabeça do anjo. Ele sorria, e eu também.

A minha carta parecia ter chegado a seu destino, fosse ele qual fosse.

Por um tempo, fiquei ali imerso em pensamentos, mal ousando acreditar que, nos últimos seis meses, eu havia escrito trinta e duas cartas. Faltava apenas uma para cumprir o último desejo de Hélène, a minha promessa. Era estranho, mas pela primeira vez torci para que a Hélène ganhasse a aposta.

Caminhei pelo cemitério, passando pelas velhas árvores, lápides e estátuas sob o sol. Tudo naquele cemitério me era tão familiar que eu seria capaz de encontrar no escuro.

Na entrada, ouvi vozes. Um homem e uma mulher em roupas de trabalho carregavam alguma peça de pedra, arrastando-a para uma sepultura, onde a colocaram cuidadosamente de pé. O homem praguejou, a mulher riu. E, quando ela se virou, vi que era Sophie.

Foi como se o peso de mil pedras deixasse o meu coração e acelerei o passo. Ela estava ali. Finalmente.

Fiquei tão aliviado ao vê-la que não pensei muito no que aconteceria a partir dali.

— Sophie! Ei, Sophie! — chamei, acenando.

Quando ela me viu, ficou mais vermelha que uma maçã.

— Ah, o escritor — disse ela, e deu alguns passos hesitantes na minha direção.

— Onde você se enfiou esse tempo todo? — perguntei.

O homem de avental de trabalho cinza-escuro ouvia a conversa e me examinava atentamente. Ele era mais velho, tinha um bigodinho e olhos castanhos alertas.

— *Papa*, esse é Julien Azoulay — declarou Sophie em vez de me responder, e o homem mais velho apertou a minha mão com tanta força que quase caí de joelhos. Seu aperto de mão era tão firme quanto o da filha. — Ele é escritor.

O pai dela não pareceu particularmente impressionado.

— E esse é o meu pai, Gustave Claudel.

Gustave — eu já não tinha ouvido aquele nome em algum lugar?

— Viemos só trazer uma estátua do ateliê. Está quase nova. A cabeça e os braços, tudo teve que ser consertado... — Sophie estava falando sem parar. Seu rosto estava enrubescido, e ela não parava de me lançar olhares estranhos.

O pai pousou as mãos nos quadris e alongou a região lombar.

— Essa coisa pesa uma tonelada... devíamos ter pedido ajuda para o Philippe, como eu sugeri. Você não deveria carregar uma coisa assim tão pesada, *ma petite*.

Olhei de um para o outro, confuso.

Não deveria carregar uma coisa assim tão pesada? Por que não?

— Mas... O que aconteceu? — perguntei. — Onde você esteve nas últimas semanas?

— Ah... Torci o tornozelo — admitiu Sophie, chateada.

— Ela caiu de uma árvore, a bobinha. — Gustave Claudel balançou a cabeça. — Por que essa menina sempre tem que se comportar como um macaquinho? Subir em muros, árvores. Já disse isso a ela um milhão de vezes. Um dia ainda vai acabar quebrando o pescoço.

Sophie me observava com uma mistura de desafio e inquietação. Eu não havia dito a mesma coisa a ela? Naquele dia em que a vira subir no muro e ela gritara para mim que eu estava de mau humor. Naquela terrível quarta-feira, quando eu tinha acabado não voltando para encontrá-la porque estava com Cathérine, junto ao túmulo, totalmente arrasado. De repente, eu me lembrei do som baixo que tinha ouvido naquele dia, vindo do velho castanheiro. Não tinha parecido um espirro? Será que a Sophie tinha ouvido tudo? As minhas acusações, os meus gritos furiosos — eu tinha falado muito alto. Eu dizendo que ela era apenas uma pessoa aleatória e que achava que nunca mais seria capaz de me apaixonar?

Olhei para a Sophie e implorei silenciosamente por seu perdão.

Sophie não se mexeu. Ficou parada ali, com seu boné, os lábios cerrados em uma linha firme.

Gustave coçou a nuca. Ele parecia sentir as vibrações turbulentas entre mim e a filha. Provavelmente me achava um jovem muito estranho. Além do mais, escritor. Aos olhos do velho canteiro, os escritores eram questionáveis. Ele assentiu brevemente para encerrar o assunto.

— É um prazer, monsieur — falou. Então, me deu as costas e se adiantou alguns passos na direção do túmulo. — Vamos, Sophie. Temos que colocar essa coisa de volta no lugar.

— Não, espera! — pedi baixinho.

Ela parou e me lançou um olhar zombeteiro.

— Não é um bom momento, senhor escritor.

— Eu não me importo. Eu... queria te contar uma coisa, Sophie, mas não confio em mim mesmo para fazer isso.

— Ah! Isso de novo! O *segredo*? — Ela ergueu as sobrancelhas.

— Não. Dessa vez é outra coisa. Algo que tem a ver com você e comigo. Com a gente! — sussurrei, nervoso, o tom sugestivo. E pousei a mão no peito na altura do coração.

Sophie arregalou os olhos e mordeu o lábio inferior enquanto me fitava pensativa.

— Eu também quero te dizer uma coisa, Julien — falou ela, hesitante. — Mas confio ainda menos em mim.

— Você vem, Sophie?

— Estou indo, *chouchou* — gritou ela, e me lançou um olhar contrito. — Tenho que ir, ou *papa* vai ficar irritado. Você pode voltar à tarde, Julien? Por volta das quatro, mais ou menos?

Assenti, e meu coração parecia prestes a sair pela boca.

Sophie me fitou, e meu mundo se refletiu na escuridão dos seus olhos.

— Então contaremos tudo um ao outro — sussurrou ela, antes de se virar e sair correndo na direção do pai.

De *chouchou*.

Tentei matar o tempo durante as horas seguintes. Andei a esmo por Montmartre, subindo e descendo pelas ruas estreitas. Por fim, me sentei no parquinho localizado aos pés da Sacré-Coeur. A cada poucos minutos eu via o *funiculaire* subir a colina, o bondinho prateado que transporta os passageiros do sopé de Montmartre até a basílica branca. Depois de algum tempo, o parque ficou cheio e barulhento demais, então me levantei e caminhei até o outro lado da colina, onde peguei uma rua lateral, perto do Museu Montmartre, e encontrei um café tranquilo. Pedi alguma coisa para beber e me forcei a comer um sanduíche enquanto fumava um cigarro. Fiquei sentado ali, esperando, mas não me importei. Olhei para o céu sem nuvens de verão e desejei que a tarde acabasse, como quem anseia pela manhã depois de uma noite com dor de dente. Só que, no meu caso, eu não estava sendo atormentado pelo doloroso latejar na gengiva, mas pelas batidas ansiosas do meu coração, que simplesmente se recusava a desacelerar.

Sophie estava de volta. Não tinha namorado. E *chouchou* era o pai dela! Eu quase o abracei quando me dei conta.

E, levando em consideração as circunstâncias, era realmente presunçoso demais da minha parte achar que a amizade de Sophie tinha sido motivada por mais do que apenas compaixão de mim? Que ela talvez sentisse mesmo algo por mim — por mim, esse Orfeu egocêntrico, taciturno e cego? Por esse homem que passou tanto tempo olhando apenas para uma porta fechada? Esse homem que agora estava pronto para lhe oferecer o coração — mesmo que ela estivesse sentada no muro mais alto de toda Paris?

Sim, vamos contar tudo um ao outro, pensei, mexendo o meu expresso e sorrindo satisfeito. Ainda pensava nisso enquanto caminhava em uma alegre expectativa pela rua que levava ao Cemitério de Montmartre. E continuava a pensar quando atravessei o portão, o coração batendo forte, esperando ouvir Sophie chamar meu nome a qualquer momento.

Mas o cemitério estava silencioso. O sol continuava a descer no céu e ela não estava à vista.

Nervoso, tirei um cigarro do maço e fiquei andando para cima e para baixo pelas trilhas ao redor, fumando. Eram quatro horas, o horário em que devíamos nos encontrar. Onde ela estava? Cada vez mais inquieto, eu me sentei em um banco perto do portão e esperei por ela.

Quatro e meia, então cinco, e ainda nada da Sophie. Finalmente me levantei e decidi ir até o túmulo da Hélène. Talvez a Sophie fosse esperar lá.

Olhei ao redor e tudo parecia pacífico e inalterado. O anjo ainda exibia seu sorriso enigmático, e um pássaro voava nos galhos no velho castanheiro. No entanto, a rosa vermelha não estava mais apoiada na hera verde. Alguém a havia colocado em cima da lápide de mármore.

Alguém?

Eu me ajoelhei e abri o compartimento da lápide.

Vi na mesma hora o pequeno envelope branco.

Era muito leve, como se não guardasse nada além de ar. Mas, quando o abri, um pequeno cartão caiu de dentro dele:

Sophie Claudel
Pátio dos Restauradores
Rue d'Orchampt
Paris

Fiquei cambaleando ali por um instante, as letras nadando diante dos meus olhos. Sophie não estava ali, mas o seu cartão de visita sim. Então tudo fez sentido. O constrangimento da Sophie. Sua hesitação. O que ela confiava tão pouco em si mesma para me revelar.

O coração de pedra, o folheto do Museu Rodin onde eu havia admirado as esculturas de Camille Claudel sem entender por que estava ali. Os ingressos para *Orfeu*, o cinema em Montmartre onde ela havia aparecido "por coincidência". O muro para onde o mapa tinha me levado como forma de me dizer "eu te amo!". O CD com a música "Secret Heart". Tudo aquilo tinha sido Sophie.

Ela tinha lido as minhas cartas.

Ela tinha sido a responsável pelas respostas.

O sangue subiu à minha cabeça enquanto eu saía correndo do cemitério. Conhecia a ruazinha que ficava atrás da arborizada Place Émile Goudeau. Meu coração estava disparado enquanto eu subia a rua indicada.

Olhei cada prédio por que passei na Rue d'Orchampt, até finalmente avistar a placa esmaltada com borda azul, onde se lia Pátio dos Restauradores em letras sinuosas.

Empurrei o portão e entrei em um pátio de paralelepípedos, cujo lado direito abrigava uma oficina para restauradores de madeira. Do lado esquerdo ficava a oficina dos canteiros. A porta estava aberta, então entrei.

O lugar cheirava a pó e tinta, e o meu olhar percorreu aquele jardim mágico povoado por figuras de pedra com os braços erguidos, algumas envoltas em panos claros. Meus olhos correram pelas mãos, cabeças e pés de mármore branco espalhados por uma grande mesa, então se fixaram nas elaboradas esculturas que se erguiam até o teto. Vi a longa bancada embaixo do janelão na parede oposta antes de chegar às serras, cinzéis e marretas, alinhados ao longo do parapeito como soldadinhos de chumbo.

— Olá? — chamei. — Tem alguém aqui?

Ouvi um barulho, então a porta do cômodo nos fundos se abriu com um rangido baixo. Gustave Claudel estava parado ali, em seu avental cinza de trabalho, os olhos com uma expressão calorosa e simpática.

— A Sophie está no apartamento dela — informou ele, apontando para o prédio nos fundos do pátio. — Está te esperando.

23

Torci tanto para ser você

O apartamento da Sophie ficava no quarto andar. Subi correndo os degraus de madeira gastos, mas antes que apertasse a campainha a porta foi aberta por dentro.

Ela estava diante de mim, ofegante e pálida. Usava um vestido lilás delicado e seus olhos pareciam enormes na penumbra do saguão de entrada.

Por alguns segundos, ficamos apenas nos olhando em silêncio, nossos olhos explorando os rostos que ainda não ousávamos tocar. Então, Sophie se virou na direção do pequeno baú de madeira que estava em cima de uma mesa, pegou um maço de cartas e me entregou.

— Vai conseguir me perdoar? — perguntou ela baixinho, os olhos marejados.

Balancei a cabeça e gentilmente peguei as cartas da mão dela.

— Não, sou eu que preciso te pedir perdão! — falei. — Fui um idiota.

Segurei o rosto dela entre as mãos. Naquele momento, só existíamos nós dois. Enquanto nossos lábios se encontravam uma e outra vez, e mais uma, incapazes de parar, sussurramos “eu te amo” um para o outro. E as cartas flutuaram, leves como folhas, até o chão.

Não voltei à Rue Jacob naquela noite. Fiquei em Montmartre, em um minúsculo apartamento encarapitado no sótão do prédio, onde havia inesperadamente descoberto a felicidade.

Sophie e eu contamos tudo um ao outro naquela noite.

Ela me disse como havia reparado em mim no cemitério — o homem infeliz que às vezes levava o filho pequeno com ele. Contou que, um dia depois de nos conhecermos, ela me viu abrir a lápide e colocar alguma coisa ali dentro. Então, mais tarde, se esgueirou até o túmulo de Hélène e descobriu o compartimento secreto.

— Daí encontrei as cartas. Nem sei como dizer quanto fiquei emocionada com elas. Fiquei comovida e um pouco chocada. Peguei a que estava por cima... não pude evitar. E li, Julien, mas não porque queria meter o nariz. — Sophie me olhava com carinho. — Eu me apaixonei por você... logo no dia em que nos conhecemos, quando você estava procurando pelo Arthur e eu estava sentada em cima do muro. Lembra?

— Ah, Sophie, como eu poderia esquecer! — Eu a beijei com ternura, e ela se aconchegou mais a mim. — Foi tão mágico. Meu Deus, pensei que você fosse uma criatura de outro mundo quando vi o Arthur parado ali, conversando com a árvore. Fiquei tão feliz quando encontrei ele e dei de cara com você sentada lá em cima. E depois nós fomos ao L'Artiste. Acho que aquela foi a primeira noite realmente agradável que eu tive desde a morte da Hélène, mas ainda estava tão consumido pela minha própria infelicidade...

Ela assentiu.

— Eu sei, Julien. Quando li aquela carta, foi como se o meu coração virasse do avesso. Você estava tão atormentado... Implorava à Hélène por um sinal, e eu... — Ela parou por um momento, as lágrimas escorrendo. — Fiquei tão triste por você, Julien, e queria te ajudar de alguma forma. — Sophie se recostou no sofá onde estávamos sentados um ao lado do outro. — Assim, acabei lendo todas as cartas, da primeira à última que você tinha deixado no túmulo. Fiquei chocada. Eu sabia que você não estava bem e quanto sentia falta da sua esposa, mas aquilo...

Ela balançou a cabeça.

— Eu só queria fazer alguma coisa pra te ajudar a se sentir feliz de novo. Queria ajudar a distrair seus pensamentos. Então tive a ideia das respostas. — Ela sorriu. — Deixei uma trilha pra você e torci para que, em algum momento, ela te levasse até mim. Para ser sincera, fiquei um pouco surpresa por você não ter desconfiado de mim bem antes…

— Mas eu *desconfiei* de você, Sophie — interrompi. — Logo no início, avaliei todas as hipóteses. Mas você tinha um namorado que estava sempre te ligando. Como eu poderia saber que *chouchou* era o seu pai? Por que você o chama assim?

Ela sorriu.

— Isso vem desde os tempos em que eu estava na creche. A minha mãe sempre chamou o *papa* de *mon petit chou*, e em algum momento eu transformei isso em *chouchou.*

— O último grande segredo. — Afastei uma mecha de cabelo da testa dela. — Não, o penúltimo. Por que parou tão abruptamente com os presentes? — Eu a encarei, curioso, e Sophie ficou vermelha. — Você ficou magoada porque esqueci do encontro que tínhamos combinado?

— Bom, sim — sussurrou ela. — O que posso dizer? Você passou muito tempo no túmulo. Quando vi que não voltava, te segui. Então, vi a Cathérine diante do túmulo com a carta, e você gritando, cheio de raiva dela. Subi rapidinho no velho castanheiro para me esconder.

— E você ouviu tudo do seu esconderijo?

Ela assentiu.

— Você estava tão chateado por causa das cartas, não parava de gritar que aquilo era uma coisa particular. Foi terrível pra mim, fiquei tão assustada… porque ali eu me dei conta do que realmente tinha feito. Se você estava bravo daquele jeito com uma amiga próxima, como reagiria quando descobrisse que era *eu* que tinha aberto as cartas e lido?

Ela se virou para mim.

— O meu lindo castelo de cartas desabou todo de uma vez, tudo o que eu achava que estava construindo para nós. Então você continuou a falar e disse que eu era só uma pessoa aleatória que tinha conhecido no cemitério.

— É. — Assenti, triste. — Sinto muito por isso, Sophie. Eu me arrependi daquelas palavras assim que saíram da minha boca. Mas estava tão irritado com a Cathérine por não parar de fazer perguntas. — Eu peguei a mão dela. — Você nunca foi só uma pessoa aleatória pra mim, Sophie — falei baixinho.

— Agora eu sei disso. Mas quando ouvi você falar… foi um baita choque pra mim.

— E você caiu da árvore por causa disso?

— Não, não. — Ela sorriu. — Você teria ouvido se eu tivesse caído da árvore, que nem uma maçã por causa do vento. Depois que você foi embora, furioso, continuei encarapitada em cima do galho por mais um tempo, me sentindo péssima. Quando finalmente resolvi descer, escorreguei e, chegando no chão, torci o tornozelo. Doeu tanto que eu achei que tivesse quebrado. E isso foi logo depois que você disse que nunca mais se apaixonaria. — Ela pôs a mão no peito e fez uma careta engraçada. — Eu chorei durante todo o caminho de volta.

— Ah, não… — Eu conseguia até ver ela descer mancando a trilha do cemitério. — Aquele foi um dia muito ruim para nós dois. E depois?

— Não voltei ao cemitério por várias semanas. Eu mal conseguia andar, muito menos trabalhar. Tive bastante tempo para pensar em tudo, e fui perdendo cada vez mais a esperança. Até…

— Até que você viu a minha última carta para a Hélène.

— É. — Sophie assentiu e seu rosto se iluminou. — Fiquei em êxtase quando li que você sentia a minha falta. Que, no fim, tinha acabado se apaixonando… por mim!

Ela franziu o cenho.

— Mas então lembrei que você ainda não sabia quem tinha pegado todas as cartas, e de repente fiquei com medo de que você nunca conseguisse me perdoar... — Ela ficou mexendo no vestido, envergonhada. — Você não está mesmo bravo comigo, Julien? Precisa saber de uma coisa: eu só fiz o que fiz por amor. Eu amo você, Julien.

Ela se virou para mim, e não pude deixar de pensar na primeira vez que vi aquele rosto, no dia em que ela estava sentada no muro, me olhando do alto, o dia em que por um brevíssimo instante achei que estava diante de uma fada. Então meus pensamentos se voltaram para o nosso passeio noturno pela silenciosa Montmartre, naquela hora mágica, antes de os nossos caminhos se separarem, e lembrei de como fiquei olhando com uma pontada de tristeza ela se afastar. Aquele foi o momento da minha primeira intuição, do meu primeiro pensamento, do meu primeiro desejo, que àquela altura não ousei levar a cabo.

Puxei Sophie com ardor para os meus braços.

— Ah, Sophie — sussurrei, enfiando o rosto no seu cabelo. — Torci tanto para que fosse você.

Mais tarde, enquanto ela dormia nos meus braços, fiquei com os olhos perdidos por um longo tempo na escuridão da noite, que não estava tão escura como de costume graças a um único raio prateado que entrava pela janela aberta. Pensei em como a vida é triste, mas divertida, terrível em sua injustiça, mas ao mesmo tempo cheia de maravilhas.

E absurdamente linda.

Epílogo

Montmartre — aquela famosa colina no extremo norte de Paris, onde os turistas se aglomeram em torno dos pintores de rua na Place du Tertre assistindo-os criar obras de arte de qualidade duvidosa, onde no fim do verão casais passeiam de mãos dadas pelas ruas cheias de vida antes de se sentarem um pouco ofegantes nos degraus da Sacré-Coeur para contemplar impressionados a cidade cintilando com um último brilho rosado suave antes do anoitecer —, Montmartre é o lar de um cemitério. Um cemitério muito antigo, com caminhos de terra e longas trilhas arborizadas que serpenteiam sob tílias e bordos. Os caminhos ainda até têm nomes e números, o que faz com que pareça uma cidade de verdade. Uma muito silenciosa. Algumas pessoas ali são famosas. É possível encontrar sepulturas ornamentadas com monumentos artísticos e figuras angelicais em amplas vestes de pedra, os braços graciosamente estendidos, os olhos fixos no céu.

Um homem de cabelos escuros entra no cemitério, carregando um buquê gigante de rosas. Ele para diante de um túmulo que apenas algumas pessoas conhecem. Ninguém famoso descansa ali. Nenhuma personalidade das artes cênicas, da música ou da pintura. Ali também não está a Dama das Camélias. Apenas alguém que foi profundamente amado.

No entanto, o anjo na placa de bronze afixada à lápide de mármore é um dos mais lindos ali. O rosto feminino — confiante, talvez até sereno — tem os olhos fixos na distância, com um esboço de sorriso, e os longos cabelos ondulados emoldurando-o como se um vento às suas costas os jogasse para a frente.

O homem faz uma pausa para escutar o riso de uma criança que espera do lado de fora do portão do cemitério com uma jovem.

É um dia de fim de verão. Uma borboleta esvoaça pelo ar até finalmente pousar na lápide, onde bate as asas algumas vezes.

O homem tira uma carta do bolso, a última das trinta e três que escreveu para a esposa. Ele coloca o envelope no compartimento secreto da lápide e fecha a portinhola. Então, dá um passo para trás e olha uma última vez para o anjo de bronze com suas penas tão familiares, e deixa no túmulo o buquê de rosas — sem dúvida o maior de todo o Cemitério de Montmartre.

— Você foi tão esperta, Hélène — diz ele, com um sorrisinho de lado. — É óbvio que de alguma forma conseguiu organizar tudo para ganhar a aposta. Conheço bem você, Hélène, você não suporta a ideia de perder. Jamais suportou.

O homem se demora mais um pouco ali. Ele examina o rosto tranquilo do lindo anjo e, por um milésimo de segundo, pensa ter visto o canto da boca dele se curvar para cima.

— *Au revoir*, Hélène — diz, antes de se virar e começar a voltar com um sorriso no rosto pela trilha que o levou até ali.

Ele não estava preparado para o que havia acontecido, não estava nem um pouco pronto para a chegada da felicidade e do amor. No entanto, a felicidade e o amor estão sempre presentes. Agora o homem sabia disso.

Seu filho pequeno e a mulher que ele ama o esperam no portão. Eles se dão as mãos e saem caminhando no dia ensolarado.

O nome do homem é Julien Azoulay.

E, por acaso, eu sou Julien Azoulay.

Minha caríssima Hélène,

Esta é a última das minhas cartas para você. Escrevi trinta e três, exatamente como prometi. Quando você me forçou a fazer essa promessa, Hélène, eu estava tão abalado emocionalmente que jamais teria acreditado no que você me disse: que, quando eu chegasse a esta última carta, a minha vida teria mudado para melhor. Detestei ouvir essas palavras da sua boca. Não queria ouvi-las e lutei contra elas com unhas e dentes.

No entanto, maravilha das maravilhas, foi exatamente o que aconteceu, Hélène.

Eu realmente me apaixonei. Na verdade, é mais do que isso — eu amo e sou amado. Todas as manhãs me surpreendo com essa bênção incrível.

Um ano atrás, eu era o homem mais infeliz do mundo. Meu coração tinha se transformado em pedra, estava cercado por um muro. Então essa mulher entrou na minha vida. Ela é tão diferente de você, Hélène, e ainda assim, eu a amo de todo o coração. Pode acreditar nisso?

Não lembro quem disse uma vez: "O coração é um musculozinho muito, muito resistente".

Mas sabe de uma coisa, Hélène? Estou muito feliz que seja assim.

E, mesmo que não tenha sido você quem deixou todas aquelas lembranças para mim no compartimento secreto, continuo acreditando em milagres. Às vezes acho que foi você que mandou aquela borboleta naquele dia, a borboleta que o Arthur perseguiu e acabou nos levando até a Sophie. E quem sabe? Talvez tenha sido realmente isso que aconteceu.

Arthur aceitou a Sophie imediatamente em seu coração. Eu demorei um pouco mais, mas, de novo, não passo de um homem tolo, como a Sophie às vezes diz brincando.

Não fui para Honfleur nesse verão.

Queria ficar com a Sophie, que tinha acabado de reencontrar.

A princípio, a *maman* ficou desapontada quando liguei para dizer que não iria me juntar a eles no litoral. Mas, quando expliquei que estava sentado ao lado da moça que ela havia torcido tanto para que estivesse em algum lugar por aí, que poderia amar o Julien dela, ficou muito feliz por mim.

— Ah, meu filho — não parava de dizer ela com a voz embargada. — Ah, meu filho!

Somos sempre crianças para as nossas mães, mesmo que tenhamos oitenta anos. Até sorrio quando penso nisso, mas às vezes fico um pouco preocupado com o dia em que não haverá mais ninguém para me dizer esta frase: "Ah, meu filho!".

O verão está quase no fim agora. As férias terminaram e as pessoas estão voltando para Paris.

A Camille teve o seu bebê há alguns dias — uma menina linda —, Pauline. Estávamos todos lá para o evento. Tia Carole estava nas nuvens, e até o velho Paul teve um momento de lucidez quando ela pôs o bebê nos braços dele. Ele disse que era o tesouro mais precioso da face da Terra, uma criatura tão pequena.

Ficamos apenas olhando, profundamente comovidos, e Arthur permaneceu absolutamente imóvel quando o bebê passou os dedinhos ao redor do dedo dele.

O Arthur ainda está "namorando" a Giulietta. Ela esteve na nossa casa de novo outro dia, e eu o ouvi dizer a ela que estava muito feliz porque o *papa* dele tinha alguém para namorar de novo.

Sophie ainda está no sótão onde morava no Pátio dos Restauradores, mas vem para cá quase todos os dias depois do trabalho e passa a noite aqui. É maravilhoso ter uma mulher de novo no apartamento, enchendo a minha vida de luz. Não, não qualquer mulher, mas a Sophie. Ao contrário do Alexandre, não acredito que podemos nos apaixonar por qualquer pessoa. Aliás, quando ele soube que a Sophie estava por trás de tudo, garantiu que sabia disso o tempo todo. Típico! Foi ele quem apostou que era a sua amiga que pegava as cartas. Estou muito feliz que a Cathérine tenha aparentemente superado a crise. Ela cumprimentou a Sophie, o

Arthur e a mim com toda simpatia quando trombamos com ela esses dias no saguão de entrada. Estava na companhia de um homem simpático, que apresentou como seu novo colega de trabalho.

E outra pessoa também está feliz. Ele me interrompeu quando eu escrevia a minha primeira carta para você, Hélène, e acabou me interrompendo de novo enquanto eu escrevia esta última. Eu tinha acabado de me sentar diante da escrivaninha quando Jean-Pierre Favre ligou para saber como estava indo o romance.

— Está indo muito bem — respondi com sinceridade. — Estou quase terminando. Mas… — Eu hesitei.

— Mas? — perguntou ele, impaciente. — Pare de fazer todo esse suspense, Azoulay!

— Mas ele se transformou em um livro muito diferente.

— É mesmo?

— O que você acharia de uma história de amor que começa em um cemitério?

— Em um cemitério? — repetiu ele, refletindo por um momento. — Hum. Bom… por que não? Em um cemitério, isso soa original… Gosto disso! Todos os bons romances começam com um funeral. Mas… a história tem um final feliz?

— É claro — falei. — Afinal, eu escrevo comédias românticas.

Ele riu.

— Muito bem, Azoulay, muito bem. Mas não vamos engavetar o livro sobre o editor que dançou ao luar, *après tout*?

— Com certeza não — respondi. — Esse vai ser o próximo.

— Fantástico! Posso dizer que você reencontrou a sua antiga *joie de vivre*, Azoulay — declarou Jean-Pierre Favre, animado.

E o meu velho editor está certo. A minha vida, que estava tão pesada, voltou a ficar leve. Talvez não tão leve quanto o ar, mas ainda assim bem leve. Estou feliz, Hélène. Nunca imaginei que diria isso de novo. Estou transbordando de amor pela Sophie, mas com frequência penso com amor em você. Acredito que o meu coração seja grande o bastante para vocês duas. Mas o meu lugar é aqui, Hélène, e o seu é no cemitério, ou em algum lugar entre as estrelas.

Esta é a minha última carta para você, meu anjo, e acho que ninguém vai lê-la, exceto você. Ela vai ficar em sua lápide até que talvez, daqui a muitos anos, alguém a encontre e se surpreenda com este símbolo de um grande amor.

Pode ser que eu já esteja morto há muito tempo a essa altura, e teremos um ao outro de novo, como certa vez em maio. Mas, até lá, vou viver e amar.

Seu,

Julien

Nota do autor

Esta é uma obra de ficção, no entanto está repleta de coisas e incidentes que realmente aconteceram ou que poderiam acontecer.

A ideia para este romance surgiu há vários anos, quando eu caminhava por um antigo cemitério em uma primavera. Não era o Cemitério de Montmartre, que escolhi para este livro por considerá-lo único. Era um cemitério pequeno e encantador longe de Paris.

Lá, há um anjo que serviu de modelo ao anjo de bronze da sepultura de Hélène. Foi também ali que encontrei aquele verso sobre os amantes em maio, que me tocou tão profundamente que acabou me inspirando a escrever esta história.

Pode-se dizer que tropecei nele, por assim dizer, porque as três frases estavam inscritas em uma placa de pedra no chão de uma das trilhas do cemitério. As letras estavam enterradas sob uma camada tão espessa de cascalho que tive que afastar cuidadosamente as pedras para o lado antes de conseguir ler.

Pensei muito naqueles amantes desconhecidos e espero de todo o coração que agora eles estejam juntos novamente, como certa vez em maio.

Faz muito tempo que ninguém é enterrado naquele pequeno cemitério com suas árvores antigas, seus arbustos verdes e seus prados ondulantes. Hoje em dia, os velhos se sentam ali ao sol e leem jornais nos bancos verdes de madeira. No verão, jovens estudantes estendem as suas toalhas de praia no gramado sob as árvores e leem livros. Casais passeiam sem pressa pelos caminhos, amigos contam segredos uns aos outros, jovens pais e mães empurram o carrinho dos seus bebês pelas trilhas. Às vezes, lanternas peroladas são penduradas entre os túmulos, o que é particularmente bonito, e é possível ouvir as gargalhadas das crianças fazendo piquenique de aniversário ali com as mães.

Adoro a ideia de que naquele lugar tranquilo, onde muitos anos antes os mortos encontraram seu local de descanso final, a vida continua. Aquele é o mesmo chão em que pés pequenos pisam, onde algumas pessoas se perdem em pensamentos e outras trocam sorrisos.

Acho que os mortos se deliciam com isso. Acredito que eles tomam conta de nós, os vivos, com bondade e indulgência; acho que sabemos muito pouco sobre o que é possível entre o céu e a terra, e que os que se foram sempre querem nos lembrar de que o amor é a resposta para todas as nossas perguntas.

Paris, maio de 2018

Impresso no Brasil pelo Sistema Cameron da Divisão Gráfica da
DISTRIBUIDORA RECORD DE SERVIÇOS DE IMPRENSA S.A.